6

나리타 료고

일러스트 / 모리이 시즈키
원작 / TYPE-MOON

FatestrangeFake

페이트/스트레인지 페이크

Fate strange Fake

페이트/스트레인지 페이크

CONTENTS

Fate strange Fake

페이트/스트레인지 페이크

나리타 료고

일러스트 / 모리이 시즈키

원작 / TYPE-MOON

학산문화사

Fate/strange Fake 6

ⓒRYOHGO NARITA/TYPE-MOON 2020
Edited by 전격문고
First published in Japan in 2020 by KADOKAWA CORPORATION, Tokyo.
Korean translation rights arranged with KADOKAWA CORPORATION, Tokyo.
through Korea Copyright Center Inc.

이 책의 한국어판 저작권은
일본 KADOKAWA CORPORATION과의 독점계약으로 (주)학산문화사에 있습니다.
저작권법에 의해 한국 내에서 보호를 받는 저작물이므로 불법 복제와 스캔 등을 이용한
무단 전재 및 유포·공유 시 법적 제재를 받게 됨을 알려드립니다.

달그락달그락 소리가 난다.

그것이 모든 일이 끝남과 동시에 울린 소리라는 사실을 알아
챘을 때.

'그것'은 아아, **시작됐구나**, 라고 생각했다.

기나긴 시간을 기다렸다.

시간이라는 것은 본래 자신에게 시스템의 일부요, 자신을 구
축하는 요소 중 하나에 불과했지만 지금은 그렇지 않다.

'기다린다'는 목적에서 발생된, 자신의 내부에 자리한 프로
그램의 경미한 흔들림.

외부에서 복제된 '감정'이라고 하는 시스템이라는 것을 '그
것'은 이미 알았다.

동시에 '그것'은 생각한다.

'존재한다'는 사실 그 자체를 목적으로 태어난 자신이, 드디
어 의미를 이룰 때가 왔다고.

그렇다면 다음 단계로 넘어가야만 한다.

'그것'은 알았다.

자신이 앞으로 해야 할 일을.

창조주가 자신에게 부여한 최대의, 그리고 최후의 목적을.

태어난 의미를.

—아아, 아아.

　　　　　　　　　　―끝났다.

　　　　　―저물었다.

　　　　　　　　　　　　―멸망했다.

　　　　　　　―도달했다.

　　　　　　　　　　　　　　　―완료했다.

―애초부터 소실이 마지막 퍼즐 조각이었으니.

자신이 태어난 이치에 따라 '그것'은 자신을 재기동시킨다.
오로지 창조주가 자신에게 부여한 목적을 이루기 위해.

'그것'은 자신에게 부과된 사명을 또다시 연산한다.
어려운 길이 될 것인가, 아니면 쉬운 길이 될 것인가.
추측에는 의미가 없다.
어느 쪽이 되었든 해내는 길밖에 없으니.
그 이외의 길은 자신에게 아무런 의미도 없으니.
계속해서 존재한다. 계속해서 존재한다.
진실된 인간이 되어, 이 별에 계속해서 존재하기만 하면 된다.

설령 이 별에서…

　　　　'인간'으로 정의되는 종種을, 남김없이 멸하게 된다
　　　　하더라도.

접속장
『반신들의 추주곡(追走曲) act2』

먼 옛날, 흑해 연안.

그것은 아름다운 땅이었다.

주변에는 깊고 푸른 바다가 펼쳐져 있고, 눈부신 햇빛이 평원과 숲을 비추고 있다.

도시국가 테미스키라.

신성한 바다, 혹은 신 그 자체를 어원으로 하는 그 땅에는, 흑해 연안의 기름진 들판이 멀리 내다보이고 배를 통한 교역을 주로 하는 도시가 형성되어 있었다.

사방이 바다에 둘러싸인 섬이라느니, 반도라느니, 신들의 힘으로 자유자재로 모습을 바꾼다느니⋯ 여러 가지 전승으로 알려진 도시였지만, 중요한 것은 도시의 내력이나 지형이 아니라 하나의 부족이 그 일대의 땅을 지배하고 있다는 점이다.

아마조네스.

혹은 아마존이라 불리는 그 부족은 여성만으로 이루어졌다는 특징을 지녔으며, 자손을 남기기를 원하는 이가 주변 도시의 남자들과 교류를 가질 때를 제외하면 사냥, 농경, 축산 등 생활에 필요한 모든 일을 여성들만으로 해냈다.

그것을 못 마땅하게 여기는 남자들, 주변 도시의 왕과 산을 근거지로 하는 도적들이 빈번히 공격해 오기도 했지만 그녀들은 그때마다 모두 다 물리쳤다.

　단순히 살아가기만 하지 않았던 것이다.

　당시 도시를 방어하는 데 있어 무엇보다도 중요했던 군사적인 요소들도 모두 여성들만으로 운영하였는데, 특히 마술馬術과 궁술에서는 멀리 떨어진 그리스 문화권까지 그 이름이 알려질 정도였다.

　테미스키라에는 한 여왕이 있었다.

　그 여왕의 이름은 아르테미스의 경건한 무녀 오트레레.

　일찍이 신들 중 '전쟁'을 관장하는 아레스와 교신交神하여, 인간의 몸으로 신의 아이를 잉태한 영걸이다.

　하지만 오트레레의 딸은 그녀를 능가하는 영웅이었다.

　군신의 무녀이자 일족의 여왕.

　그리고 전투가 벌어지면 선두에 서서 피바람을 일으키는 전사장戰士長이기도 했다.

　젊은 그 여왕은 그 힘과 지혜, 전신戰神에게 물려받은 신기神氣와 신기神器, 그리고 강인한 여전사들을 통솔하는 지도자로 주변 일대에 강력한 지배력을 행사하고 있었다.

　말에 올라타 창을 휘두르면 바다를 가르고, 활을 쏘면 초목이 몸을 떨었다고 일컬어지는 그녀의 무용담은 부족 내부의 신앙심과 주변 도시의 공포심을 불러일으키기에 충분했고 그 때문에 그 명성은 그리스권까지 퍼져 나갔다.

하지만 그 여왕에게, 그리고 아마조네스라는 부족 그 자체에 커다란 전환기가 찾아왔다.

운명의 장난과도 같은 바람이 한 척의 배를 테미스키라로 인도한 것이다.

배에 타고 있던 사람은 당시 그리스권… 아니, 후세에도 그리스의 대영웅이라 일컬어지는 한 남자였다.

젊은 여왕은 그 남자를 무척 마음에 들어 했다고 한다.

끌린 이유는 단순했지만 그 때문에 복잡하기도 했다.

강한 자손을 남기고 싶다는 사명감 때문이 아니다.

육체적인 쾌락을 얻고자 하는 정욕 때문도 아니다.

동경.

그 전까지 신들을 제외한 진정한 강자의 존재를 몰랐던 여왕은, 그 남자를 보고 처음으로 자신의 기원인 전쟁의 신에 어울리는 남자라고 생각한 것이다.

살아남은 부족민들의 말에 의하면, 그 당시 여왕은 올림포스의 신들의 이야기를 듣는 어린애처럼 눈을 빛내고 있었다고 한다.

어느 왕의 명령으로 전신戰神의 군대軍帶를 얻으러 왔다는 그 대영웅에게, 여왕은 조금도 망설이지 않고 체류와 교섭 허가를 내렸다.

물론 자신의 감정에 치우쳐 무턱대고 넘겨주겠다고 결정한 것은 아니었다.

자손을 남기고 싶어 하는 부족 여자들과 배에 타고 있던 남자 영웅들이 교류를 할 수 있게끔 하거나, 대영웅이 소속된 도시국가와의 물자적인 교역 계약을 하는 등의 경위를 거쳐 평화적인 모양새로 군대軍帶를 이양하게 되었다.

왕이 그것을 원하는 것이 아니라 그 왕의 딸이 원한 것이라는 사실도 이야기가 원활하게 진행된 이유 중 하나였다.

'먼 땅에 사는 여성에게 힘을 부여할 수 있다면'이라는 명목이 있었기에 여왕과 부족 사람들은 최종적으로 납득했던 것이다.

최종적으로, 그 대영웅과 평화적인 협정을 맺는 것이 아마조네스라는 부족에게 군대보다 가치 있는 일로 받아들여졌다.

여왕을 비롯한 그녀의 부족들은 남자들의 군대 뒤에 숨는 짓거리는 결코 하지 않는다.

설령 그 대영웅과 싸우게 되더라도 두려워하지는 않을 테지만, 여왕은 아무 의미도 없는 싸움을 할 정도의 광전사도 아니었다.

그 대영웅도 남자인 이상 부족의 일원으로 받아들일 수는 없겠지만 대등한 관계로 절차탁마함으로써 부족 여자들에게도 경쟁심을 심어 줄 수 있고, 보다 강고한 부족으로서 힘을 키워 나갈 수 있지 않을까 하는 기대감도 있었다.

감정적으로 전장을 내달리는 한편, 정치의 장에서는 그러한 결정을 내리는 일이 많았기 때문에 부족에 속한 이들은 양면성을 지닌 여왕이라 말했고, 양쪽 측면 모두 존경하며 받아들였다.

대영웅 일행에 대한 그녀의 선택이 당시의 사회 정서를 감안했을 때 현실적인 것이었는지, 아니면 탁상공론에 따른 결론에 불과했는지는 확실치 않다.

결과가 나오는 일은 영원히 없었기에.

여왕이 그렸던 부족과 대영웅의 관계는, 군대를 건네려 했던 그 조정의 장에서 와르르 무너졌다.

어느 '여신'의 계략의 실이 끌어들인….

여왕 본인의, 무참한 죽음으로 인해서.

×　　　×

스노필드 시. 대로.

거대한 말이 칠흑빛을 띤 짙은 안개를 뚫고 갈라진 아스팔트 위를 질주한다.

처음에는 네 필이었던 말도 한 필, 또 한 필, 닥쳐드는 어둠에 삼켜져 말발굽 소리를 내고 있는 말은 이제 한 필뿐이다.

무리의 모습이 이 세상에서 사라져도 마지막으로 남은 말은 조금도 겁을 내지 않고 자신의 등에 탄 이질적인 영령 알케이데스의 지시에 따라 하염없이 밤의 거리를 내달렸다.

하지만 그러한 대영웅조차도 일시적인 후퇴를 선택할 수밖에 없는 상황이었다.

칠흑이 다가온다.

칠흑이 육박해 온다.

가로수의 잎사귀와 함께 일렁이는 공기를 타고, 건물 사이에서 휘몰아치는 바람을 타고, 이미 삼켜진 자들의 절망으로 가득한 날숨을 타고, 압도적인 흑黑의 무리가 알케이데스를 뒤쫓아 왔다.

알케이데스는 멸망의 색으로 일그러진 진흙의 마력을 내포했지만 그를 쫓는 검은 그림자는 그와는 다른 종류의 어둠을 체현하고 있었다.

그 '검은 안개'가 무엇인지 알케이데스는 정확하게 알지 못했다.

하지만 그가 쌓아 온 경험과 직전까지의 사투로 날카로워진 감각을 통해 '그것'이 심상치 않은 존재라는 것은 알았다.

칠흑에 삼켜진 자들이 어떻게 되는지는 모른다.

하지만 한 가지 알아낸 것이 있었다.

전투 도중에 부상을 당한 자신의 보구의 일부인 '케르베로스'의 영기가 어느새 이 땅에서 소실되었다.

마력의 연결이 완전히 끊어지지는 않았지만 귀환시키거나 없앨 수가 없다.

마치 거대한 결계 그 자체가 자유자재로 꿈틀대며 이쪽을 격리하려 하는 듯했다.

생전에 지중해 연안의 건조지대에서 보았던 모래폭풍을 검게 물들인 듯한 어둠의 격류가 등 뒤로 다가오는 가운데, 드디어 말의 속도가 '검은 안개'의 속도를 상회했다.

더 이상 말을 방해하는 존재는 앞에 없어서, 이대로 어렵지 않게 달아날 수 있을 듯했다.

그 순간, 바람을 가르는 소리가 알케이데스의 고막을 미세하게 진동시켰다.

"…여기서, 오는가."

복수자가 된 궁병이 귀찮은 듯한 목소리에 약간의 다른 감정을 섞어 넣어 중얼거렸다.

"이 상황에 공격해 오나. 용감하군, 여왕이여."

동시에 말을 몰며 활에 화살을 메기고, 상체를 뒤틀어서 쏘았다.

충격음이 울리고 밤의 대로에 불꽃이 번뜩인다.

다음 순간, '검은 안개'와 건물들 사이에서 말발굽 소리가 갑

작스럽게 울리더니 알케이데스가 모는 거대한 말과 요란하게 합주를 하기 시작했다.

동작이 심상치 않은 한 필의 준마와 그 등에 걸터앉은 한 영령이 모습을 드러냈다.

"……알케이데스!"

서로의 모습을 확인함과 동시에, 말에 탄 여성—기병 클래스의 영령 히폴리테가 외쳤다.

"네놈… 그 꼬라지는 뭐냐! 사독死毒을 저주로 억눌러, 저 용사들의 위업을 모욕할 셈이냐!"

그 말을 들은 알케이데스는 몸 안에서 소용돌이치는 '히드라의 독'을, 버즈디롯이 주입한 '진흙'의 힘으로 억제하며 천 아래서 대담한 미소를 지었다.

'과연, 납득이 되는군.'

좀 전까지 맞서 싸우던 경찰 부대의 모습이 알케이데스의 머릿속에 떠올랐다.

'존이라는 이름의 남자는 둘째 치고, 그 인간들은… 아무리 보구를 지니고 있었다고는 해도, 평범한 이들이 나의 힘 앞에 계속 서 있을 수 있을 리가 없지.'

어중이떠중이나 다름없는 경찰들은 마력의 격류만으로 흩어버릴 수 있을 터였다.

하지만 결과적으로 그들은 끝까지 전장에서 살아남았다.

지금은 검은 안개에 삼켜져 어떻게 되었는지 알 수 없지만,

그렇게 부자연스러울 정도로 강인했던 이유는 분명 모종의 외적인 요소가 그들의 힘을 격상시켰기 때문이리라.

"여왕이여."

온 힘을 다해 말을 몰며 머릿속으로는 의문거리에 관한 사고를 가속시킨 끝에 도달한 해답을, 알케이데스는 담담히 말했다.

"네놈… 녀석들에게 **가호를 부여했군**?"

"……."

히폴리테는 입을 다문 채 말을 가속시키며 다음 화살을 쏘았다.

그것을 활로 떨쳐 내자 화살은 전방으로 날아가 아스팔트를 크게 들춰냈다.

하지만 복수자가 모는 말은 끈끈한 그 장해물을 아무렇지도 않게 짓밟고 힘차게 앞으로, 앞으로 달려 나갔다.

알케이데스는 활을 옆으로 휘두른 동작을 이어 나가 반격 태세로 전환했다.

화살을 세 대 동시에 메겨, 말을 가속시킴과 동시에 내쏜다.

세 대의 화살은 각각 다른 궤도를 그리며 허공을 갈라 히폴리테의 전방, 후방, 상방에서 입체적으로 에워싸듯 날아들었다.

하지만 히폴리테는 그대로 말을 교묘하게 다루어 **건물의 벽을 타고 달리게 했다**.

당연히 일반적으로는 불가능한 주법이다.

댐의 벽을 타고 걷는 산속의 사슴과 같은 자세로, 매와 같은 기세로 '시가지'라는 환경 안을 미끄러지듯 질주하는 한 필의 준마.

그야말로 인마일체人馬一體가 된 듯, 히폴리테는 그런 말의 움직임에도 개의치 않고 계속해서 활을 다루었다. 눈으로 좇기 어려운 속도를 비롯해서 그 움직임은 전설로 유명한 켄타우로스가 아닐까 싶을 정도였다.

때때로 '원초의 기마민족'이라 일컬어지기도 하는 아마조네스의 여왕은 그 젊은 외모에 어울리지 않는 완성된… 아니, 현대에서 '완성'되었다고 말하는 개념과는 다른 의미에서의 마술馬術의 **극치**를 영기靈基의 밑바닥에서 끌어올려, 말 울음소리와 함께 밤의 어둠을 가르고 나아갔다.

알케이데스는 말에 몸을 실은 채 그런 여왕에게 따져 물었다.

"그 관리 녀석들 중에는 남자도 섞여 있었을 텐데."

"……."

"성배의 광채와 싸움의 이치에 **취해**, 네놈도 긍지를 내버린 것이냐? 아마조네스의 왕이여."

"…닥쳐."

말을 나누는 동안에도 쉴 새 없이 공방이 이루어졌다.

"무엇을 바라려는지는 모르겠다만… 성배라는 원망기에 눈이 멀어, 자신의 존재방식에조차 등을 돌리려는 것인가?"

"닥치라고 했다!"

듣기 싫다는 듯 히폴리테가 언성을 높이자, 그는 조용하면서
도 힘이 있는 말을 토해 냈다.

"일찍이 우리를 배신했던, 그때처럼."

알케이데스의 말은 무언가를 시험하는 것만 같았다.

"……."

그에 대한 여왕의 답은 노호가 아닌 침묵이었다.

격정에 사로잡혀 있던 히폴리테의 눈에서 감정이 사라지고,
말이 심야의 거리를 바람과도 같은 기세로 뒤로 밀어내는 가운
데, 그녀의 마음속 시간만이 조용히 멈췄다.

그리고 모든 표정이 사라진, 혹은 거꾸로 모든 감정이 켜켜
이 쌓여 석탄처럼 짓눌린 듯한 얼굴이 밤의 어둠 속에 나타났
다.

하지만 그것도 잠시뿐.

말이 땅을 박차고 다시 발을 딛기까지의, 그야말로 찰나의
순간 동안의 일이었다.

세계가 얼어붙은 것이 아닐까 하는 착각이 들 것만 같은 허
무의 시간이 지나자 그녀의 얼굴에는 대담한 미소가 떠올랐다.

"우습구나!"

그녀는 자신의 말을 단숨에 알케이데스가 모는 거대한 말에

붙여, 자신의 영기 깊숙한 곳에서 현현시킨 장대한 창을 겨누었다.

"!"

"나를 시험할 생각이었나? 그렇다면 말 속에 더 많은 비아냥거림을 섞었어야 했다, 복수자여."

그것은 소유주인 히폴리테의 키보다도 긴 창이었지만, 그녀는 말 위에서 그것을 겨눈 채 알케이데스의 목숨을 깎아 내기 위해 육박했다.

그 창을 쥔 손에는 어느샌가 그녀의 보구인 군신의 전대가 둘러져 있어서, 신기를 두른 일격이 알케이데스가 쥔 활을 향해 날아들었다.

그러자 알케이데스도 즉시 같은 보구인 군신의 전대를 발동시켜 신기를 두른 활로 그 일격을 떨쳐 냈다.

창부리를 강궁의 활대로 쳐 내자 요란한 충돌음이 밤의 거리에 울려 퍼졌다.

흩뿌려진 신기가 주변의 어둠을 갈라내어, 쫓아오던 '검은 안개'의 움직임을 지체시켰다.

두 번, 세 번 격돌한 후, 히폴리테는 말과 말의 거리를 일단 벌리며 외쳤다.

"다른 이도 아니고 내가 그러한 도발에 넘어갈 것이라고 진심으로 생각하지는 않았겠지!"

말발굽 소리와 화살이 오가는 소리가 난무하는 가운데, 두

사람의 목소리는 이상할 정도로 서로의 고막을 힘차게 흔들었다.

다시 움직이기 시작한 '검은 안개'가 후방에서 밀려드는 가운데, 말의 진로를 입체적인 궤도로 교차시키며 서로에게 공격을 가해 나간다.

"움직임에 여유가 없구나, 알케이데스!"

"호오…."

'네메아의 사자의 모피'에 의한 방어의 빈틈을 활로 노리며, 때때로 창으로 무기를 바꾸어 공격한다.

계속해서 질주하는 말의 움직임과 쉼 없는 연속 공격이 완벽하게 조화를 이루었다.

영기에 내포된 마력의 차이를 기술로 메우는 형국이었지만 지금은 알케이데스도 연속된 전투로 소모된 상태라 힘으로 떨쳐 낼 수가 없었다.

게다가….

'……'

여왕의 창을 막으며 알케이데스는 깨달았다.

'힘이 늘었군.'

협곡에서 마주했을 때에 비해 마력의 질과 양이 명백하게 상승했다.

'영주를 사용해 일시적으로 격상시켰나…?'

'아니, 그런 순간적인 것이 아니야. 확실하게 영기의 근원이

보강되어 있다.'

"모욕적인 언사는 취소하도록 하지. 여왕이여."

"……."

"몸을 숨긴 채 다른 이에게 가호를 부여하고, 이쪽의 빈틈을 찌를 작정이라고 생각했으나… 네놈은 어디까지나, 정면에서 나를 격파할 생각이로군."

"당연하다."

여왕은 태연하게 말하더니 또다시 말 위에서 소리쳤다.

"알케이데스… 네놈은 착각을 하고 있다."

"호오."

"나의 동생들과 일족의 생각이 어떠하든, 그것을 부정할 생각은 없다."

오른팔에 두른 천, '전신戰神의 군대軍帶'에 힘을 모으며 그녀는 낭랑하게 계속해서 소리쳤다.

"하지만 네놈은 모를 것이다! 나의 부족이 세상에 태어난 의미를…."

오른팔이 번뜩이더니 그녀의 몸을 가득 메우고 있던 신기가 폭발적으로 부풀어 올랐다.

그 광채의 태반을 오른손에 쥔 창에 집속시키고, 나머지를 자신이 모는 말에 주입한다.

인마일체에 이어, 무기까지도 한 몸으로 만든 여왕과 그 준마는 하나의 화살촉이 되어 알케이데스를 향해 강렬한 일격을 날렸다.

"저 이매망량들이 소용돌이치는 옥야沃野의 끝에서, 내가 진정으로 바란 것이 무엇인지를!"

순간, '검은 안개'가 두 사람을 완전히 뒤덮었지만….

유달리 커다란 충격음이 울리더니 또다시 검은 안개를 흩뜨려 놓았다.

"…훌륭하다, 여왕이여."

검은 안개가 걷히자, 말에 탄 채 왼팔이 창에 관통된 알케이데스의 모습이 드러났다.

"아무래도, 대단히 우수한 마스터를 만난 듯하군."

"……."

"이 짧은 시간에, 상당히 전투에 익숙해졌거나, 혹은 대단히 적절한 조정을 받은 듯하군. 신대神代에서 멀어진 이 세계에서 이 정도까지 신기를 끌어올리다니, 정말 대단해."

하지만 치명상이라 할 정도는 되지 않아서, 창부리가 뼈와 뼈 사이를 뚫고 들어간 곳에서는 이미 검붉은 '진흙'이 찢어진 상처를 메우기 위해 꿈틀대고 있었다.

"…알케이데스, 네놈… 무엇을 내포하고 있는 것이냐? 그 '진흙'은 대체…."

오른손에 창을 쥔 히폴리테가 사나운 얼굴로 물었다.

창부리는 여전히 알케이데스에게 박혀 있는 상태라 자연스럽게 나란히 달릴 수밖에 없었다. 그런 가운데 상대의 상처에서 배어 나오는 '진흙'을 보고 순간적으로 창을 뽑는 것을 망설이고 만 히폴리테의 배에 알케이데스의 오른손에 쥐어져 있던 활이 박혔다.

"큭…!"

순간적으로 군대의 신기를 주입해서 막기는 했지만 그 바람에 창이 빠져서 두 필의 말은 다시 거리가 벌어졌다.

알케이데스는 창부리가 빠진 상처를 진흙이 다시 메우는 모습을 확인하고서 아무렇지도 않게 말했다.

"…글쎄. 하지만, 지금의 내 몸에 안착한 것을 보면… 이것은, '인간'의 일부라는 뜻일 테지."

다음 순간 상처에서 흘러나온 진흙의 일부가 급격하게 증폭하여, 검붉은 격류가 되어 히폴리테에게 날아들었다.

"그렇다면, 명심해라, 반신半神의 여왕이여."

"이건…!"

"인간의 말로를, 신의 힘 따위로 뚫을 수 있을 거라 생각하지 마라."

'검은 안개'와는 다른, 썩어 가는 피와 같은 검붉은 빛을 띤 '진흙'이 거대한 점액 생물처럼 히폴리테를 휘감고자 육박했다.

그녀와 말은 아슬아슬하게 그것을 피했다.

하지만 스스로의 의지를 가지고 꿈틀대는 듯한 '진흙'은 계속해서 히폴리테를 쫓아, 거대한 점액 생물의 아가리가 되어 단숨에 그녀를 집어삼키려 했다.

"큭… 이딴 것은…!"

히폴리테는 다시 한번 팔에 두른 군대에 마력을 쏟아부어 신기를 끌어올리려 했지만….

그에 반응하기라도 한 듯, 진흙이 폭발적으로 확산되었다.

"!"

대로의 교차점 중심에서 거미집처럼 퍼진 '진흙'은 사방에서 밀려드는 거대한 진흙 연막이 되어 히폴리테와 그 애마를 집어삼키려 했다.

검은 거목의 숲이 사방에서 닥쳐드는 듯한 광경 앞에서 위험하다는 것을 알아챈 히폴리테가 자신의 영기 그 자체를 천과 융합시키기 시작한 순간….

─「영주로서 명한다.」

"……! 마스터?!"

히폴리테의 머릿속에 염화를 넘어선, 영기의 본질 자체에 울리는 목소리가 들려왔다.

─「지맥에서 용을 이끌어 내, 신의 힘과 함께

내쏘아라!」

다음 순간 그녀의 주변 스노필드라는 영지靈地 그 자체에서 마력이 솟구쳐 히폴리테의 '전신의 군대'로 빨려들었다.

다음 순간, 밤의 어둠을 무지개 색 빛이 비추었다.

보구뿐만이 아니다.
영령 본인이 내포한 마력도 폭발적으로 부풀어 올라, 그녀를 중심으로 막대한 빛의 격류를 일으켜 밀려드는 '진흙' 중 태반을 날려 버렸다.
눈부신 빛이 수그러든 후, 히폴리테가 주변을 둘러보니 이미 '진흙'도 '검은 안개'도, 그리고 알케이데스도 모습을 감춘 뒤였다.
아무래도 방금 전의 빈틈을 찔러 이탈한 것 같다는 사실을 알아챈 히폴리테는 빠득, 하고 이를 갈았다.
"나와는 결판을 낼 가치도 없다는 뜻이냐…!"

히폴리테는 분노를 가라앉힌 후, 허공을 향해 물었다.
"마스터, 귀중한 영주를…."
염화로 마스터와 교신을 시도했다.
항의하듯 입을 열기는 했지만, 히폴리테는 그 이상 말을 잇지 못했다.

"···아니, 고맙다, 마스터. 그리고 미안하다. 내 힘이 아직도 부족했던 것 같다."

영주를 통해 순간적으로 격상시킨 영기로 날려 버린 순간, 자신에게 돌아온 반동과 역류하려 했던 '진흙'의 일그러진 마력에 관해 생각한 후, 확신했기 때문이다.

'그 상태로는, 막아 낼 수 없었겠지.'

알케이데스의 피, 그리고 방대한 양의 마력이 뒤섞인 그 '진흙'은 아마도 영주의 힘이 없었다면 완전히 막아 내지 못했을 것으로 추측되었다.

그리고 그 '진흙'에게 무슨 일을 당했을 경우, 분명 큰일이 났을 것이다.

상황을 관찰하던 마스터가 심각한 상황이라 판단했기에 아껴 두었던 영주를 사용해서까지 자신을 구해 준 것이리라.

'설령 마스터가 영주를 모두 소진한다 해도, 역심逆心을 품을 일은 없겠지만···.'

히폴리테는 자신의 마스터에 해당하는 존재가 싫지 않았다.

다소 의견이 맞지 않는 면도 있지만, 함께 나아갈 자격이 있는 존재라 생각했다.

하지만 그렇기에 자신과 악연이 있는 상대와의 공방에서 영주를 사용하게 한 일에 자책감 같은 것을 느끼고 있었다.

"……."

알케이데스가 떠나고 검은 안개가 가신 도시.

히폴리테는 말의 목덜미를 쓰다듬으며 주변을 둘러보았다.

이미 대로에서는 벗어난 데다 '검은 안개'가 솟구친 병원에서도 상당히 멀리 떨어졌다.

하늘이 하얗게 밝아지기 시작한 가운데, 병원 주변에서는 사람을 물리는 결계로 인해 거리를 두었던 도시 사람들이 꿈틀대는 기척이 느껴졌다.

"어찌 되었든, 이대로 전투를 계속할 수는 없겠군. 마스터, 일단 돌아가도록 하겠다."

히폴리테는 염화를 통해 마스터에게 말한 후, 다시 말에 올랐다.

"잘 달려 주었다, 칼리온. 마스터에게 돌아가 쉬자."

히폴리테는 온화한 표정으로 말의 이름을 부른 후, 영체화해서 마스터가 있는 거점으로 돌아가기 위해 인적이 없는 골목을 향해 천천히 달려 나갔다.

영체화하기 전, 떠나가는 소녀와 말의 모습은 몇몇 사람들에게 목격되었다.

하지만 선전에 말을 사용하는 카지노 등도 있어서 그러한 부류의 말이겠거니, 하고 그다지 신경 쓰지 않았고 히폴리테의 의상도 이벤트 의상이겠거니 생각한 그들은 그대로 제 갈 길을 가기 시작했다.

현재 스노필드에 사는 사람들에게는 그렇게 자잘한 상황을 살필 만큼의 여유가 없었기 때문이다.

도시 밖으로 향했던 사람들이 어째서인지 돌아와서는 '도시 밖으로 나가고 싶지 않아'라는 소릴 하는 기묘한 상황.

동물들 사이에 퍼진 의문의 질병.

경찰서를 습격한 테러리스트.

그리고 사막에서 일어난 가스 회사의 파이프라인 폭발과 도시에서 일어난 폭풍에 의한 피해, 그리고 공장지대에서 발생한 화재 소동.

여러 가지 사건 사고가 연달아 일어나 뉴스와 일기예보를 체크하던 이들은 한 가지 예감에 사로잡힐 수밖에 없었다.

현재 미국 서부를 들썩이게 하고 있는 거대한 태풍.

느닷없이 발생해서 똑바로 이 지역을 향해 다가오고 있다는 그 태풍은….

아마도 틀림없이 이 도시에 직격할 것이라는 예감.

이 모든 것은 우연이 아니고, 이 도시에서 무슨 일이 일어나고 있는 것이 분명하다는 예감.

근거는 없다.

인터넷에 글을 남겨도 다른 곳에 사는 이들은 [재수도 없네], [저주라도 받은 거 아냐?]라는 반응을 할 따름이었다.

사상자가 거의 나오지 않았다는 이유도 있기는 하지만 눈에 띄는 피해가 국가의 일부 기관에 의해 은폐되고 있다는 점도 이유 중 하나였다. 하지만 그곳에 사는 사람들의 불안감은 갈수록 커지고 있었다.

그럼에도 공황 사태나 소동이라 할 수 있는 상황으로 발전하지는 않았다.

이 도시가 만들어졌을 때부터 도시 안에 걸려 있던 무수히 많은 암시와 결계로 인해 그들의 그러한 감정은 어느 정도 억제되고 있기 때문이다.

하지만.

그것에도 한계가 다가오고 있었다.

사태가 심각하다는 것을 알아챈 사람들의 얼굴에는 저항이 아니라 체념의 빛이 떠오르기 시작했다.

무슨 일이 일어날지 모른다는 불안감.

그 불안감은 감각의 밑바닥을 맴돌고 있을 뿐이다.

하지만 아마도 스노필드라는 도시는 머지않아 끝장날 것이다.

자신과 다른 모든 타인들을 길동무 삼아서.

×   ×

하늘 위.

한 대의 거대 비행선이 마술의 힘으로 다른 것들보다 훨씬 높은 하늘을 날고 있다.

스노필드에서 일어난 '거짓된 성배전쟁'의 흑막 중 한 명인 마술사 프란체스카의 공방이기도 한 그 비행선 안에서 그것의 주인인 소녀 마술사가 자신이 불러낸 캐스터, 프랑수아 프렐라티와 함께 지상의 상황을 관찰하고 있다.

프란체스카는 프랑수아의 '환술'로 **공간의 거리를 속여**, 사역마도 사용하지 않은 채 마치 코앞에서 일어난 일처럼 병원 앞에서 벌어진 전투를 관찰하고 있었는데….

"이상하네에…."

"왜 그래?"

캐스터가 호박 파이를 베어 물며 질문하자 마스터인 프란체스카는 고개를 갸웃하며 답했다.

"이래저래 이상하단 말야~ 뭐, 뜻밖의 일이 일어나는 건 대환영이지만, 정답을 모르는 채로 있자니 그건 그것대로 답답하다고나 할까?"

"순 자기 마음대로네. 역시 나야."

깔깔 웃으며 그런 소리를 하는 캐스터를 무시하고 프란체스카는 계속해서 생각했다.

"아마조네스의 여왕님은, 협곡에서 봤을 때보다 영기의 질이 올랐단 말이지~ 운은 둘째 치고 신체 능력이랑 내포 마력 같은 게 한 단계 오른 것 같다고나 할까?"

"헤에, 그런 일이 있을 수가 있어? 중간에 서번트가 성장하다니…."

"제공되는 마력이 껑충 치솟거나 하면 가능은 해. …혹시 마스터인 도리스가 드디어 금지된 영역까지 강화 마술을 끌어올린 걸까? 수명뿐만 아니라 마술각인까지 거덜 낼 각오로 자신의 마술회로를 억지로 강화한 걸까…?"

"헤에. 그 여왕님의 마스터는 '이쪽'에 속한 마술사였으니, 성배가 왜곡된 가짜라는 사실은 알 것 아냐? 그런데도 목숨을 걸다니 정신 나갔네."

흥미가 동했는지 프렐라티는 입가에 묻은 호박 파이의 크림을 손수건으로 닦으며 프란체스카에게 다시 몸을 돌렸다.

"뭐, 그 제3마법이라는 것에 근접할 수 있을지 어떨지는 결과가 나오기를 기대하기로 하고…. 마력량을 생각하면 원망기 치고는 상당히 질이 좋은 소원까지는 이룰 수 있을 테지만 말야."

"뭐, 아무렴 어때! 냉큼 당해 버리는 것보다는, 최대한 상황을 복잡하게 꼬아 주는 게 좋잖아! 모처럼 유력 승리자 후보였던 길가메시가 격침되는 뜻밖의 전개가 벌어졌는걸!"

프란체스카가 멋대로 납득하고 웃음을 터뜨리자 프렐라티가 물었다.

"그보다 나는 병원에서 나온 그 검은 안개 쪽이 신경 쓰이는데. 그건 뭐야?"

"글쎄?"

"글쎄라니…. 그거, 심상치 않아 보이던데, 괜찮은 거야?"

어깨를 으쓱하며 프렐라티가 말하자 프란체스카는 환한 미소를 띤 채로 대꾸했다.

"네가 내 입장이었다면 어쩔 건데? 모르겠어~ 무서워~ 하고 허둥대며 울 거야?"

"……. 뭐, 모르겠으니 '글쎄' 하고 넘기지 않을까. 하지만 성별이 다른 자신이 울부짖는 모습은, 어쩌면 의외로 흥분될지도 모르니까 한 번 해 봐 줄래?"

"그 말에는 동의하지만 귀찮으니까, 기분이 내키면 해 줄게~ 지금은 무슨 일이 일어났는지 모르겠는 이 상황을 최고로 즐기고 싶은 기분이거든!"

적당히 프렐라티를 상대하며 그녀는 계속해서 생각했다.

"그나저나… 딸인 츠바키 쪽이 마스터였다는 건 재미있는 오산이지만, 어떤 영령인지는 궁금하네. 어쩐지 여러 사람을 어딘가로 보내 버린 것 같기도 하고 말야."

"할리였던가? 그 애가 괴물을 불렀을 때는 내장이 근질근질할 정도로 기뻐했으면서, 오늘은 꽤나 저기압이네?"

"그도 그럴 게, 내 눈에 안 보이는 곳에서 내가 모르는 짓을 하는 건 재미없잖아~?"

거기까지 말한 후, 프란체스카는 눈웃음에 흉흉한 분위기를 섞어 넣으며 중얼거렸다.

"흡혈종이 멋대로 움직이고 있는 게… 살짝 기분 나쁘기도 하고 말야."

×　　　　×

꿈속.

"어디 보자, 꽤나 많은 사람이 '이 세계'로 끌려 들어온 것 같은데… 어떻게 되려나아."

어린 소년의 모습이 된 흡혈종이자 어새신의 마스터라는 입장에 있는 마술사, 제스터 카르투레는 자신의 힘을 구사해서 소년의 모습으로 육체를 **재구성**하여 건물 위에서 거리를 내려다본 채 의기양양한 미소를 지었다.

"어새신 누나가 이쪽 세계의 편이 되면 경찰들을 적으로 돌려야 할 텐데. 뭐, 원래부터 적대 관계였지만."

쿡쿡 웃으며 제스터는 혼자서 계속 중얼거렸다.

"이 세계의 적이 된다면, 어새신 누나는 자기가 지키려 했던 츠바키를 죽여야 할 테고. 아아, 일이 어느 쪽으로 굴러가든 나는 손해 볼 일이 없으니 상관없지만."

아이의 모습에는 어울리지 않는 사악한 미소를 지은 채로 제스터는 말을 이었다.

"이건 성배전쟁이야. 누나 이외의 모든 사람이 적이야. 적이라고."

이윽고 그 미소는 황홀한 빛을 띠기 시작했고, 그는 자아도취에 빠져 두 팔을 벌렸다.

해가 떠오른 푸른 하늘을 그 몸으로 받아 내듯 선 채, 제스터는 세상 앞에서 자신의 기쁨을 마음껏 표출했다.

"나만이… 마스터인 나만이 누나 편이 될 수 있어… 어새신 누나."

제스터는 그러한 모양새로 자신만의 쾌락에 취해 있었지만….

그는 간과하고 있었다.

이 세계에 일어난 하나의 '이변'을.

츠바키의 서번트인 페일라이더조차도 알아채지 못한.

쿠루오카 부부의 저택 아래서 태어나고 있는, 또 하나의 **무언가**의 존재를.

저택 지하에 만들어진, 지상 부분보다 커다란 '마술공방'.

그 중심에 엄중하게 보관되어 있던 어느 '촉매' 주변에, 하나
의 이변이 현현해 있었다.

　"......"

괴이怪異라 불러야 할지도 모른다.
적어도 누군가의 서번트는 아니다.

　　　"............어째서."

　어쩌면 그렇게 될 수도 있었던 존재일지도 모르지만, 그 누
구와도 마력은 이어져 있지 않았다.
　아마도 무언가의 영향으로 떠오른 것뿐, 금방 사라지고 말
존재일 것이다.
　'그것'은 붉은 옷을 두르고 주변에 일렁이는 물구슬을 거느
리고 있었다.

　　　　"어째서, 나는 이곳에 있는 것이지?"

　단정한 얼굴 생김새를 하고 있는, 남자인지 여자인지도 알
수 없는 신기한 모습을 한 존재는, 딱히 무언가를 하지는 않고
그저 그 자리에서 일렁거리고 있을 뿐이었다.

"…정政이여."

지금은, 아직.

17장
『3일 차. 밝아 오는 아침과
깨지 않는 꿈 Ⅱ』

3일 차. 아침. 스노필드 시 경찰서. 서장실.

병원 앞에서 사투가 벌어진 뒤로 하루가 경과한 스노필드.

대로의 파괴는 사막에 크레이터를 발생시킨 파이프라인 폭발의 영향으로, 도로 지하에 매설된 가스관과 수도관이 연쇄폭발을 일으킨 사고에 의한 것이라고 처리되었다.

그것만으로는 가스 회사가 성배전쟁이 종료될 때까지 **버티지 못할** 것이라고 판단했는지, 경찰서를 습격했다고 알려진 테러리스트가 사전에 설치했던 파괴 공작용 장치가 뒤늦게 발동했고, 그것이 사막에서 일어난 폭발로 인해 일부 파손되었던 배관에 영향을 미쳐 참사가 커진 것이다… 라는 커버스토리가 발표되기도 했다.

도시에 사는 사람들의 분노는 존재하지도 않는 테러리스트에게 집중되었지만, 동시에 그 테러리스트가 아직 체포되지 않았다는 정보도 흘렸기 때문에 정상적인 위기의식을 지닌 시민 중 몇 할 정도는 섣불리 시가지 등에 발길을 옮기지 않기 시작했다.

그런 상황 속에서 한 남자가 중얼거린 말이 넓은 방 안에 울려 퍼졌다.

"영웅왕, 길가메시가 당했나…."

길가메시의 마스터인 티네 체르크 진영을 감시하던 부하의 보고서를 확인한 후, 스노필드 시의 경찰서장 올란도 리브는 눈살을 찌푸리며 혼잣말을 했다.

그 사실은 어젯밤, 이 방에서 직접 행했던 마력 관측을 통해서도 어느 정도 추측한 바였다.

모종의 원인으로 인해 영주가 발동하여 무의식 상태에서 마스터가 된 것으로 추측되는 쿠루오카 부부의 딸, 쿠루오카 츠바키.

그녀를 확보하고 서번트의 의사를 확인하기 위해 경찰 부대를 보냈지만, 그곳에 여러 명의 영령들이 난입해 전투가 벌어졌고….

심상치 않은 마력의 격류가 관측된 다음 순간, 영웅왕 길가메시로 추측되는 영기의 반응이 크게 흔들리더니, 현재는 관측이 불가능해진 상태였다.

"평범하게 생각하자면 가장 성가신 적이 사라졌다… 라고 보아야겠지만."

절망은 하지 않았지만 서장의 얼굴은 심각했다.

설령 강적이 사라졌다 해도, 이쪽이 입은 피해 또한 막심했기 때문이다.

소동이 일어난 틈에 제삼자가 습격해 오지 않을까 싶어 경계를 위해 남겨둔 몇 명을 제외한 스무 명 이상에 달하는 부하들이 영웅왕의 영기가 옅어진 직후에 사라져 버린 것이다.

죽었다면 체념하고 곧바로 다음 수단으로 넘어갈 수도 있을 것이다.

　무언가를 잃는 것에 무감정할 정도로 마술사다운 사상을 가지고 있지는 않았지만 자신의 것을 비롯해서 목숨을 버릴 각오는 되어 있었다.

　하지만 우는 소리를 하려는 것은 아니지만, 살았는지 죽었는지도 알 수 없는 상황에서는 어떻게 손을 써야 할지 고심할 필요가 있다.

　어쨌든 시체가 발생한 흔적은 없고, 파괴의 흔적만이 남겨져 있는 상황이기 때문이다.

　주변에 설치된 감시카메라 중 대부분은 그 전까지의 전투로 인해 파괴되었고, 무사했던 몇 개의 영상에는 검은 안개가 병원이 있는 방향에서 솟구쳐 나오는 모습이 담겨 있었다.

　카메라에 담긴 영상에는 옅은 스모그 정도로 보였지만, 모종의 마력이 연루되었을 경우 마술사나 영령이 직접 보았다면 더욱 짙게 보였을지도 모를 일이다.

　부관인 벨라 레빗도 사라졌다.

　서장으로서는 장기짝 중 태반을 잃은 상황이라 할 수 있었지만, 그는 우선 생사를 확인하는 것이 최우선이라 생각했다.

　'설령 그 안개로 인해 목숨을 잃었다 해도 사체가 없는 데에는 모종의 의미가 있을 터.'

　'동기를 생각해라. 누가, 어떻게 한 것인지를 생각하는 건 나중 일이다.'

'시체를 이용할 생각인가? 아니면 좀비처럼 조종하거나, 뇌에서 직접 이쪽에 관한 정보를 빼낼 생각인가….'

'죽지 않았다면… 산 채로 세뇌할 생각인가, 아니면 고문을 통해 정보를 빼낼 속셈인가….'

어찌 되었든 적이 되거나 정보를 빼앗길지도 모른다는 가능성이 떠올라 암담할 따름이었지만 서장은 추측을 이어 갔다.

'그 외의 이유… 쿠루오카 츠바키의 서번트가, 많은 인간을 어딘가에 숨길 만한 이유가 있나?'

'어찌 되었든 최종적으로는 'whydunit(와이더닛)─왜 그랬는가'가 문제라 이건가.'

'절차에 따른 수사라면 모를까, 추리에는 영 소질이 없는데 말이지.'

'마스터의 지시… 아니, 아니겠지.'

'쿠루오카 츠바키는 혼수상태다. 서번트와 의사소통을 할 수 있는 상황이 아니야.'

'……'

'가만, 정말로 그럴까?'

'나는 의식적으로 링크를 차단하고 있지만, 팔데우스의 말에 의하면 성배전쟁의 마스터에게는 마력으로 이어진 서번트의 기억 등이 흘러드는 일도 있다고 하는데….'

'반대의 경우가 있을 수 있나?'

'혼수상태인 쿠루오카 츠바키의 의식 심층에서 무언가를 읽

어 내서….'

서장이 계속해서 사고를 가속시키던 참에, 그것에 제동을 거는 목소리가 방에 울렸다.

"여어."

서장이 시선을 돌려보니 그곳에는 자신의 서번트인 캐스터, 알렉상드르 뒤마 페르가 있었다.

"어째서 자네가 이곳에 있지, 캐스터?"

"아아, 좀 전까지 살짝 뭘 좀 돕고 왔거든."

"도와…?"

서장이 의아하다는 투로 되묻자 뒤마가 말했다.

"미안해, 형씨. 염화는 형씨가 거부했었잖아. 아니 뭐, 보나마나 뜯어말릴 것 같아서 전화로도 연락을 안 한 거지만."

"잠깐. 무슨 소릴 하는 거지?"

불길한 예감을 느끼며 서장이 묻자 뒤마는 서장실에 있던 내빈용 소파에 털썩 앉으며 표표한 투로 말을 이었다.

"뭐, 한 발짝 떨어져서 관전하길 잘했어. 코앞에 있는 객석에서 봤다면 나도 지금쯤 저 검은 안개 속에 있었을 테니까 말야. …경찰 부대 녀석들을 보조하려면 그러는 편이 좋았을지도 모르지만."

"……?! 현장에 있었던 건가?! 내가 언제 그런 지시를 내렸지?!"

"그래, 분명 지시를 받은 기억은 없지. 다행이군, 피차 기억력이 멀쩡해서. 희곡이나 소설이었다면 알리바이 증언을 하는 중요한 역할을 맡을 수 있었을 거야."

"……! 자네는, 자신의 입장을 알기는 하나? 경찰 부대와 나는 대신할 자가 있지만, 영령인 자네가 당하면 이쪽 진영은 끝장이라는 말이다!"

조용한 분노를 담아 서장이 그렇게 말하자 뒤마는 그러한 상대의 감정의 응어리를, 어깨를 으쓱하는 동작만으로 흘려 넘기고서 아침 식사라도 주문하는 듯한 가벼운 말투로 답했다.

"끝장은 무슨. 슬슬 마스터만 살해당해 허공에 붕 뜨는 영령 같은 게 나올 타이밍이니, 그런 녀석이랑 계약을 하는 등 방법이야 얼마든지 있는데."

"그런 '만약'의 이야기로 얼버무릴 셈인가?"

"제 발로 전쟁에 발을 들여놨으면, '끝장'이라는 말은 쉽게 하지 말라는 뜻이야."

"……!"

서장은 뒤마의 말을 듣고 몇 번인가 호흡을 가다듬으며 침묵한 후, 얼굴에서 일체의 분노와 초조함을 지우고서 자신을 타이름과 동시에 입을 열었다.

"…그렇군. 미안하게 됐다. 설령 나와 자네를 비롯해 이쪽의 모든 세력이 죽는다 해도, 끝장이라 판단해서는 안 되지."

"하핫! 그런 식으로 한순간에 냉정해질 수 있는 당신의 그런

점이 나는 참 좋단 말이야?"

"칭찬으로 받아들이기는 하겠다만… 냉정해진들 상황이 호전되는 것은 아니지."

"그럼 내가 좋은 뉴스를 선물해 주지. 사라져 버린 경찰 부대 녀석들 말인데, **아직 무사해**."

"!"

서장의 눈이 아주 약간 커지자 뒤마는 즐거운 듯 입꼬리를 올리고서 말을 이었다.

"내가 요리한 무구의 기척이 아직 느껴져. 나는 성배전쟁의 캐스터로는 별 볼 일 없지만, 내가 관여한 물건이 아직 이 세상에 '있는'지 '없는'지 정도는 알 수 있거든. 그 감각으로 판단 컨대, 분명 그 녀석들에게 건넨 무기는 아직 이 세상 어딘가에 존재해…. 하지만 걸어서 갈 수 있는 장소도 아닌 것 같다…는 게 내 솔직한 의견이야."

"하지만 보구가 남아 있을 뿐, 사용자들이 무사하다는 보장은 없을 텐데?"

의아한 투로 서장이 묻자 뒤마는 다시 답했다.

"적어도 존은 살아 있어."

"어떻게 알지?"

"그에 관해서는 나중에 설명하지. 형씨한테도 안 알려 준 보구가 있었던 것뿐이지만."

"……. 아니, 설명하겠다면 기다리도록 하지. 지금은 부하들의 안부를 확인하는 것이 우선이니.”

목구멍까지 차올랐던 말을 간신히 삼킨 후, 서장은 현재의 문제로 다시 시선을 돌렸다.

“그나저나… 모를 일이군. 모종의 마술적인 결계 안에… 설마, 고유결계인가?”

고유결계.

그 단어를 떠올린 서장은 속으로 나직하게 신음했다.

“고유결계라~ 심상풍경에 작은 세계를 만들어 내서, 이 세계 안에 억지로 쑤셔 넣는 대마술 말이지?”

“자네의 인식과 표현은 다소 거칠지만, 완전히 틀리지는 않았군. …흠, 고유결계나 그에 가까운 마술이라면 분명 어느 정도의 인원수를 격리하는 건 가능할 테지. 영령이라면 그러한 기적을 한두 개쯤 사용할 수 있는 이가 있어도 이상할 것은 없지만…. 기본적으로 막대한 마력이 필요한 일이야. 짧은 시간이라면 모를까, 오랜 기간 동안 사라진 사람들을 잡아 둘 수는 없어.”

고유결계는 마술세계에서도 마법에 가까운 대마술이라 일컬어진다.

때때로 물리법칙조차도 비틀어 현실에 ‘세계’를 덮어씌우기까지 하는 기적은, 마술사들의 마력을 염두에 두면 아무리 영령이라 해도 몇 분을 유지시키는 것이 한계일 것이다.

그 이상 유지가 가능한 마력 공급이 있다면 이야기가 달라지겠지만, 그 정도의 마력이 움직였다면 어떠한 형식으로든 이쪽의 관측 시스템을 통해 공지가 되었을 터다.

'팔데우스는 이미 알면서 일부러 감추고 있을 가능성도 있지만….'

'아니… 실제로 어젯밤에 갑자기 강대한 마력 반응이 나타나기도 했지.'

'관측 시스템은 계속 운용해야겠지만, 그렇게까지 거대한 마력의 흐름마저도 은폐할 수 있다면, 다른 방향으로의 접근도 시도해 볼 필요가 있겠어.'

생각에 잠긴 서장은 아랑곳 않고 뒤마는 응접용 테이블 위에 놓여 있던 신문을 읽으며 말했다.

"이야~ 이쪽 문제도 꽤 골치 아프지 않아? 태풍이 이 일대를 향해 일직선으로 오고 있다는데? 이 녀석도 혹시 어딘가에 있는 영령이 한 짓이거나 한 거 아냐?"

"…태풍이 발생한 곳은 멀리 떨어진 서쪽이다. 무관한 일이라고 생각하고는 싶지만…."

"잔뜩 찌푸린 얼굴을 보니 낙관적으로 생각하고 있지는 않군. 그래야지. 상관이 있든 없든 비바람이란 놈은 누군가의 의도를 가려 주고 흘려보내고 날려 버리기 마련이니까. 이 나라의 높으신 양반들도 하루 동안 잔뜩 죽어 나갔다면서? 이것도 비바람이라 할 수 있겠구먼."

"그 건 역시 짚이는 바가 있기는 하지만… 팔데우스나 그 꼰

대 프란체스카에게 물어본들 이쪽이 납득할 만한 답을 해 줄 것 같지는 않군."

타이밍이 타이밍인 만큼, 국내의 온갖 사건이 이 도시의 '거짓된 성배전쟁'과 연관되어 있지는 않을까 하는 의심이 쉴 새 없이 서장의 마음속에 싹텄지만, 설령 정말로 연관되어 있다 해도 즉시 확인할 방법이 없다는 사실이 답답할 따름이었다.

상황이 악화일로로 치닫고 있는 스노필드의 중심부에서 서장은 자신의 무력함을 뼈저리게 깨달았다.

'아니, 처음부터 알고 있었던 일이다.'

'애초부터 능력이 떨어진다는 것은 각오한 바였지. 그럼에도 우리는….'

서장이 주먹을 움켜쥐자 뒤마가 가벼운 투로 말을 붙였다.

"그래서 어쩔 거야, 형씨?"

"어쩔 거냐니?"

"언제 구하러 갈 건데? 어디로 사라졌느냐에 달린 일이기는 하지만, 영령인 내가 들어갈 수 있는 곳이라면 가 줄게."

그 말에 서장은 눈살을 찌푸렸다.

자신이 불러낸 영령에 관한 모든 것을 아는 것은 아니지만, 대략적인 능력은 파악하고 있기 때문이다.

"…좀 전에는 이야기가 샜지만, 애초에 자네를 전선에 내보낼 리가 없잖나. 그렇게 하라는 지시를 내린 적도 없고, 앞으로 내릴 생각도 없어. 또 제멋대로 굴 생각이라면, 영주를 써서라도 행동을 제한하도록 하지."

서장이 엄격한 투로 말하자 뒤마는 늘 짓고 있던 미소를 거두고 진지한 투로 답했다.

"아니, 내렸어. 그것도 제일 처음에."

"무슨 소릴…."

"형씨, 댁이 나한테 의뢰한 일은 경찰 부대의 무기를 만들라는 거였어. 마술사로서는 초보고, 영령과 비교하자면 여기저기 널린 공원에서 유모차에 타고 있는 애새끼와 다를 게 없는 녀석들에게 '싸우기 위한 힘'을 주라고 했다고."

뒤마는 신문을 넘기며 라스베가스에 거주하는 작가의 연재 단편을 가리키더니, 톡톡 손가락으로 두드리며 말하기 시작했다.

"나는 작가야, 형씨. 그런 내가 너희한테 줄 수 있는 '힘'은 뭐지? '무기'는 뭐지? 영령이라는 게 될 때, 어디선가 묻어온 '보구'의 힘이라는 거? 덤으로 딸려 온 보구 작성 스킬이라는 거? 뭐, 그것도 정답 중 하나이기는 하지만 근본은 아니야."

뒤마는 거기까지 말하고서 일단 손가락을 멈추고 신문을 집어 올렸다.

"내가 남한테 줄 수 있는 건 하나뿐이야! 그래! '이야기'!"

다음 순간 그 신문을 허공으로 던져, 주변에 문자의 비가 내리는 가운데 알렉상드르 뒤마는 큰 소리로 노래하듯 외쳤다.

"픽션이든 논픽션이든! 개고한 희곡이든 내 자서전이든! 하나부터 열까지 내 머릿속에서 나온 망상들이든! 숭고한 인간의 삶과 역사적 사건을 소설로 옮긴 것이든! 세계가 자아내 온 요리의 역사를 정리한 것이든! 모두 다 싸잡아서 '이야기'란 놈이란 말씀이야."

뒤마는 낭랑하게, 마치 연극의 한 장면처럼 말을 늘어놓았다.

고래고래 소리를 친 것도 아니었지만, 마치 큰 고래의 울음소리를 가까이서 듣고 있는 듯 배 속까지 울리는 목소리였다.

착각에 불과하다 해도 그 착각을 일으키기에 충분한 말이라 판단한 서장은 눈앞에 있는 영령의 말을 늘 하는 농담처럼 흘려 넘기지 않기로 했다.

그런 서장의 얼굴을 본 뒤마는 기분 좋은 듯 말을 이었다.

"가리발디 나리가 혁명을 일으키겠다고 했을 때, 나는 분명 배에 돈에 무기까지 지원했지. 하지만 그것도 하나의 '이야기'야. 돈도 총도 명성도, 누군가의 손에 넘어갔다는 이야기가 타인에게 알려진 시점에서 수많은 의미를 띠게 된다고. 세상을 떠들썩하게 한 영웅을, 『삼총사』의 작가 알렉상드르 뒤마가 후원했다! 그 시기의 내게는 그다지 효과가 없었을지 모르지만, 한 사람의 인생에 영향을 미치기에는 충분한 단편斷片이지. 인터넷에서 정보를 살짝 뒤져 봤는데, 그 이야기가 떡하니 남아 있더군. 적어도 100년 남짓 동안은 잊히지 않은 거지."

마치 희곡의 연기자를 보는 듯한 뒤마의 말을 들은 서장은

잠시 침묵한 후, 여러 가지 감정을 정리하며 그 자신의 말을
토해 냈다.

"…무슨 말을 하고 싶은지는 알겠다. 하지만 그것과 자네가
위험을 무릅쓰겠다는 이야기는 아무런 상관이…."

하지만 뒤마가 그 말을 가로막았다.

"존 윙가드."

"……?"

뒤마가 느닷없이 꺼낸 고유명사에 서장은 순간적으로 굳어
버렸다.

"벨라 레빗, 애니 쿠아론, 돈 호킨즈, 채드윅 리, 유키 카포
티, 아델리나 예이젠시테인…."

조금 전 허공에 던진 신문지를 정성껏 한 장씩 집어 들며 읊
는 이름의 나열을 들은 순간, 서장은 알아챘다.

그것들은 모두 '이십팔 인의 괴물―클랜 칼라틴'이라 이름
붙인 실행부대 경찰들의 이름이라는 사실을.

이름을 나열한 것뿐이지만, 반론을 허락지 않는 힘이 말의
이면에서 느껴져 서장은 그것을 방해하지 않고 계속해서 들었
다.

"……. ……. 소피아 발렌타인, 에디 브랜드…. 그리고 마지

막은 댁이야, 형씨. 올란도 리브 경찰서장님."

"…자세히 조사했다는 것은 알았지만, 일일이 암기까지 했나."

"이름뿐만이 아니라고? 얼굴, 목소리, 성장 배경, 좋아하는 향초의 종류에 이르기까지 알아낼 수 있는 건 전부 다 외웠지. 그도 그럴 게 댁도 부하의 이름은 전부 외우는 성격이잖아, 형씨."

자랑을 하는 투가 아니라 어디까지나 담담하게 말한 후, 뒤마는 말끔하게 정돈한 신문지를 테이블 위에 내려놓고 서장이 있는 책상까지 이동했다.

그리고 두 손을 책상에 짚고 커다란 몸을 앞으로 내민 채, 영령은 '자신의 말'을 마스터에게 전했다.

"방금 말한 이름은, '주요 인물 일람'이란 거야. 녀석들은 이미 내 작품의 주요 인물이다 이 말씀이야."

뒤마는 문득 씨익 하고 웃더니, 두 팔을 펼치며 말을 끝맺었다.

"신 행세를 할 생각도 없고, 컨트롤하려는 생각도 없어. 하지만 이건 댁들한테는 아마도 처음이자 마지막일, 일생일대의 '성배전쟁'이라는 작품이잖아. 나는 그것에 무기이니 힘이니 하는 모양새로 대본의 일부를 제공해 버렸고."

"그건 내가 배우들의 설정을 비틀어 놓는 바람에, 끝에 가면 나조차도 어떻게 될지 모르는 끝내주는 대본이라고. 제일 앞줄에서 보고 싶은 게 인지상정 아니겠어, 어엉?"

×   ×

결계 안.

"이게… 가짜 세계라고?"

교회 문을 지나, 푸른 하늘 아래 펼쳐진 세계를 보며 아야카 사조는 믿을 수가 없다는 듯 중얼거렸다.

마치 관광용 팸플릿의 표지에 실을 수 있을 듯한 아름다운 경관이었다.

역사가 깊지는 않지만 계획을 통해 세워진 건물들이 조화를 이루어, 도시의 중심부에 있는 카지노 호텔과 시 청사를 보다 장엄하게 부각시키고 있었다.

무엇 하나 다를 것 없는 평범한 도시 풍경이다.

하지만 그녀도 현재의 상황이 '평범하지 않다'는 사실은 곧바로 알아챘다.

이유 중 하나는 도시에 자신과 경찰 부대 이외의 사람을 찾아볼 수 없다는 것이다.

또 하나는… 몇 시간 전에 그토록 요란하게 파괴되었던 교회와 병원 앞의 대로가 아무 일도 없었다는 듯 수복되어 있었던 것이다.

"전부 고쳐졌어… 어째서?"

"아니… 고쳤다기보다는 애초에 파괴되지 않은 것 같은걸."

아야카의 말에 그녀와 마력으로 연결되어 있는 세이버 사자심왕 리처드가 답했다.

그가 말한 대로 길에 복구 흔적이 없는 것은 물론이고, 며칠이나 전에 난 것으로 보이는 타이어 자국이며 흠집 등이 그대로 남아 있었다.

그럼에도 도무지 믿기지가 않아서 아야카는 세이버에게 다시 한번 물었다.

"정말로 가짜 세계라면… 마술이란 건, 그런 일도 할 수 있는 거야…?"

"이 정도까지 오면 마법의 영역에 가깝다 할 수 있지만 말이야. 뭐, 시간과 기술과 자산을 무식하게 쏟아부으면 간신히 재현은 할 수 있을 테니, 역시 마법이 아니라 마술이려나."

세이버가 어쩐지 느긋하게 말하자 아야카는 살짝 어이가 없어서 한숨을 내쉬었다.

"저기, 이거 엄청나게 이상한 사태 아니야…?"

"그래, 맞아. 하지만 동시에 호기심을 자극하는 상황이기도 하지. 대체 어떤 녀석이 이런 대마술을 행사했을지를 생각하면, 가슴이 두근거리지 않아?! 만약 그 대마술사 멀린 같은 이가 나오면 어쩌지? 지금 이 시대의 가치관으로 말하자면 사인이라도 받아 둬야 할 것 같은데."

"알 게 뭐야. 멀린이라는 사람에 관해서도 잘 모르는걸."

아야카는 적당히 답했다.

"아아, 하지만 적이라면 강적이겠지. 어쩔까, 달을 향해 던져 볼까…? 아니, 그건 어마마마가 각색한 것이었을 터…. 하지만 전설의 마술사잖아…. 붙잡는 데 성공하면 발을 잡고 '엑스칼리버'로 휘둘러 볼까…? 어쩌면 엄청난 위력의 마법검이 될 수도… 실제로 만나면 부탁해 볼 가치는 있겠어!"

조용히 흥분해서 미소를 지은 채 이상한 소리를 중얼거리는 세이버를 본 아야카는, '아아, 저런 상상력은 확실히 어머니를 닮은 것 같네.'라는 생각을 하며 계속해서 걸었다.

"그런 것보다 정말로 그 마술사를 쓰러뜨려야만 나갈 수 있는 거야…? 그 뭐랄까, 좀 더 안전하게 몰래 나갈 방법은 없으려나…."

세이버가 큰 부상을 입은 후이기도 해서 아야카는 최대한 충돌을 피하고 싶었지만, 그것을 부정하는 말이 세이버가 아닌 다른 방향에서 돌아왔다.

"네, 어려울 겁니다. 가능성은 있지만 단서가 없는 현재 상황에서는 올바른 방법을 찾는 데 얼마나 시간이 걸릴지 모를 일이라."

마치 감정이 설정되지 않은 안드로이드 같은 얼굴로 여성 경찰이 냉정하게 말했다.

"으음… 벨라 씨였던가요? 자세히 설명해 주셔서 고맙습니다."

　사람의 기척이 그다지 느껴지지 않는 세계.
　하지만 현재의 아야카와 세이버의 주변은 그런 세계에서도 예외라 할 수 있었다.
　교회에서 합류한 경찰 부대 중 열 명 정도가 두 사람을 에워싼 채 걷고 있었기 때문이다.
　경찰 부대를 통해 이 세계가 어느 폐쇄 공간의 일부라는 사실을 알게 된 아야카는 공간을 창조한 원흉을 치기 위해 일시적으로 협력 관계를 맺기로 했다.
　아야카는 체포당하는 것보다는 낫다고 생각했고, 세이버는 일시적인 동맹에 반대할 이유도 없었기에 딱히 망설이지 않고 행동을 함께하고 있었다.

　벨라 레빗.
　조금 전 자신을 그렇게 소개한 경찰 부대의 리더에 해당하는 여성에게로 시선을 옮기며 아야카는 경계심을 유지한 채 물었다.
　"당신도, 그게, 성배전쟁의 마스터…인가요?"
　"아뇨, 저는 마스터가 아닙니다. 자세히 설명할 수는 없지만, 마스터가 품은 진영에 속한 자… 라고 생각해 주셨으면 합니다.”

“다시 말해서, 경찰이 성배전쟁을 일으킨 마술사들과 손을 잡았다는 뜻이군. 나를 취조한 녀석들은 그런 분위기가 아니었으니, 모두 다 그렇지는 않을 테고.”

세이버가 평소와 같은 말투로 당당하게 자신의 추측을 말했다.

“하지만 병원 앞에서 벌어졌던 사투로 미루어 보자면, 그 장소에 대부분의 세력이 투입되었다고 보아야겠지. 증원도 오지 않은 데다 극소수만이 자네들의 상사인 마스터를 경호하고 있었다고 치면, 경찰관 동료는 서른 명 전후 정도 되려나?”

“……. 그 정보는, 탈출에는 필요하지 않을 것 같군요.”

“자네는 솔직한걸?”

“무슨 소릴 하는 거죠…?”

벨라가 무표정한 얼굴로 의아하다는 듯 말하자 세이버가 말을 이었다.

“확실히 더 중요한 장소에 백 명 정도를 보냈을 가능성도 있지만… 잠시 침묵한 것이나 시선의 움직임을 보면 정곡을 찔렸다는 걸 훤히 알 수 있어.”

“…….”

벨라는 침묵했다.

“…그 점을 군이 지적하다니… 너, 정말 못됐다.”

어이가 없다는 듯 아야카가 말하자 세이버는 허둥대며 부정했다.

"아니, 그런 뜻이 아냐! 비웃거나 자랑하려는 게 아니라고! 순간적인 대화 속에서 솔직한 반응을 보이는 건 심성이 정직하기 때문이야. 마술사인데도 정직한 건 미덕이라는 뜻이지. 나를 쫓아다니던 생제르맹이라는 마술사는 정말로 뭐가 참이고 뭐가 거짓인지 모를 말만 해댔거든."

그러자 이번에는 주변에서 목소리가 새어 나왔다.

"생제르맹…?"

"그 연금술사라는…?"

주변을 걷던 경찰들이 쑥덕대기 시작했다.

"아아, 역시 유명한가 보네, 그 녀석. 여러 사람의 앞에 얼굴을 내밀었다고 했으니 뭐… 직접적으로 얽힌 사람들이 딱할 따름이야. 아니, 역사에 이름을 남긴 거물이라면 그 녀석의 유별난 존재방식도 평범하게 받아들일 수 있을지도 모르지만."

세이버가 어깨를 으쓱하며 말하자 경찰 중 한 명이 물음을 던졌다.

"당신이야말로 정말 영령 맞아? 꽤나 나사가 풀린 것 같은데…."

그 젊은 경찰은 알케이데스와의 전투에 집중하느라 세이버와 영웅왕의 전투를 자세히 관찰하지 못했다.

그 때문에 자신이 상대했던 다른 영령, 즉 경찰서를 습격했던 어새신과 알케이데스에 비해 너무도 긴장감이 없다고 느껴서 그렇게 물은 것이었다.

　주변에 있던 경찰들은 "이봐!" "도발로 여기면 어쩌려고 그
래!"라며 그 젊은이를 타일렀지만….

　그 젊은 경찰의 말을 계기로, 세이버의 머릿속에는 어떤 인
물의 목소리가 재현되고 있었다.

'형님은 늘 그러시죠.'

'전장을 악마처럼 헤집어 놓으면서, 평시에는 너무도 안일하
시다는 말입니다!'

'본인이 왕이라는 자각은 있으신 겁니까, 형님!'

　세이버는 생전에 가족에게 들었던 호통을 그리워하며 젊은
경찰에게 물었다.

　"자네는?"

　"…존 윙가드다. 존이라고 불러."

　"……!"

　그러자 세이버가 놀란 듯 눈을 동그랗게 떴다.

　세이버가 갑자기 표정을 바꾼 것을 보고 경찰들과 아야카도
놀랐지만, 본인은 그런 것은 개의치 않고 희색이 가득한 얼굴
로 말했다.

　"그래… 자네 이름은 존이로군!"

　"……?"

"이것도 다 인연이니 친하게 지내지, 존. 이왕 나사가 풀린 김에 말이야."

친근한 태도로 경찰에게 다가간 세이버는 그의 등을 팡팡 두드리며 말을 이었다.

존은 영문을 알 수가 없어서 경계심 섞인 표정을 지었다.

"갑자기 왜 이래?! 내 이름이 뭐 어때서?!"

"아아, 그게, 응."

그러자 세이버는 난감하게 됐다는 듯 시선을 돌렸다.

"자네들은, 내 진명을 알지? 그에 따라 말할 수 있을지 어떨지가 결정되는데. …아니, 가만. 이미 '존'이라는 이름이 내 진명과 관련이 있다고 밝힌 거나 다름없잖아. 좋아, 어떻게 얼버무릴지 생각할 테니 기다려 줘."

"이미 무리야, 포기해."

아야카가 한숨 섞인 투로 말하기는 했지만 화가 난 듯 보이지는 않았다.

진명이 중요하다는 것은 아야카도 알고 있지만 눈앞에 있는 영령은 자신이 '듣고 싶지 않다'고 말렸음에도 불구하고 영령을 자칭한 전과가 있으니 끝까지 숨길 생각은 애초부터 없었던 것이 분명하다.

만약 정식 마스터였다면 영주를 사용해서라도 진명과 관련된 정보가 유출되는 것을 막았을 테지만, 아야카는 자신이 마스터라는 의식조차 없기 때문에 본인이 말하고 싶다는데 어쩌겠냐는 쪽으로 생각이 굳어 가고 있었다.

그래도 어이가 없기는 마찬가지인 아야카는 아랑곳 않고 세이버는 머릿속에 떠오른 말을 늘어놓았다.

"그래…. 어제 들었던 근사한 현대 음악의 제작자들… 엘튼과 레논, 윌리엄스, 트라볼타…. 그들과 같은 이름을 지닌 자네에게도 음악적 재능이 있을지 모른다는 생각이 들어서 말이지."

"엘튼 존은 본명이 아닐 텐데…."

경찰 중 한 명이 딴죽을 걸었지만 세이버는 못 들었다는 듯 현대 음악을 휘파람으로, 쓸데없이 멋들어지게 불기 시작했다.

그 모습을 본 벨라가 어쩐 일로 당황스러운 표정을 지은 채 혼잣말을 했다.

"진명을 숨겨야 할 영령이라는 것이 믿기지 않을 정도군요…."

일찍이 후유키에서 치러졌던 제4차 성배전쟁에서는 처음 만난 이들에게 스스로 목소리를 높여 자기소개를 했던 영령도 있었지만… 그러한 사례를 알 리 없는 벨라는 이 세이버가 상당히 특이한 존재이거나, 모든 것을 계산하고서 광대 노릇을 하는 교활한 서번트이거나 둘 중 하나일 것이라고 추측했다.

뭐, TV 카메라 앞에서 오페라하우스의 피해를 변상하겠다고 선언하거나, 마술사가 아닌 경찰 앞에서 영체화해서 사라지거나 한 기행으로 미루어 전자일 가능성이 높다고 생각하기는 했지만.

그러한 생각을 토대로 구태여 벨라는 자신이 아는 정보를 약간 제시했다.

"…서장님은, 당신의 진명을 짐작한 듯하더군요."

벨라는 서장과 정보를 공유하고 있지만 다른 경찰들에게까지 그 정보를 전달하지는 않았다.

서장으로서는 '붉은 머리가 섞인 금발'이라는 정보와 그가 오페라하우스 앞에서 했던 언동 등을 통해 유추하고 있는 단계라, 확정적이지 않은 정보를 퍼뜨렸다가 만에 하나라도 틀릴 경우에는 치명적인 사태가 벌어질 수도 있기 때문이다.

그 때문에 이 자리에서 상대를 사자심왕일 것이라고 지적하는 것이 아니라 '이쪽은 너에 관해 안다' 정도의 견제만 해 두기로 했다.

존은 그런 상사의 말을 듣고서 다시 한번 리처드에게 물었다.

"그나저나 당신… 영웅치고는 좀 해이한 것 아니야? 우리를 간단히 믿고 등을 보이고 있는데, 우리가 마스터 아가씨 쪽을 공격하기라도 하면 어쩌려고?"

"재미있는 질문이군. …어쩌면 좋을까, 아야카?"

"어, 그걸 나한테 묻는다고?!"

"그럴 경우, 목숨이 위험한 건 너야. 말이 나온 김에 적에게 어떻게 대처할지 물어 두는 게 좋겠는걸. 엉겁결에 반격해서 죽여 버린 뒤에 '죽일 필요까지는 없었는데'라면서 네가 슬퍼하기라도 하면 안 되니까."

대처하는 것 자체는 간단하다는 투의 리처드의 말에 무시당했다고 생각한 경찰 중 한 명이 다소 언짢은 표정을 지으며 입을 열었다.

"꽤나 여유롭군요. 상대가 우리라면 언제든 여유롭게 대처할 수 있다는…."

그 말을, 존이 손을 내밀어 제지했다.

"윽… 뭐 하는 겁니까, 존."

"…모르겠어? 우리는 감시당하고 있어."

그 말을 들은 경찰은 존의 얼굴을 보고 화들짝 놀랐다.

그는 어느새가 진지한 표정을 한 채, 식은땀을 흘리며 주변을 둘러보고 있었다.

한편 리처드는 감탄한 듯 존을 바라보았다.

"놀라운걸. 이 짧은 순간에 알아채다니. 어차피 자네는 아야카를 뒤에서 벨 비겁한 남자가 아니라고 생각했는데…. 아아, 자네는 좋은 관리뿐 아니라 좋은 기사가 될 수 있겠어."

"?"

영문을 알 수가 없어 아야카가 고개를 갸웃하는 한편, 경찰부대는 주변을 살펴보았고… 존과 마찬가지로 경계심과 놀라움 때문에 식은땀을 흘릴 수밖에 없었다.

"……."

혼자서 냉정한 벨라가 허리에 찬 권총을 의식하며 물었다.

"둘… 아니, 셋. 저건, 당신의 부하…라고 생각해도 되겠습니까?"

"어? 무슨 소리야?"

이번에는 아야카가 주변을 둘러보았고… 그제야 알아챘다.

건물 위에, 지난번에 보았던 붕대투성이 남자가 서 있고, 골목 사이에서 말을 타고 기병창을 든 남자가 이쪽을 흘끔거리고 있다는 사실을.

"저 사람은…!"

"아아, 궁병 쪽은 아야카에게 한 번 소개했었지? 모습을 감추고 있는 록… 어새신의 기척까지 알아채다니. 대단한걸, 벨라 씨."

"기척은 감지하지 못했습니다. 다만 아야카 사조의 몸을 지키려면 사각을 완전히 없애기 위해 한 명은 더 필요할 것이라고 판단했을 뿐입니다."

"그렇다면 더욱 대단한걸. 과연, 자네가 지휘를 한다면 주변 사람들도 전투 중에 더욱 강해지고 빛날 수 있겠어."

가벼운 투로 리처드가 말하자 안개가 흩어지듯 궁병 일행의 모습이 사라졌다.

존이 긴장을 풀지 않고 물었다.

"어떻게 된 거지…? 저건, 뭐야?"

"내 동료야. 자네들이 아야카를 노리지 않을 거라는 확신이 들면 내 진명과 함께 소개하도록 하지."

"동료… 결계 밖에서 불러들인 겁니까?"

벨라의 질문에 리처드는 고개를 가로저었다.

"내 영기와 반쯤 융합한 거나 다름없는 상태거든. 자동적으로 따라온 것뿐이야."

"…견제치고는 섣부른 짓이었군요. 이쪽은 당신의 진명을 짐작하고 있습니다. 지금의 정보로 핵심에 한 걸음 더 다가갈 수 있을지도 모른다는 생각은 안 드십니까?"

"걱정해 주는 거야? …응, 역시 자네들은 마술사보다는 기사에 가까운걸."

"……."

벨라가 무표정한 채 눈을 흘기자 리처드는 명랑하게 답했다.

"아아, 기분이 상했다면 미안하지만 모욕한 건 아니라고. 나는 기사도를 중시하지만 마술사를 경시하지 않거든. 하지만 그것과는 무관하게 자네의 인간성은 높이 평가하고 있지. 냉정하고 침착하지만 비정하지는 않다고 말이야."

"…질문에 대한 답이 아니군요. 당신은, 좀 전부터 저희를 너무 경계하지 않고 있습니다. 아야카 사조를 보호하는 데 온 힘을 쏟고는 있지만, 협력 관계가 끝난 후에는 당신 본인이 우리를 최종적으로 쓰러뜨릴 것이다… 라는 관점이 누락된 듯 보입니다. 협력 관계에 있는 당사자로서는 거꾸로 걱정이 될 만한 사항으로 판단됩니다만?"

"다시 말해서… 오히려 다른 꿍꿍이속이 있을 것 같아서 안심하고 등을 맡길 수 없다 이건가."

"뭐…? 세이버는 그런 녀석이….."

아야카가 항의하려 했지만 세이버가 "괜찮아."라고 말하며 그녀를 제지했다.

"고마워, 아야카. 뭐, 조직을 맡은 몸으로서 벨라 씨가 신중해질 수밖에 없다는 건 이해해. 하지만 우리가 무사히 원래 세계로 돌아가려면 힘을 합치는 데 거치적거릴 장해물은 없는 편이 좋을 거야."

그렇게 말한 후, 세이버는 차가 없는 대로 중앙에서 걸음을 멈추고 경찰들을 향해 자신의 말을 토해 내기 시작했다.

"그래…. 확실히 나는 진명을 숨기는 일에… 아니, 이 '성배 전쟁' 그 자체에 아직 진지하게 임하고 있지 않아. 진지하게 임한 건 그 금빛 영웅과의 개인적인 '전쟁'뿐이었지."

"진지하지 않다…?"

"그래, 딱히 자네들을 무시해서 적당히 봐주고 있는 것은 아니야. 아야카에게는 이미 말해 두었지만… 내가 성배에 빌 소원을 아직 찾지 못한 것뿐이지."

"소원이… 없다?"

벨라는 의아했다.

일부 예외를 제외하면 성배전쟁에 소환되는 영령은 자신의 소원을 원망기인 성배로 이루기 위해 현세를 사는 마술사와 계약을 맺기 마련이다.

아무런 소원도 없다면 이 세이버는 어째서 이렇게 현현한 것일까?

'성배가 가짜라서…? 아니, 하지만….'

추측을 해 볼까도 했지만 벨라는 그 이상의 판단은 서장과 캐스터인 뒤마에게 맡겨야 한다는 생각에 침묵을 지키며 세이버의 말을 계속해서 들었다.

"살아 있었을 때, 신에게 기도했던 소원이 있기는 하지. 그게 이루어졌는지 어떤지는 판단하기 어렵지만… 성배에는 바랄 수 없어. 아니, 바란다 해도 의미가 없는 부류의 것이야. 하지만 이곳에 이렇게 소환된 이상, 나도 알지 못하는 소원이 있다는 뜻이겠지."

세이버는 가볍게 어깨를 으쓱하고서 경찰들을 향해 서글서글한 미소를 지었다.

"뭐, 그 소원을 찾을 때까지는, 딱히 자네들을 적극적으로 죽여 가면서까지 이길 생각은 없어. 현재 최우선 사항은 아야카를 무사히 고향으로 돌려보내는 거야."

"고향…?"

어째서인지 아야카가 의아한 듯 물었다.

"일본에서 왔지? 아니야?"

"아니… 그렇기는 하지만…. 아아, 응, 방해해서 미안해. 계속해."

아야카는 어색하게 입을 다물더니 무언가를 생각하기 시작했다.

세이버는 그녀를 걱정하며 경찰 부대에게 하던 말을 매듭지었다.

"그러니 자네들에게 아야카를 상처 입힐 의도가 없는 한, 이 협력 관계는 지키도록 하지. 하루아침에 적과 아군이 뒤바뀌는 일은, 내 시대에서는 일상다반사였거든."

요즘 시대는 어떠냐는 듯 세이버가 씨익 웃자 벨라는 잠시 생각한 후, 동료 경찰 부대를 둘러보고서 고개를 끄덕였다.

"알겠습니다. 모든 말을 그대로 믿지는 않겠지만, 이쪽도 그 협정은 지키도록 하죠."

그 말을 확인한 후, 존이 아야카에게 말을 붙였다.

"아… 좀 전에는 미안했어. 네 파트너를 시험하기 위해서라고는 해도 너를 뒤에서 치겠다는 투로 말을 해서. 경찰로서 해서는 안 되는 일이었어. 미안해."

"어? 아니, 괜찮아. …애초에 원인 제공은 세이버가 했으니까."

아야카가 무뚝뚝하게 답하자 존은 가슴을 쓸어내렸다.

"고마워. …그나저나 너도 마술사치고는 상당히 관대한걸?"

"마술사가 아니거든."

"뭐?"

존을 비롯한 경찰들이 고개를 갸웃했다.

하지만 그 이상 설명하기도 귀찮았는지 아야카는 어깨를 으쓱하고서 세이버와 함께 길을 걸어 나가기 시작했다.

'사조 아야카.'

벨라는 표정에 드러내지는 않았지만 아야카라는 존재에 관해 다시 한번 생각했다.

'이 여자는 대체 뭐지?'

취조 기록을 보면 이 도시를 찾은 관광객으로 되어 있었지만….

조사 결과, 그녀의 입국 기록은 위조된 것이었다.

모종의 부정한 방법으로 국내에 들어온 것은 확실하지만 이상하게도 본인에게는 그런 자각이 없는 모양이다.

그리고 서장에게 전해 듣기는 했지만, 혼란을 초래할 수 있다는 이유로 '클랜 칼라틴'의 대원들에게는 전달하지 않은 사항도 있었다.

'동성동명의 마술사는 존재해….'

'하지만 그 본인… '사조 아야카'는 현재 루마니아에서 활동 중인 것이 확인되었어.'

'증명사진을 보니 머리카락과 눈의 색깔 말고는 확실히 많이 닮았었지.'

'가짜라면 목적은 뭐지? 본인 행세를 할 속셈이라면 어째서 머리카락 색을 바꾼 거지?'

'반대로 본인 행세를 할 생각이 없다면, 어째서 비슷한 얼굴을 하고 있는 거지?'

'사조 아야카'에게 언니가 있기는 한 모양이지만, 쌍둥이 자매가 있다는 정보는 없어.'

'어찌 되었든… 계속 경계하는 수밖에.'

서장과 연락을 취할 수 없는 현재, 부대의 실질적인 리더가 된 벨라는 가슴속에 최소한의 경계심을 품은 채 세이버 일행과 행동을 함께하기로 했다.

벨라 일행도 '보구'들을 이쪽 세계로 가지고 들어왔지만, 개인으로서의 전투력으로 치면 세이버와 적대하는 것은 상책이 아니라고 판단됐기 때문이다.

그러던 중. 당사자인 세이버가 걸으며 한 가지 질문을 했다.

"이봐."

"음? 뭐죠?"

"자네들은 원흉인 마술사나 서번트를 제거해야 한다고 했지?"

"…네. 그게 가장 확실하게 이 결계세계를 파괴할 방법이라고 추측됩니다."

세이버는 잠시 생각하다가 혼잣말을 하듯 살며시 입을 움직이더니….

"…아아, 그렇군. 내 동료인 '캐스터'도 그 방법이 가장 빠를 거라는군."

"동료…."

"좀 전에 본 붕대를 두른 궁병과 같은 것이라고 생각해 줘."

"······."

정식 서번트 정도는 아니지만 어중이떠중이 마술사보다는 훨씬 강할 듯한 영기를 지녔던 의문의 존재. 아마도 세이버라는 영기의 일부인 듯한 존재를 떠올린 벨라는 '마술사 역할을 하는 장기짝까지 있는 건가.' 하고 더욱 경계심을 강화시켰다.

하지만 세이버의 말이, 벨라의 경계심과 탈출을 위해 목숨을 걸기로 마음을 단단히 먹은 경찰 부대 일원들에게 찬물을 끼얹었다.

"하지만 내 '동료' 중에는 은근히 그 일에 부정적인 녀석이 많아."

"네? 대체, 어째서죠?"

"어째서? 어째서냐니··· 중요한 가능성이 빠져 있잖아."

세이버는 그 전까지의 허술한 분위기를 거두고 한 사람의 영령으로서 진지한 표정을 짓더니, 또다시 걸음을 멈추며 말했다.

"자네들이 보호하려고 했던 여자아이··· 츠바키였던가?"

"!"

"나도 어제 알게 된 용병에게 사정은 들었어. 듣기는 했지만··· 상황으로 미루어 우리를 이 세계에 가둔 건··· 그 츠바키의 서번트일 가능성도 있지 않아?"

"······."

그럴 가능성을 염두에 두고 각오를 했던 벨라와 일부 경찰들은 슬그머니 눈을 내리깔았고, 이제야 알아챈 존을 비롯한 몇몇 사람은 순간적으로 넋이 나가더니 저마다 다른 표정을 짓기 시작했다.

"뭐, 마지막에 그 금빛 궁병과 싸웠다는 위험한 녀석이나, 그 밖에 아직 내가 보지 못한 서번트의 짓일지도 모르지만···."

그리고 그는 일단 말을 끊고서 담담하게 잔혹한 질문을 던졌다.

"그 작은 여자아이가 원흉일 경우, 자네들은 그 아이를 죽일 수 있겠어?"

×   ×

같은 시각. 폐쇄된 도시. 크리스털 힐. 카지노 안.

세이버와 경찰 부대가 대로를 걷고 있을 즈음.

그곳과 멀지 않은 장소에서 그들과는 별도로 움직이고 있는 집단이 있었다.

둘로 나뉜 경찰 부대 중 나머지 한쪽이 아니다.

애초부터 세이버, 그리고 경찰 부대와 합류한 적이 없는 이들이었다.

그중 한 명이 룰렛 원반을 손으로 돌리더니 눈을 빛내며 입을 열었다.

"우와아, 끝내준다! 펨 씨의 카지노에서는 보기만 해서 몰랐지만, 직접 돌려 보니 의외로 가볍네요, 이 룰렛이라는 거!"

어린애 같은 소리를 하는 청년 플랫 에스카르도스를 향해 그의 팔에 채워진 손목시계가 말을 받았다.

(이 상황에 그런 것을 신경 쓰는 것은 자네뿐일 걸세.)

그리고 시계로 변한 영령 버서커 살인마 잭은 자신의 주변을 살피며 감상을 늘어놓았다.

(흠… 어떠한 소음도 없이 정적으로 가득한 카지노는, 다소 으스스하군.)

"어라? 잭 씨, 카지노 좀 알아요?"

(지식으로는 알지. 성배가 부여한 것인지, 아니면 나의 정체가 영원한 시간을 사는 갬블러라는 설 때문인지는 모르겠지만. 어찌 되었든 화려한 장식을 보니 이곳이 평소 얼마나 요란한 소리로 가득할지는 추측이 되는군.)

두 사람의 모습을 지켜보던 그들의 '동행자'가 어깨를 으쓱하며 대화에 끼어들었다.

"그래, 확실히 위화감이 느껴지는군. 전기는 들어와 있는 듯하지만 아무도 슬롯을 돌리지 않으면 이렇게까지 조용해지는 건가."

신부복에 안대를 한 모습이 특징적인 30대 중반 정도로 보이는 남자다.

그의 등 뒤에는 특이한 옷을 입은 네 명의 젊은 여성이 자리하고 있었는데, 저마다 진지한 얼굴로 주변을 둘러보고 있었다.

신부의 이름은 한자 세르반테스.

교회에서 파견된 감독관이기는 했지만 부하 수녀들과 함께 병원 앞에서 발생한 '검은 안개'에 휩싸여 이 세계에 갇힌 처지였다.

"근데 경찰들도 와 있을 것 같은데, 합류 안 해도 되는 거예요?"

플랫이 그런 감독관에게 가볍게 말을 붙였다.

"교회를 제공한 건 둘째 치고 이것도 서번트에 의한 '성배전쟁'의 일환이라면, 그들의 탈출을 돕는 것은 과도한 개입이 될 테니까. 물론 너에게도 이렇게 정보를 제공하기는 하지만, 함께 이 결계세계를 파괴하는… 등의 행위를 도울 생각은 없어."

한자는 도시를 본떠 만든 결계 안에 갇혔다는 사실을 알아챈 후, 독자적으로 바깥에서 조사 중이던 플랫 일행과 만나 합류해서 함께 도시를 조사하던 도중이었다.

"그렇구나… 어쩔 수 없네요. 심판이 우리 편을 들어주는 게임에서 이겨 봐야 하나도 안 기쁘니까요. 그런 짓을 하면 성당교회 사람들이 나중에 성배를 가져가 버릴 것도 같고요."

플랫이 아쉽다는 듯 성당교회에 대한 안 좋은 인상을 말하자, 한자는 쓴웃음을 지으며 고개를 끄덕였다.

"그래, 바로 보았군. 상부에서 그런 지시가 떨어지면 그렇게 할지도 모르지. 애초에 원망기 같은 것을 마술사가 손에 넣으면 아주 끔찍한 일이 벌어질 게 뻔하니까."

"그런데 성배전쟁의 감독관은 일본의 후유키라는 도시에나 파견되는 거 아니었어요?"

"그것을 구실로 이곳에서 일어난 성배전쟁에 개입하고 있지. 이쪽의 성배가 후유키의 것과 너무도 동떨어져 있다는 사실을 알게 된다면, 상부의 방침이 바뀔지도 모르지만 말이야."

그것이 좋은 방향과 좋지 않은 방향 중 어느 쪽으로 기울어질지는 굳이 말하지 않은 채, 한자는 수녀들에게로 시선을 옮겼다.

"…어떻지?"

그러자 수녀들 중 한 명이 고개를 가로저으며 공손한 말투로 답했다.

"틀렸어요. 이 주변에서는 결계를 구성하는 마술적인 핵의 존재가 관측되지 않았어요. 교묘하게 은폐했을지도 모르지만 그럴 경우, 우리의 예장으로 찾기는 어려울 것 같군요."

"그러냐…. 도시 그 자체를 재현한 이상, 어쩌면 성배의 힘을 직접 사용하고 있을지도 모른다고 생각했는데… 정작 그 핵이 어디에 있는지를 모르니 원."

성배가 되었든 결계세계의 '핵'이 되었든, 도시의 중앙에 위치한 가장 높은 건물에 있을 가능성이 크다고 생각했지만, 아무래도 예상이 빗나간 모양이다.

"전기는 들어오고 있는 거죠?"

플랫이 묻자 한자가 천장에 달린 샹들리에를 올려다보며 말했다.

"그래. 하지만 어디서 공급되고 있는지를 알 수 없는 이상, 언제 멈출지 모를 일이지."

"저… 엘리베이터가 움직이는 동안 최상층에 가 보고 싶은데요."

"흠? 그곳에 '핵'이 있다는 건가? 확실히 이 건물의 영역은 위아래로 펼쳐져 있으니 조사해 볼 가치는 있으려나…."

그러자 플랫이 손사래를 치며 부정했다.

"아, 아뇨. 그런 게 아니라… 아니, 거기에 있으면 좋기는 하겠지만요."

"?"

"그곳에서라면… 도시 전체를 내다볼 수 있을 테니까요."

(…뭔가 방법이 있는 건가?)

잭의 말에 플랫은 살며시 고개를 끄덕이고서 기합을 넣듯 자신의 **뺨**을 찰싹 때린 후 입을 열었다.

"**내** 눈으로 보면… 뭔가 알 수 있을지도 모르는 데다…."

"어떻게든 가드가 약한 부분을 찾아내면, '바깥'하고 연락할 수 있을지도 몰라요!"

×   ×

같은 시각. 미국. 로스앤젤레스.

[…보… z… §#… 특별경보… 전해… z….]
　　[…발생한 허리케인은 상식… z… 벗어… 속도… 동… z……….]
　　[기상청은… 해당… z… 에… 사전에 정해둔 것이 아닌… z…….]
　　[…특별한… 호칭을… z… ‡… §…….]

[…z… 리… z… 벨………………………………………….]

거기서 방재용 라디오의 음성은 더욱 불분명해져서 완전한 노이즈가 좁은 공간을 지배했다.

길바닥에 넘어진 트럭의 운전석.

폭풍과 호우로 인해 깨진 창문으로 물이 침입하기 시작했다.

라디오는 그런 상황은 개의치 않고 제멋대로 노이즈를 쏟아내었지만, 완전히 물에 잠기는 것은 시간문제일 것이다.

운전사는 진작 대피했는지 주변에 쓰러진 간판이며 부러진 나무 등이 어지럽게 널린 가운데 사람의 모습은 전혀 찾아볼 수 없었다.

기록적인 거대 태풍은 예보를 무시하는 모양새로 느닷없이 발생했다.

로스앤젤레스 중심부는 그 후 몇 대의 차와 건물이 피해를 입는 데서 그쳤지만….

태풍 한복판에서 얼굴을 마구 때려 대는 빗방울을 견디며 하늘을 올려다본 이들은 훗날 말했다.

하늘에서 대지를 향해 내려온 거대한 네 개의 소용돌이.
번개를 두른 채 대지를 활보하는 그것은 마치….

세계 그 자체를 깨부수려는, 하늘을 찌를 듯 거대한 짐승의 다리 같았다고.

막간
『용병, 암살자, 창백한 기사』

"오빠, 언니, 기운 차려서 다행이야!"

따뜻한 햇살이 쏟아지는 정원 안에 천진한 소녀의 목소리가 울려 퍼졌다.

곱게 손질된 잔디 위에서는 다람쥐와 새끼 고양이가 뛰놀고, 정원에 심어져 있는 나무의 가지에서는 무수히 많은 작은 새들이 지저귀는 조촐한 음악회가 열리고 있었다.

훈훈하다는 단어를 구현화하면 아마도 이러한 풍경이 될 것이다.

그림책 속에서나 볼 법한 광경이, 바로 눈앞에 펼쳐져 있었다.

하지만… 소녀가 말을 붙인 두 사람은 그러한 분위기에서 완전히 겉돌고 있었다.

한 사람은 검은 옷차림의 청년이다.

청년이라 할 만한 나이의 그는, 앳된 구석이 남아 있어 소년이라 해도 지장이 없을 외모를 하고 있었는데, 그런 외모와는 달리 총과 나이프를 홀스터 등에 수납하고 있는 위험하기 그지없는 인물이다.

또 한 사람은, 역시나 검은 옷으로 온몸을 감싼 소녀다.

얼굴과 피부를 최대한 가린 그 겉옷 아래에서 어쩐지 난감하게 됐다는 얼굴로 주변을 둘러보고 있다. 그것만 보면 니캅을 뒤집어쓴 평범한 여성처럼도 보였지만, 그녀의 경우에는 검은 옷 아래 무기 등을 무수히 많이 감추고 있는 데다, 복장과는 무관하게 전체적으로 어쩐지 흉흉한 분위기를 두르고 있었다.

청년의 이름은 시그마.

소녀 쪽은 이 '거짓된 성배전쟁'에 어새신으로 소환된 서번트였다.

두 사람은 이런저런 경위를 거쳐 이렇게 행동을 함께하고 있었는데, 현재는 나란히 이질적인 공간에 갇히게 된 것이다.

"그래, 고마워."

"…감사한다."

시그마와 어새신 소녀는 저마다 감사 인사를 했다.

어린아이인 쿠루오카 츠바키는 그 말을 듣고 기쁜 동시에 수줍었는지 집 안으로 후다닥 달려가 버렸다.

"…저 아이가, 쿠루오카 츠바키."

"의식이 없는 상태로 영령을 거느리고 있다는 소녀인가."

두 사람은 이미 알고 있다.

같은 집에 살고 있는 저 아이의 부모는 명백하게 정신지배를 받고 있는 듯 보였지만, 저 소녀만은 그렇지 않았다.

그 무엇에도 마음이 매이지 않은, 진정으로 자유로운 상태다.

"다시 말해서 좀 전에 보았던 그 검은 그림자가… 저 아이의 서번트라는 뜻인가."

쿠루오카 츠바키가 '새까망 씨'라고 소개한 커다란 그림자.

정원에 있는 나무만큼이나 커다란 그림자 덩어리는 주변의 빛을 빨아들이기라도 한 듯한 색을 띤 채, 군데군데서 창백한 빛을 발하고 있었다.

지금은 집 안으로 들어가 버렸지만 실체가 있는 것처럼은 보이지 않았으니 흙속에서 갑자기 솟구쳐도 이상할 것은 없을 듯하다.

시그마가 그렇게 생각하며 계속해서 전방위를 경계하자 어새신 소녀가 고민스러운 투로 말했다.

"저것은… 정말로 영령인가?"

"마물이나 원령일 가능성도 있으려나…."

중얼거리듯 시그마가 말하자 어새신 소녀는 고개를 가로저었다.

"아니… 아마도 아닐 거다. 저 존재에게서는 악의나 증오와 같은 흔들림이 느껴지지 않았다…. 아니, 마력의 흔들림 그 자체도…."

이 정원에서 정신을 차렸을 때, 마술사용자와 서번트인 두 사람이 나란히 저 '그림자'에게 등 뒤를 내주었던 일이 떠올랐다.

만약 적의가 있었다면 자신들은 진작 처리되었을 테지만, 정신이 들 때까지 공격해 오지 않은 것을 보면 적으로조차 인식하고 있지 않을 가능성도 있으리라.

"저것에게서는 의지 같은 것이 느껴지지 않는다. 하지만 저 아이를 따르고 있는 것은 분명한 사실이지."

어새신의 말에 시그마는 추측의 영역을 더욱 넓혔다.

"서번트는 따로 있고 저 '그림자'는 사역마인가…?"

"그럴 가능성도 있지만… 지금의 우리에게는 정보가 부족하다. 그 마물… 흡혈종이라면 무언가를 알고 있겠지만…."

천 아래에서 어새신이 빠드득 이를 갈았다.

하지만 그 흡혈귀의 기척도 느껴지지 않는다.

무슨 일을 꾸미고 있는 것은 확실하지만 접촉해 오지 않는 이상 이쪽에서 찾아내기는 어려울 것이다.

두 사람은 좀 전에 산책을 하겠다는 핑계로 주변 상황을 살피러 돌아다녀 보았지만 사람의 기척은 얼마 느껴지지 않았다.

가끔씩 사람의 모습이 보이기는 했지만 쿠루오카 츠바키의 부모처럼 모종의 정신지배를 받고 있는 듯 보였다.

대화는 성립하지만 그뿐이었다.

위험해 보이는 시그마의 복장을 보고도 딱히 경계하지 않고, 이 세계에 관해 뭔가를 아는 듯 보이지도 않았다.

몇 번인가 속을 떠보아도 반응이 약한 일반인이라는 것 이상의 정보는 얻을 수 없었다.

다만 한 가지 공통점이 있다면, 거리를 걷고 있던 사람 가운데 공장지대 쪽에 살고 있었지만 화재 등의 이유로 도망쳐 왔다는 소리를 하는 이가 많다는 것이었다.

"공장에서의 화재… 어제 들었던 영령 간의 싸움으로 인한 건가."

연락이 끊기기 전에 '워처'에게 들은 바에 의하면 공장지대에서 파괴된 구획의 피해는 제삼자인 영령이 환술로 은폐했다고 했는데, 화재가 일어났다는 사실까지는 없애지 못한 것이리라.

하지만 그곳에 살던 사람들이 기묘한 움직임을 보였다고 하는데, 그들 역시 쿠루오카 츠바키의 부모와 마찬가지로 모종의 세뇌 상태인 것으로 추측되었다.

그런 '사람'과 '도시'에 파괴적인 활동을 벌여 반응을 살피는 방법도 있지만, 세계의 구조는 물론이고 적의 능력도 모르는 시점에 그것을 실행에 옮기는 것은 자살행위나 다름이 없을 것이다.

시그마는 냉정하게 생각한 끝에 '대화는 통한다'는 점에 초점을 맞추고 조사를 하기로 했다.

"일반인이라면 정신지배를 받고 있든 아니든, 어떤 상황인지 알지 못하겠지."

"하지만… 성배전쟁의 내막을 아는 마술사라면 어떨까?"

×　　　×

"저에게 물어볼 것이 있다고요?"

어쩐지 퀭해 보이는 눈으로 쿠루오카 츠바키의 아버지가 그렇게 말했다.

"…네, 가능하다면 따님이 없는 곳에서."

시그마의 제안에 현관 앞까지 나와 있던 그 마술사는 집 안을 흘끔 쳐다보고서 말했다.

"난감하게 됐군요, 딸에게 책을 읽어 주기로 약속했기 때문에 멀리 나갈 수가 없는데…."

"아뇨, 이 근처에서라도 괜찮습니다."

"그렇군요, 그렇다면."

츠바키의 아버지는 딱히 저항하지 않고 바로 자기 집의 부지에서 나와 주택가 안에 위치한 작은 공원까지 따라왔다.

"그 집에 있던 것은 정말로 우연입니다만, 저는 당신을 압니다. 쿠루오카 유카쿠 씨."

"허어… 어디서 만났던가요?"

"…제 상사의 이름은 프란체스카. 거래 상대로는 팔데우스 씨가 있습니다."

그러자 쿠루오카 유카쿠의 표정이 약간 어두워졌다.

"아아, 장비를 보고 마술사용자라는 것은 알았지만, 역시 그랬군요. …하지만 팔데우스 씨에게 전한 바대로, 저는 성배전쟁을 할 형편이 안 됩니다. 도움을 드릴 수가…."

"아뇨, 이제 와서 당신에게 협력을 구하려는 것이 아니라…

무슨 일이 일어나고 있는지 알려 주셨으면 하는 겁니다."

시그마는 담담하게 물었다.

정중한 말투를 사용하고는 있지만 감정은 전혀 겉으로 표출되지 않았다.

'마술사'를 앞에 둔 '마술을 사용하는 용병'으로서의 얼굴을 한 채, 시그마는 상대가 갑자기 공격해 올 가능성을 염두에 두고 온몸의 신경을 곤두세웠다.

어새신은 현재 공원 구석에 몸을 숨긴 채 주변을 경계하고 있다.

대화가 통하는 이상, 정신지배를 당하고 있는 상태에서 어느 수준의 정보까지 캐낼 수 있을지… 뒤집어 말하자면 어느 수준의 정보부터 말할 수 있을지를 통해 정신지배를 하고 있는 이의 의도를 파악하려는 시도였다.

하지만.

"네, 그러지요. 제 견해를 말씀드리자면, 귀여운 츠바키를 지켜 주고 있는 서번트가 의식적으로 만들어 낸 결계일 겁니다. 저의 전문분야가 아니기는 하지만, 고유결계의 일종이 아닐까 싶군요."

"……?"

"츠바키의 서번트는 아마도 개념이 구현화한 부류의 것일 겁니다. 죽음이나 허무, 혹은 병과 같은 개념에 의도적으로 인격을 부여한 것이라고 저는 추측하고 있습니다. 저의 고국인 일

본에서도 집 안이 삐걱거리는 현상에 이유를 붙이기 위해 '야나리家鳴リ'라는 요괴를 만들어 냈습니다. 의지를 지닌 존재인 것으로 만들고, 형태를 부여하고, 정신적인 대처를 행하는 민간 마술의 일종이죠…. 하지만 저 서번트의 힘을 근거로 추측하자면, 세계적으로 널리 알려진 존재는 아닐 겁니다. 자세히 조사를 해 보면 정확한 분석을 할 수 있겠지만, 어쨌든 성배전쟁에서 물러나 딸과 평온하게 지내는 처지이다 보니 그런 일에 할애할 시간이 없지 뭡니까."

온화하고도 가벼운 말투로.

아무것도 아니라는 투로, 쿠루오카 유카쿠는 자신의 마술사로서의 견해를 말하기 시작했다.

하지만 그럼에도 '정신지배를 당하고 있다'는 것을 또렷하게 알 수 있는 말투였다.

'이자는… 마술적인 사안을… 서번트의 정체를 추측하는 것조차도 '금지'당하지 않은 건가?'

'아니, 가짜 정보를 유포하도록 조종당하고 있나?'

'하지만 그렇다면 정신지배의 정도를 더욱 애매하게 했어야 하지 않나?'

시그마는 마술사용자로서의 경험과 기술을 사용하면 일반인의 거짓말 정도는 간파해 낼 자신이 있었다.

하지만 마술사, 그것도 자기 암시 등으로 인해 '정말로 그렇다고 믿고 있는 거짓말'을 간파해 내려면 그보다 많은 경험과

재능, 전용 마술이 필요하다.

'워처와 연결되어 있다면 그림자들의 정보와 취합해서 판단을 내릴 수 있을 텐데….'

도시에서 일어나고 있는 모든 시각정보와 음성정보를 수집하고 있다는 시그마의 서번트와는 현재 연락이 끊긴 상태다.

그 때문에 어떻게든 밖으로 나가기 위한 정보가 필요한 것인데, 그러기 위해서는 더 많은 정보를 캐내야만 했다.

"당신은, 결계 밖으로 나갈 생각이 없는 겁니까?"

"어째서죠? 이곳에는 츠바키가, 우리의 딸이 이렇게 건강한 모습으로 있는데."

"그렇게 생각하게끔, 서번트에게 정신지배를 당하고 있을 가능성은?"

"네에, 네에. 아마도 그렇겠지만… **그게 뭐 문제라도**?"

그 말을 들은 시그마는 정신지배의 방향성을 이해했다.

쿠루오카 츠바키의 서번트가 이 사태를 일으키고 있다고 생각할 경우, 아마도 그 영령은 성배전쟁에서 이기기 위해 움직이고 있는 것이 아닐 거다.

정말로 츠바키라는 존재를 중심으로 움직이고 있는 것이다.

'하지만 그래도 성배전쟁에 참가하려 한 마술사야.'

'정신지배에 대한 대책도 어느 정도 세워 뒀을 텐데….'

시그마는 그렇게 생각했지만 그런 대책도 완전하지는 않다는 사실 역시 알았다.

이전에 마술적인 가치가 있는 역사적 유물의 경매장에 모여
든 유력 마술사들이 동맹자의 배신으로 인해 장기짝으로 전락
한 사건이 있었다.

시계탑의 어느 로드 덕분에 위기를 벗어난 그 마술사들은 자
신의 불찰을 부끄러워함과 동시에 집안에서 신뢰할 수 있는 자
들을 그 로드의 교실에 소속시켰다고 한다.

그 이야기가 시그마의 기억에 남은 이유는 그 로드가 그러
한 흐름으로 유력한 마술사들과 한꺼번에 인연을 맺어 더욱
힘을 키웠다는 이야기가 마술을 사용하는 용병들 사이에서 한
때 화제가 되었기 때문인데, 그것과 지금의 상황은 상관이 없
으리라는 생각에 시그마는 기억의 덮개를 덮었다.

중요한 것은 모종의 계기만 있으면, 정신지배의 대책 같은
것은 간단히 깨지고 만다는 점이다.

'탈출을 촉구하거나 정신지배에서 해방…하는 건 무리겠군.'

'어새신에게도 나중에 세뇌를 푸는 도구라도 있는지 물어봐
야겠지만… 내가 본 그녀의 보구는, 적을 죽이는 일에 특화된
것 같았지. 별로 기대는 안 되는군.'

그렇게 생각한 시그마는 다른 방향으로의 접근을 시도했다.

"…그게, 당신의 딸이 결계 밖에서 표적이 되고 있다는 사실
은 아십니까?"

"어라… 그렇습니까? 그것 참 큰일이군요."

별로 초조해 보이지는 않았지만, 적어도 난감하게 됐다고는

생각하는지 쿠루오카 유카쿠는 어두워진 얼굴로 공원에서 집으로 돌아가려 했다.

"알려 주셔서 감사합니다. 하지만 츠바키의 서번트는 완벽한 상태가 되어 가고 있는 듯하니, 분명 츠바키를 지켜 줄 겁니다."

"완벽한 상태가… 되어 가고 있다?"

"네, 당신들이 정신을 차리기 조금 전… 아주 멋진 파수견을 보내 주셨거든요."

"파수견…?"

시그마가 그렇게 말함과 동시에 어새신이 이쪽으로 다가왔다.

개의치 않고 집으로 가려 하는 유카쿠를 만류하려 했지만, 어새신이 진지한 눈빛을 보내는 것을 보고 무슨 일이 있었구나 하고 짐작한 시그마는 움직임을 멈추고 그녀의 이야기를 듣기로 했다.

"왜 그러지?"

"…지금, 네가 한 말을… 들은 것 같다."

"……?"

"네가 '츠바키가 표적이 되고 있다'고 말했을 때… '저것'이 움직이기 시작했다."

그녀는 그렇게 말하며 시선을 츠바키의 집이 있는 방향으로 돌렸다.

그리고 그녀를 따라 시그마가 그쪽을 본 순간, 시그마의 시간이 멈췄다.

뇌가 사태를 파악하지 못해 영점 몇 초 동안 의식에 공백이 생겨난 것이다.

용병 경력이 긴 마술사용자인 시그마를 그렇게 만든 것은… 한 마리의, 커다란 개였다.

그것을 '한 마리'라고 불러도 될지는, 의견이 갈릴지도 모르겠지만.

쿠루오카 유카쿠가 아무렇지도 않게 걸어가는 길의 끝에 있는 것을, 시그마는 한 번 목격한 적이 있다.

하지만 시그마는 순간적으로 그것이 동일한 존재라는 생각을 할 수가 없었다.

대로에서 죽었을 터인 '그것'은, 기껏해야 다 자란 코끼리 정도의 크기였기 때문이다.

약간의 식은땀을 흘리며 시그마와 어새신이 올려다본 것은….

집채보다 커다란 체구로 성장한, 머리 셋 달린 지옥의 파수견 케르베로스였다.

×   ×

스노필드. 공업지구.

"네 보구 말이다만… 아직 새와 개는 사용할 수 있나?"

스크라디오 패밀리의 구성원들이 분주하게 공방 수복 작업을 하는 가운데, 버즈디롯 코넬리온이 권총형 예장을 손질하며 말했다.

그 물음에 알케이데스가 영체화를 해제하고 자신의 손을 바라보며 답했다.

"…새는 문제없다. 하지만 케르베로스를 가동시키는 것은 어렵겠군."

"개체를 재생하는 데 제약이라도 있는 거냐?"

"아니, 본래는 네놈의 마력이 있으면 하루 만에 재가동할 수 있다. …하지만 지금은 무리다. 말 세 마리를 비롯해서, 영기 그 자체가 그 '검은 안개'에 깎여 나간 모양이다."

"보구를 빼앗는 보구를 지닌 네가 거꾸로 빼앗기다니. 하지만 개와 말 정도라면 적의 수중에 넘어가도 문제될 것은 없겠군."

작업을 계속하며 버즈디롯이 담담하게 말하자, 알케이데스는 조용히 고개를 가로저었다.

"그건 장담할 수 없다."

"…무슨 걱정거리라도 있는 거냐?"

"빼앗기기는 했지만, 왕의 명령의 말로末路는 이 영기의 근간을 이루고 있다. 빼앗겼다 해도, 변화가 일어나면 알 수 있지."

복수의 궁병은 천 아래에서 눈살을 찌푸리며 신중하게 자신의 영기의 '연결고리'에 생겨난 변화를 살폈다.

"하지만… 이것은…."

잠시 생각한 후, 알케이데스는 힘껏 주먹을 움켜쥐었다.

그리고 그 주먹 사이로 피와 진흙이 뒤섞인 마력을 흘리며 조용한 분노를 담아 중얼거렸다.

미약한 마력 연결을 통해 밀려드는, 그리운 피안의 어둠을 떠올리며.

"저 검은 안개를 다루는 자… 혹여, 명계冥界의 계보를 이은 자인가?"

이윽고 주먹을 풀더니 목소리에 약간의 연민을 담아, 버즈디롯에게도 들리지 않을 정도의 목소리로 중얼거렸다.

"그렇다면… 내가 처치하지 않아도… 그 마스터는, 언젠가 사냥당할 운명이겠군."

"백성을 지키는… 진정한 영웅들의 손에 의해서."

Fate strange Fake

18장
『꿈도 현실도 환상이니 Ⅰ』

폐쇄된 도시. 대로.

"뭐…?"

세이버의 말에 가장 먼저 반응한 사람은 경찰 부대가 아니었다.

옆에서 반쯤 남의 이야기인 것처럼 듣고 있던 아야카였다.

'그 작은 여자아이가 원흉일 경우, 자네들은 그 아이를 죽일 수 있겠어?'

세이버가 한 말이 무슨 뜻인지는 안다.

그 여자애가 자신들을 이 아무도 없는 세계에 끌어들인 원인일 경우, 그녀를 '처리'하면 원래 세계로 돌아갈 가능성이 높다는 뜻이다.

머릿속으로 그렇게 정리한 순간.

두근. 무언가가 고동소리를 냈다.

아야카는 호흡을 가다듬으며 천천히 눈을 깜빡였다.

무겁게 내려앉으려는 눈꺼풀을 조용히 들어 올린 순간….

시선 끝에 '그녀'가 있었다.

경찰 부대 사이로 보이는 대로 저 멀리.

얼굴도 또렷하게 보이지 않는 거리였지만 아야카는 한순간에 그자가 누구인지를 알아챘다.

붉디붉은, 온통 빨간 후드 같은 것을 머리에 뒤집어쓴 어린 소녀.

나이는 세 살 정도로도 보였고, 여섯 살 정도로 보이는 것 같기도 하고, 그보다 나이가 많을 것 같기도 하다.

키와 나이를 인식할 수가 없다.

그저 붉다는 색각 정보만이 눈을 지나 아야카의 머릿속을 헤집어 놓았다.

'어째서, 이런 일이….'

그리고 다음 순간.

빨간 두건이 어느샌가 이쪽으로 다가와 있었다.

뛰어서 오거나 한 것이 아니다.

정신을 차려 보니 경찰 부대의 바로 뒤까지 다가와 있었다.

조금 전까지는 멀어서 잘 보이지 않았지만, 지금은 또렷하게 보인다.

아야카가 계속 두려워해 온, 이 나라에 온 원인 중 하나가 된 존재. '빨간 두건'.

'엘리베이터는 없어. 없는데….'

엘리베이터 안에만 나타났던, 환상인지 현실인지조차 알 수 없었던 존재.

하지만 이 도시에 온 뒤로 규칙이 뒤틀리기 시작했다.

이 도시에서 아야카가 무언가를 기억해 내려 할 때마다, 그녀의 존재를 보다 가까이 느끼게 된 것 같다.

온몸에서 식은땀이 배어 났지만 눈을 뗄 수가 없다.

그 빨간 두건의 후드가 움직여, 얼굴을 아야카 쪽으로 돌리려 하는 것이 보인다.

'아아, 아아, 안 돼.'

'이유는 모르겠어. 하지만.'

'**나는 끝장날 거야**. 저 후드 아래 있는 얼굴을 보면, 나는 분명 **끝장나고 말 거야**.'

비명을 지르고 싶어도 폐가 뻣뻣하게 굳어 숨도 제대로 쉴 수가 없다.

고개를 돌리기는커녕 눈을 감을 수조차 없을 정도로 온몸이 경직된 그녀의 앞에서, 빨간 두건이 계속해서 후드를 움직여… 씨익 웃는 입매가 보인 참에, 아야카의 시야에서 빨간 두건의 모습이 사라졌다.

아야카의 얼굴을 들여다보듯 세이버가 몸을 기울인 덕분에.

"왜 그래, 아야카. 얼굴이 새파란데?"

동시에 가위 눌린 듯한 상태가 되었던 아야카의 몸이 해방되었다.

허둥지둥 몸을 옆으로 돌려 세이버의 뒤로 시선을 옮겨 보았지만, 거기에는 아무것도 존재하지 않았다.

"…아, 응. 아무것도 아니야. 안 좋은 환상을 본 것뿐이야."

"아야카는 가끔 그렇게 되던데. 뭔가 저주라도 받은 거야? 그렇다면 풀 수 있을지도 모르는데."

"…고마워. 하지만, 그런 건… 아닐 거야."

그렇게 거절한 후, 아야카는 다시 한번 세이버의 얼굴을 바라보았다.

아마도 '빨간 두건'이 보인 원인으로 추측되는 위화감에 대해 추궁해 보기로 했다.

자신의 가슴속에서 갑자기 부풀어 오른 위화감과 불안감이 반사적으로 그녀의 성대를 움직였다.

"…그보다 세이버. 그… 방금 말한 여자애는, 의식불명 상태라는 그 애를 가리키는 거지?"

"그래. 하지만 경위는 둘째 치고 마스터가 된 것은 확실하니…."

"아니… 그게 아니라…."

아야카는 자신의 내면에 싹튼 위화감의 정체를 더듬어 가며 어쩐지 불안한 투로 물었다.

"어째서… '죽일 거냐'가 아니라… **'죽일 수 있겠어?'**라고 물어본 거야?"

"……."

"으음…. 표현을 잘 못 하겠는데…. 죽이느냐 마느냐가 아니라, 뭐라고 해야 할지…. 아니라면 미안한데… '못 죽이겠다면, 내가 하겠다', 그런 식으로 들려서…."

아야카가 말을 골라 가며 묻자, 세이버는 잠시 입을 다물더니… 이윽고 난감한 미소를 지으며 아야카에게 말했다.

"나 참, 아야카는 가끔씩 정말로 감이 좋은걸."

"세이버?!"

"아아, 잠깐잠깐. 안심해. 나는 딱히 '여자애를 죽이는 게 정답'이라고 말할 생각도 없고, 못 죽여서 안달인 살인귀도 아니야. 구하고 싶은 건 마찬가지라고."

"그, 그래…."

아야카는 안심한 듯한 투로 대꾸하더니, 조금씩 마음을 가라앉히며 물었다.

"그럼, 왜 그런 말을…."

그녀는 의문을 또렷하게 말로 옮기지 못했지만, 세이버는 그 의도를 파악해 말을 골라 가며 아야카에게 답했다.

"물론 여자애는 구하고 싶고, 포기할 생각도 없어. 다만 내가 아무리 막으려 해도 저들이, 혹은 다른 누군가가 살기 위해 여자애를 죽이려 한다면… 결국은 나도 막을 수 없을 거야. 힘으로 저들을 쓰러뜨리지 않는 한은."

그렇게 말하는 세이버의 얼굴은, 지금까지 자신의 생사조차도 표표하게 논하던 평소와 달랐다.

기사도 세이버도 아닌, 아야카가 모르는 '무언가'를 체현한 존재가 되어 세이버는 말을 이었다.

"그렇다면… 어떠한 인과의 흐름으로 인해, 누군가가 그 일을 해야만 하는 상황이 오면… **그때는, 내가 하겠어.**"

"어째서!"

무의식적으로 아야카는 소리쳤다.

논리적으로는 이해한다.

반드시 '희생'이 필요하다면 누군가가 손을 더럽혀야만 할 것이다.

자신만 해도 '여자애가 살아 있으면, 너는 영원히 이 아무도 없는 도시에 남아 있어야 한다'는 말을 들으면 어떻게 할지 모를 일이다.

'아니, 나는, 나는 분명….'

'만나 본 적도 없는 그 여자애를… 희생시켜 버릴지도 몰라.'

'아니, 분명 **그럴 거야.**'

붉게 물든다.

'왜냐하면, 나는….'

붉게 물든다.

'**안면이 있는 사람조차**….'

붉게 물든다.

'죽게 내버려 뒀으니까….'

붉게, 빨갛게, 온통 빨갛게 물든다.

그녀의 눈꺼풀 안쪽에 '빨간 두건'의 후드의 색이, 강하고도 짙게 새겨졌다.

비명을 지르고 싶었지만 그럴 수가 없었다.

여기서 쓰러지면 세이버와 말을 나눌 수 없게 된다.

그를 말릴 수 없게 된다.

그렇게 생각한 그녀는 세상이 빙빙 도는 듯한 현기증을 견디며 목구멍 안쪽에서 자신의 말을 쥐어짜냈다.

"어째서…? 너는 그런 짓 안 해도 돼…. 그런데… 어째서 그런 소릴…."

말은 계속 끊겨서, 거의 질문의 형태를 이루고 있지 않았다.

"글쎄…."

하지만 세이버는 최대한 아야카가 말하려는 바를 헤아려 답했다.

"나는 결국, 내가 동경했던 기사가 되지는 못했다는 뜻이겠지."

이어서 세이버는 아야카만큼은 아니지만 적지 않게 당황한 경찰들에게로 몸을 돌려, 가슴을 편 채 말했다.

"하지만 자네들은 달라. 자네들은 우수한 기사야."

"무슨 소릴…."

생전에 '왕'이었던 세이버는 벨라의 말을 가로막고 자신의 부하들을 칭찬하듯 경찰들을 축복하는 말을 이었다.

"저 가공할 궁병을 상대로, 자네들은 명예를 걸고 싸워 살아

남았어! 자신의 가족도 아닌 것은 물론이고 얼굴조차 모르는 한 소녀를 구하기 위해서! 그렇다면 자네들은, 무고한 백성을 지켜 나가는 존재여야 해! 아니, **그러한 존재로 남아야만 해**! 설령 다른 민초와 사회 그 자체를 지키기 위해서라 해도, 그들을 해치는 일은 없는 편이 좋아."

세이버는 살며시 눈을 감고, 눈꺼풀 안에서 이곳이 아닌 어딘가를 바라보듯 잠시 침묵한 후 말을 이었다.

"그것을 한 번 하고 나면, 멈출 수가 없게 되니까. …그 책임은, 내가 짊어지는 게 나아."

"세이버!"

아야카가 다시 한번 소리쳤다.

"안 돼, 안 된다고, 그런 건! 너는 그런 사람이 아니잖아…. 어떤 때에라도 웃고, 아무도 내팽개치지 않잖아!"

어째서 자신이 이렇게나 감정적으로 외치고 있는지 아야카는 이해가 되지 않았다.

하지만 이유는 모르겠다.

지금 자신의 솔직한 심정을 외치지 않으면, 세이버가, 방금 전까지 자신과 함께 웃음을 주고받았던 영령이, 그대로 어딘가로 사라져 버릴 것만 같았다.

때문에 그녀는 자신의 마음이 시키는 대로 계속해서 소리쳤다.

성배전쟁에 관해 잘 모르는 자신의 말은, 평화에 물든 인간의 어리광으로만 들리리라는 것을 알면서도, 그럼에도 그녀는 가슴속에서 솟구친 말을 쥐어짜냈다.

"솔직히 말해서, 네 진명을 들었을 때도, 나는 역사 같은 걸 전혀 몰라서 도통 무슨 소린지 알 수가 없었어! 하지만, 역사는 모르지만 지금의 너는 알아! 만난 지 며칠 되지도 않았지만, 몇 번이나 도움을 받았으니까….."

"…과대평가야, 아야카. 나는….."

"내가 마스터 비슷한 거라서가 아니야. 세이버는 분명 지나가던 아이라도 아무렇지 않게 구해 낼 거야. 그 정도는 알아! 너는, **나와는 달라**! 다르다고! '절대 아무도 죽이지 마'라는 억지를 부릴 생각은 없고, 그런 소릴 할 자격도 내게는 없어! 하지만….."

거기서 잠깐 말이 막혔지만 아야카는 이를 악물고, 목구멍 안에 쌓인 모든 응어리를, 마음의 외침을, 감정을 직설적으로 토해 냈다.

"마지막 순간에는 더럽혀져도 좋아. 나를 구해 준 사실은 사라지지 않으니까! 하지만… '지저분한 역할은 내가 맡겠다'는 말은… 그런 소리만은 하지 말아 줘….."

그리고 끝으로 그녀는, 경계를 넘어서는 말을 입 밖에 내어 격정의 토로를 매듭지었다.

"그러니까… 만약 지저분한 역할을 맡을 사람이 필요하다면… **내가 하겠어**."

"……."

다름 아닌 자기 자신을 나무라는 듯한 아야카의 말을 듣고, 그런 그녀의 슬퍼하는 얼굴을 본 세이버의 눈에는, 어느샌가 생전의 부하들과 아야카의 모습이 겹쳐 보이고 있었다.

'어째서요, 왕이여! 리처드!'

'네가 죄를 뒤집어쓸 필요는 없었다! 왜 우리에게 맡기지 않았나!'

'너는 영웅이 되어야 하는 남자다! 어째서, 우리에게 맡기고 **모르는 척**하지 않은 거냐!'

'아아, 아아, 왕이여… 당신 가슴속에 있는 사자의 마음이 너무 커지고 말았군. 이다지도 두려움을 모르다니!'

그 회상에 끼어들기라도 하듯, 궁정마술사로 쫓아다니던 남자의 말도 귓가에서 되살아났다.

'이거 원, 이렇게 될 줄은 알았지만 말이지.'

'일단 말리려고는 했다? 하지만 결국 이렇게 돼 버렸네.'

'뭐, 이렇게 되지 않았다면 애먼 사람들의 목이 날아갔을지도 모르지만.'

'그 사실을 알기는 하지만 이 생제르맹도 살짝 식겁했어. 마하트마도 놀라 자빠질걸?'

'그래, 그렇고말고! 맞아! 너는 끝내주게 용맹해! 사자심왕―
라이언 하트!'

'그렇기에 너는 두려워하지 않은 거지. 모든 것을… 그래, 모
든 것을!'

'만 명에 이르는 적도, 자신의 수준을 웃도는 장군도, 신비
의 보복도, 인간의 상식을 초월한 괴물도….'

**'너 자신의 손을… 수없이 많은 무고한 백성의 피로 물들이
는 것조차도.'**

끝으로 마치 아득한 옛날에 걸린 저주처럼, 피를 나눈 동생
의 말이 되살아났다.

'아아, 무엇을 걱정하시는 겁니까, 형님.'

'형님이 아무리 그 손을 더럽히더라도, 이 나라의 백성은 모
두 형님의 포로입니다.'

'아무래도 형님의 부정함을 이어받아, 돌팔매질을 당하는 것
이 저의 역할인 것 같군요.'

'어떻습니까? 제가 퍽 우스꽝스러워 보이지 않습니까? 부디
웃어 주십시오, 형님!'

'…웃어, 나는 운이 좋았다면서. 당신은 국가의 영웅이잖아.'

'영웅이라면… **웃어.**'

"그렇군….."

세이버는 눈을 감은 채 잠시 침묵했다.

그리고 천천히 눈꺼풀을 들어 올렸을 때, 그 눈동자에 보이던 체념 섞인 어두운 불꽃 같은 빛은 사라지고 평소 그의 눈으로 돌아와 있었다.

"아야카는 여전히 사소한 걸 다 신경 쓰는구나… 라고 말하고 싶지만, 아니었어."

"당연하지. 나한테 너와의 만남은 이미 사소한 일이 아니니까."

"…알겠어. 이번에는 내가 양보하지. 하지만 다음에는 안 진다?"

"뭐?! …이기고 지고의 문제였어?"

당황해서 눈이 동그래진 아야카의 말을 보란 듯이 흘려 넘긴 후, 세이버는 평소와 같은 투로 소리 높여 말했다.

"아야카에게 지저분한 일을 시킬 수는 없는 데다, 내게 양보해 주지도 않겠다면…. 이거, 목숨 걸고 여자애를 구하는 수밖에 없겠군! 그러고서 다 같이 무사히 여기서 나가는 거야!"

"세이버…?"

갑자기 평소의 모습으로 돌아온 것을 보고 당황한 아야카에게, 세이버는 만면의 미소를 띤 채 대답했다.

"괜찮아. 이 결계세계에서 우리의 스타트 지점은 교회잖아. 신부 대신 탈락자인 여자애를 보호해서 감독관이 할 일을 빼앗아 주자고."

"…그래, 나도 도울게."

아야카는 안도의 미소를 지으려 했지만….

문득 이상하게 가슴이 술렁거려 고개를 갸웃했다.

"…교회… 보호…."

"왜 그러시죠?"

두 사람의 대화가 일단락되기를 기다렸는지, 그때까지 조용히 있던 벨라가 이상한 낌새를 보이는 아야카에게 물었다.

생각에 잠긴 채로, 아야카가 조금씩 말을 했다.

"나, 그 금빛 갑옷을 입은 녀석… 만난 적이 있는 것 같아…."

"네?"

"하지만… 어디서…?"

아야카는 무언가를 기억해 내려 했다.

그 교회 지붕 위에서 리처드를 죽일 뻔한 금빛 영령을, 아무리 생각해도 본 적이 있는 것 같았기 때문이다.

그리고 '교회'와 '아이를 보호한다'는 키워드가 낡은 자물쇠가 채워져 있던 그녀의 머릿속을 격렬하게 흔들기 시작했다.

하지만 그때마다 '빨간 두건'의 기척이 진하게 느껴져서 '그 이상 기억해 내서는 안 된다'라는 공포가 그녀의 기억의 문을 붙들고 있었다.

'기억해 내야 하는데….'

'어째서….'

아야카는 필사적으로 자신의 기억을 뒤져 보려 했다.

바로 뒤에 '빨간 두건'이 있는 것 같다.

무언가를 호소하려는 것 같다.

빨간 두건의 목소리가 들린 것 같다.

그 공포심을 견디며 그녀는 계속해서 생각을 해 보려 했지만….

세이버와 경찰 부대가 주변을 두리번거리기 시작한 것을 보고 아야카는 흔들리고 있는 것이 자신의 머릿속만이 아니라는 사실을 알아챘다.

"응? …뭐야?"

의아하다는 투로 중얼거린 참에 그녀의 발바닥도 대지의 고동을 또렷하게 느끼기 시작했다.

"어, 어, 지진?!"

'아니, 아니야.'

'뭔가가, 다가오고 있어….'

그리고.

진동이 서서히 커지는가 싶더니, '그것'이 건물 뒤에서 나타났다.

몸길이가 15미터는 가볍게 넘을 듯한 칠흑색의 거대한 개.

온몸에서 독기 같은 연기를 흩뿌리며, 입에서는 털과 같은 색을 띤 검은 불꽃을 흘리고 있는….

하데스의 가호를 받은, 머리가 셋인 괴물이.

×   ×

몇 년 전. 유럽 어느 곳.

"그 제안을 받아들일 건가? 나는 일단 사양하려 하는데 말이지."

교활함이 느껴지는 말투의 그 마술사는 어린 소녀의 모습을 하고 있었다.

양갓집 규수 같은 느낌의 고상한 옷차림새를 하고 있지만, 그 어깨에 앉은 한 마리의 까마귀가 기묘한 조화를 이루며 평범한 존재가 아니라는 분위기를 자아내고 있었다.

그녀는 시계탑에 소속되기는 했지만 권력 투쟁을 꺼려해 거리를 두고 있는 마술사 중 한 명이다.

귀여운 목소리와는 달리 말투가 노인 같은 것은 실제 나이가 여든을 넘어서라는 소문도 있고, 마술회로를 지식과 함께 아이에게 전달한 결과라는 소문도 있지만, 정확한 내막은 아무도 알지 못했다.

그런 노련한 분위기를 띤 마술사가 말을 건 상대는, 나이에

걸맞게 풋풋한 분위기를 띤 소녀 마술사였다.

"…그 이유는 마술세계를 지키고 싶기 때문인가요?"

"하핫! 의식 하나로 부술 수 있다면 이 세계는 진작 사라졌을 테지. …라고 말하고 싶지만… 최근 나도는 소문에 의하면, 극동의 의식은 상당히 위험한 영역까지 발을 들였다더군. 10년 전, 로드가 한 명 죽었지만 '성배전쟁'이라는 것을 아무도 주목하지 않는 점은 이상하다고 생각했지만, 아무래도 정보의 흐름을 조작한 탓인 모양이더구나."

성배전쟁.

극동에서 이루어지는 작은 의식으로 전해져 있던 그것이 중요시되기 시작한 때는 '다섯 번째 의식'이 이루어진 몇 개월 전부터였다.

그곳에서 무엇이 행해졌는지, 무엇이 이루어졌는지에 관한 상세한 이야기는 새어 나온 바가 없다.

단지 자칫 잘못됐다면 아틀라스원院의 은자들이 말하는 '종말'이 일어났을지도 모른다는 그럴싸한 소문이 돌고 있을 뿐이다.

"그 성배전쟁을 미국에서 재현한다는 황당무계한 이야기, 심지어 마술협회의 후원조차 없는 상태에서 실행한다면 제정신이 박힌 마술사는 응하지 않겠지. 너에게 말을 건 이유는 좋은 핏줄을 타고난 것치고는 마술협회에 원한이 있다는… 그 점 때문일 테지. 나는 너의 재능을 높이 사지만, 그 마물… 프란체스카에게 개개인의 재능은 둘째 문제일 테니 말이야."

"…저는 그래도 상관없어요."

까마귀를 거느린 마술사 앞에 선 그 소녀는, 아직 열다섯 살도 채 되지 않았다.

그럼에도 불구하고 온 세상에 대한 체념으로 가득한 눈을 하고 있었고, 그 안에서는 증오를 연료 삼아 밝혀진 어두운 불꽃이 조용히 타오르고 있었다.

적어도 까마귀를 부리고 있는 마술사는 그렇게 확신했다.

"…말이 나와서 말이다만, 이전에 마안열차魔眼列車의 경매에 참가했을 때, 경계기록대境界記錄帶─고스트라이너… 이른바 영령이라는 것을 본 적이 있다. 사역마 같은 수준이 아니라, 그야말로 지구 그 자체에 새겨진 인리人理의 그림자더구나. 사적인 원한으로 부릴 생각이라면 너도 무사하지 못할 게다."

"……."

소녀가 주먹을 가볍게 움켜쥐고 눈을 내리깔자, 까마귀를 거느린 마술사는 계속해서 말했다.

"커다란 것을 부수는 데에는 대가가 필요하기 마련. 마술협회를 부수는 것은, 마술세계 그 자체를 적으로 돌리는 일이나 다름없다. 새겨듣거라, 마지막 순간에는 자신도 망가질 것을 각오한 녀석들은 얼마든 있다. 인간이기를 그만둔 너의 할아버지도 그러했지만… 순서가 바뀌었다. 부수려는 것이 크면 클수록, 자신이 가장 먼저 망가지기 마련이다. 대가는 후불이 아닌 선불이라는 말이야."

어린 모습을 한 늙은 여자 마술사는 자신이 후견인을 맡은 마술사 소녀에게 계속해서 말했다.

"세상의 섭리를 부수고 근원에 이르려는 마술사라는 녀석들을 보거라. 모두 다 어딘가 망가진 녀석들이 아니냐?"

다소 자학적인 미소를 지은 후, 마술사는 표정을 거두고 자신이 후견인 노릇을 하던 소녀에게 물었다.

"할리 볼자크. 너는 인간으로서 망가질 것이냐, 마술사로서 망가질 것이냐?"

"둘 다 아니에요, 선생님."

할리라 불린 소녀는 자신보다 까마득히 높은 차원에 있는 마술사에게 똑 부러지게 답했다.

"저는 이미 망가져 있어요. 시계탑의 녀석들에 의해서….."

"……."

"아버지와 어머니도 평범한 마술사였죠….. 하지만 그들은 오로지 인간의 육체를 버린 할아버지에게 이어받은 연구 성과를 빼앗기 위해, 억지로 이단으로 만들고 모든 것을 빼앗았어요!"

"…너의 목숨은 빼앗지 않지 않았느냐. 일부라고는 해도 각인을 계승시켜 도망시킨 이유는 볼자크 가문의 혜안慧眼이 훌륭했던 덕분이겠지. 그것도 네가 그것에게… 프란체스카에게 가담하면 모두 다 수포로 돌아가겠지만."

다소 무거운 목소리로 말했지만 할리의 표정은 변하지 않았다.

그 모습을 본 후견인 마술사는 나직하게 한숨을 내쉬고서 고개를 가로저었다.

"네가 마술사라면, 시계탑에 의한 찬탈도 '흔한 일'이라 여기며 포기했겠지만…. 마술사로서의 재흥이 아니라 부모의 복수를 바라는 시점에서 너는 마술사가 아니다. 아직 망가지지 않았어. 다시 시작할 수 있다. 숨어서 마술을 사용해 남들보다 조금 더 편한 인생을 살 수 있을 거란 말이다."

입으로는 그렇게 말했지만 그 이상 강하게 만류하려 들지는 않았다.

사제 관계가 아니라 한낱 후견인… 심지어 마술적인 제약이 있는 관계성도 아니니, 이 이상 깊이 개입하는 것은 자신의 주의에 반하는 일이라고 판단했으리라.

지인인 볼자크 가문의 후예에게 의리를 지켜야 한다는 생각은 있어도, 그것이 바로 정으로 바뀌는 일은 없다.

시계탑에서 거리를 두고 있다고는 하나 그녀도 그 정도로는 마술사였다.

"마안열차에서 만난 엘멜로이 2세라는 로드, 그 녀석이 연 교실이라면 마술세계와 뜻이 맞지 않는 너라도 받아들여 줄 테지만, 이 이상 만류해 봐야 소용이 없으려나."

까마귀의 눈을 요사스럽게 번뜩이게 하며 마술사는 밤의 어둠을 향해 걸어 나갔다.

한창 나이대의 소녀가 밤길을 서성이는 것 같은 걸음걸이로 걷는 가운데, 그 어깨에 앉은 까마귀는 소름이 돋도록 날카로운 눈으로 할리라 불린 소녀를 바라보고 있었다.

　"…결코 잊지 말거라, 할리."

　어둠에 완전히 녹아들기 직전에 울린 그 목소리는, 과연 소녀의 입에서 흘러나온 것일까, 아니면 까마귀의 날개에서 울린 것일까.

　고막과 몸이 동시에 떨려 와서 소녀는 더 이상 그것을 구별할 수 없었다.

　"자신이 망가질지도 모른다고 아무리 굳게 각오를 다지더라도."

　그 마지막 말만이, 할리라는 마술사의 머릿속에 잔향이 되어 계속해서 울려 퍼졌다.

　"애초부터 망가져 있는 녀석들 앞에서, 그런 각오는 아무런 의미도 없다는 것을 말이다."

×　　　　×

　현재. 스노필드. 고급주택가.

　"헤에…."

현재의 스노필드에, 어딘가 비현실적인 아름다움을 지닌 여자의 목소리가 울렸다.

"금방 날아와서 나를 찾아다닐 줄 알았더니… 태양―우투가 높이 떠올랐는데도 아직 움직임을 보이지 않다니, 둘도 없는 친구가 쓰러졌는데 꽤나 신중하네."

스노베르크 구획에 위치한 고급주택가.

그곳에서도 가장 커다란 저택은 스노필드의 중심가에 있는 카지노 건물주의 것이다.

적어도 대외적으로는 그런 것으로 되어 있다.

주인은 이 도시를 만들 때 앉혀 둔 가짜로, 실제로는 젊은 나이에 병사한 실업가를 살아 있는 것처럼 위장한 것에 불과했다.

실제로 운영을 하고 있는 자는 '그쪽'에 속한 마술사 중 한 명으로, 반드시 사람들 앞에 나서야 할 때는 마술로 그 실업가로 변장해 세간의 눈을 속이고 있는 상태다.

따라서 이 할리우드 스타 같은 이가 지었을 법한 우아한 저택에는 최소한의 관리를 맡은 업자가 드나들 뿐, 실제 주인은 존재하지 않는다.

하지만.

현재는 그 저택을 제 것인 것처럼 사용하는 일파가 있었다.

그것 하나만으로도 작은 집 한 채는 살 수 있을 듯한, 고급스러운 느낌을 풍기는 순백색 소파에 어떤 여자가 아무렇게나 앉아 있다.

하지만, 그냥 아무렇게나 앉아 있을 뿐인데 그것이야말로 '미美'의 체현이라는 듯, 누가 어느 각도로 보아도 한 장의 그림이 될 듯한 인상을 주는 여자였다.

"뭐 됐어. 어찌 되었든 저 **고물**을 이 세계에서 없애는 일은 구갈안나에게 맡기고 싶으니까."

그리고 그 자태를 고스란히 눈에 새기는 처지가 된 사람은 아직 10대 후반 정도밖에 되지 않은 나이의 소녀다.

넓은 방의 구석에서 그 여신을 보고 있던 그 소녀 할리 볼자크는 어쩐지 암울해 보이는 눈빛을 소파에 앉은 여자 필리아에게 보내고 있었다.

"왜 그래? 얼굴이 아주 죽상이 되었는데."

필리아의 말에 할리는 경계심과 두려움이 뒤섞인 목소리로 물었다.

"…당신의, 이름을 알 수 있을까요."

"어머, 이제 와서? 말했잖아? 내 매력을 알아챘다면, 굳이 날 이해하려 들 필요는 없다고."

"지금은… 매력뿐만이 아니라, 두려움도 느끼니까요. 저의 은인이라는 사실 말고는 아무것도 필요 없다고 말했지만… 함께 싸울 사람의, 진짜 이름 정도는 알아 두고 싶어요."

겁에 질린 채로 상대의 눈을 쳐다보며 그렇게 묻는 할리에게, 필리아는 요염한 미소를 지으며 답했다.

"헤에? 꽤나 용감해졌는걸?"

"…당신이 버즈디롯 일행에게 자신을 여신이라고 말한 이유는, 마술사로서는 믿기 어렵지만… 적어도 마술사 같은 것과는 다른, 훨씬 '위'에 있는 무언가…는 맞죠?"

"그렇게 뻔한 걸 물으면 난감한데 말야. '맞아'라는 시시한 답밖에 해 줄 수가 없잖아."

필리아는 소파 위에서 유리잔에 담긴 음료를 마시며 어깨를 으쓱했을 뿐이었지만, 그 몸동작마저도 '가장 완성된 휴식 방법'이 아닐까 하는 착각이 들 정도로 아름답게 보였다.

"아아, 하지만 생각해 보니 그러네. 이제 길가메시를 거의 처치했으니 이름을 숨길 필요는 딱히 없으려나…. 휘말려 들어 죽을지도 모르니까 병원 앞에서 떠나 있으라고 말한 건 나였으니까."

잠시 생각한 후, 필리아는 소파에서 천천히 일어나서 다시 할리에게 말했다.

"그 복수자들에게 했던 말은 비유도 뭣도 아니었어. 여신으로 불리었던 인간… 같은 게 아니라 진짜 여신이야."

"네?"

"대지의 풍양豊穰을 관장하고 금성의 빛으로써 전사들에게 무운과 포상과 파멸을 내리는, 인간을 지키는 미의 여신…이라고 말하면 마술사로서 짚이는 바 정도는 있지 않니?"

"……!"

여신이라는 단어를 말 그대로의 의미로 사용한 것이라는 소리를 들은 할리는 무의식중에 숨을 죽였다.

하지만 반쯤은 예상했던 일이라 의심하거나 혼란에 빠지지는 않았다.

가능하다면 틀리기를 바랐던 예상이었지만 이미 목숨을 맡기고 있는 몸인 이상, 이제 와서 거절해 봐야 의미가 없었다.

그리고 그녀가 발언한 말의 단편들을 통해 하나의 이름에 도달했다.

"금성의 여신…. 아프로디테… 비너스… 아스타르테. 아니… 훨씬 원초에 가까운… 이난나…?"

"그쪽도 '나'지만, 굳이 말하자면 나는 수메르식 이름으로 불리는 게 더 좋더라. 현현했을 때의 기분에 따라 달라지긴 하지만."

"여신… 이슈타르."

"응, 정답. 다행이네, 안 틀려서."

필리아는 내용물이 아직 남은 유리잔을 대리석 테이블에 내려놓더니, 가벼운 발걸음으로 TV의 리모컨을 들어 전원을 켰다.

그대로 몇 번인가 채널 버튼을 누르다 쇼핑 채널의 보석 판매 코너에서 멈추더니 흥미롭다는 듯 말하기 시작했다.

"커팅은 훌륭하네. 마술은 쇠퇴했지만 기술이라는 측면을 특화시킨 결과라면, 그렇게 나쁘지는 않은 것 같은데. 장식 센스 자체는 우르크의 장인들 것이 좀 더 취향에 맞지만… 뭐 아무렴 어때. 그 정도는 이 시대의 가치관을 존중해 주도록 하겠어."

그녀는 그렇게 말하더니 집 안에서 발견한 보석류를 손안에서 지분거리며 즐거운 듯 웃었다.

"모든 기술과 센스는, 결국 나한테 어울리는가 어떤가로 가치가 정해지니까."

아마도 손님이 찾아왔을 때 위화감을 주지 않기 위한 위장용 장식이거나 진짜 주인이 마술의 촉매로 준비해 둔 물건일 테지만, 그래도 평범한 보석상에 진열해 두면 5만 달러는 받지 않을까 싶은 물건들이었다.

하지만 할리가 보기에 가격 같은 것은 상관이 없는 듯했다.

설령 싸구려 보석이라 해도, 아니면 유리 세공품이나 유리 구슬이라 해도 그녀가 집어 들기만 해도 그것이 미의 기준이 되어, 존재 가치 그 자체가 격상되어 버리지 않을까 싶었기 때문이다.

"미의, 여신…."

확실히 똑바로 쳐다보기도 황송하다는 생각이 들 정도로 아름답다.

동시에 할리는 그것이 두렵기도 했다.

진정한 의미로 완성된 미는, 그것만으로 마법에 가까운 대마술이 될 수 있다.

이를 테면 시계탑 창조과―밸류에의 유력 마술사, 이젤마 가문의 '황금희黃金姬'와 '백은희白銀姬'의 소문은 할리도 들은 적 있었다.

몇 세대에 걸쳐 마술적인 연구를 거듭하여, 자의적으로 만들어진 그 궁극의 미인 쌍둥이는 그곳에 존재하는 것만으로 주변 사람들의 인식을 뒤바꿀 정도로 완성된 '미'를 지녔다고 한다.

할리는 그 두 사람의 얼굴을 본 적은 없지만, 눈앞에 있는 미의 여신은 아마도 그녀들과는 완전히 다른 종류의 무언가일 것이라고 추측했다.

마술사들이 '미'라는 관점에서 근원에 다가가기 위해 연구를 거듭해, 모습에 우주 그 자체를 투영한 듯한 차원에 도달한 자들이 이젤마의 공주들이라면, 이 여신의 그것은 같은 '미'라는 단어를 사용하기는 해도 완전히 다른 종류의 카테고리로 분류해야 할 것이다.

이젤마 가문의 '미'가 목표로 하는 것은 어디까지나 근원에 도달하기 위한 수단으로, 만약 도달했다면 그것은 이차원異次元의 미라 칭해야 할 영역이리라.

얄궂은 이야기지만, 현재 눈앞에 있는 여신의 그것은 반대로 하늘에 있어야 할 이차원 영역의 '미'를 세계의 형태에 맞게 전락시킨, 인간의 영역에 가까운 장소에서 논해지는 의미에서의 '미'의 도달점이라 할 수 있을 것이다.

도달할 수 없을 정도로 높은 차원에서 내려와, 자신의 색으로 주변을 덧칠하는 타입의 '완성품'.

눈앞에 있는 이 '여신'을 자칭하는 존재는, 말하자면 '황금비는 자신이 몸에 걸친 물건을 유행시키기 위한 정의라는 인식을 주변에 정착시키고 만다'는, 그야말로 반칙이라 해야 할 존재방식을 취하고 있다.

인간의 미적 감각이 살기 위해 배양된 위기 회피와 쾌락 장치의 일종이라면, 그녀의 미는 반대다. 그녀가 지닌 미는, 인간들에게 '부여하는 측'의 것이다.

그 여신은 스스로 완성된 미를 지녔고, 자신이야말로 미의 기준이라는 사실을 안다. 그렇기에 그녀에게 '미'라는 것은 필연적으로 자신의 곁에 있어 마땅한 것이었고, 자신을 갈고닦는다는 행위와는 인연이 없는 존재일 것으로 추측되었다.

그저 눈앞에 서 있기만 했음에도 그런 추측을 **하고 말았기에** 할리는 그 있는 그대로의 자유를 동경했고, 동시에 인간의 상식을 초월한 상대의 '미의식'의 기준에서 조금이라도 어긋나면 제거될 것이라는 두려움도 품고 있었다.

경외심敬畏心이라 불러 마땅한 감정이 솟구쳐 당장에라도 무릎을 꿇고 싶은 충동을 참으며 할리는 마음속에 솟아난 의문을 말했다.

"성배전쟁에서는, 신격에 이른 존재는 부를 수 없을 텐데⋯."

"그래, 맞아. 성배로는 무리지. 반칙에 가까운 방법이 몇 가지 있기는 하지만 이런 작은 지방에서의 의식, 심지어 본래의 기능을 잃은 **가짜 성배**로는, 나 정도의 신격을 불러내는 일은 불가능할 거야. 아아, 하지만… 예를 들어, 의식 끝에 성배를 원망기로 사용하면 목소리를 들려주는 것 정도는 가능했을지도 모르겠는걸?"

"그렇다면, 어째서…."

할리가 계속해서 묻자 필리아 안에 있는 여신은 아무렇지도 않게 답했다.

"내가 이곳에 현현한 이유는, 애초부터 이 세계에 남겨 두었던 힘이 발동했기 때문이야."

"힘?"

"그래. 내가 이 세계에 내린 축복."

"……?"

자신이 이곳에 존재하는 이유가 세계에 대한 축복의 결과라니.

필리아는 영문을 모르겠다는 표정을 짓는 할리에게 어깨를 으쓱해 보이며 말을 이었다.

"저 **불경스러운 녀석들**에게는, 저주 같겠지만."

"다시 말해서… 그게, '그릇' 안에, 이슈타르 신의 힘이 깃들어 있다는 건가요?"

"힘뿐만이 아니야. 인격도 들었지. 뭐, 우리 같은 존재에게 그 둘은 같은 의미이지만… 애초에 이 몸에 들어 있던 건 한낱 프로그램이었거든. 덧씌우는 건 간단했어. 아마 성배의 힘을 받아 낼 최종적인 단말이자 산 제물로 준비한 무녀나 뭐 그런 거 아닐까?"

그릇의 출처 그 자체에는 관심이 없는지, 여신은 보석 장식품을 즐거운 듯 바라보며 자신의 존재방식에 관한 이야기로 돌아갔다.

"우리가 본래의 모습으로 현현할 수 있는 시대도 있었지만, 그 시대였다면 이 도시에 사는 인간들은 진작 파열해서 죽었을걸?"

"신대의 마력을, 현대 인간의 몸은 견뎌 낼 수 없으니까요…."

과거에 할리는 그런 이야기를 들은 적이 있었다.

신들과 인간이 공존했던 시대가 끝나고, 세계에서 마력이 소실되어 가고 있는 현대, 그 환경에 적응하고 만 인류는 반대로 당시의 환경에 견뎌 낼 수 없는 몸으로 변화하고 말았다는 이야기를.

그것이 진화인지 퇴화인지는 알 수 없지만, 산소 농도가 지나치게 높은 대기 안에서 인간이 살 수 없는 것과 마찬가지로, 이미 이 세계의 사람들은 마술세계와 결별하고 있는 중이다.

문화적인 측면으로서의 결별이 아니다. 마력을 계속 운용하는 마술사, 마술사용자들을 제외하면 실제로 멀어지고 있었다.

"뭐, 환경의 변화는 둘째 치고 내가 현현할 수 없는 이유는 따로 있지만 말이야. 만약 같은 환경을 재현하면 나를 그대로 부를 수 있기는 하겠지만…. 글쎄, 산 제물은 숭고하게 느껴지기는 하지만, 역시 가호와 맞바꿔 나를 칭송할 인간이 없으면 의미가 없으니까."

"그럼, 어째서, 이런 시대에 굳이…."

"말했잖니. 세계에 축복을 내렸다고. 그것이 무사히 발동했을 뿐이야."

거기까지 말한 여신은 한차례 눈을 가늘게 뜨고 요염한 미소를 지었다.

"설마… 정말로 이런 일이 일어날 줄이야. 그때의 나를 칭찬해 주고 싶네."

"?"

"나는 있지, 불경스러운 왕에게 모욕당하고, 저 고물이 집어던진 신수의 내장을 맞았을 때, 세계에 축복을 새겨 넣었어. 내가 인리 안에 녹아들어 흩어질 때까지, 계~속 말이야."

공포는 곧 '미'이고, 미는 곧 근원적인 공포다.

필리아의 눈을 본 할리는 그런 착각이 들었다.

이쪽의 마음을 얼어붙게 할 정도로 날카로운 분위기인 그 얼굴은 너무나 아름다워서, 만약 증오의 대상이 된 사람이 자신이었다면 저항하기는커녕 오히려 감사히 여길 것 같다고 할리는 생각했다.

그 정도로 완성된, 미의 여신이 품은 분노와 증오.

정확히 말하자면 일찍이 이 별을 지배했던 신들의 격정의 '잔재'는, 필리아라는 그릇 안에서 태고의 분노를 다시 불태우고 있었다.

"만약, 이 별에 언젠가 '그 두 사람'이 재림해서 만나게 된다면…."

무한한 가능성 속에서 도달한 기적 앞에서, 여신을 자칭하는 존재는 보는 이의 심장이 얼어붙을 정도로 아름다운 미소를 지었다.

"내가 **신**의 모든 것을 걸고, **인간들을 지켜 주겠다**… 라고."

그리고 그 말에 호응하기라도 하듯 저택 안뜰에서 무언가가 삐걱대는 듯한 소리가 들려왔다.

할리는 그쪽을 쳐다보지 않았다.

본다 해도 아무것도 보이지 않으리라는 사실을 알기 때문이다.

넓은 안뜰에는 마술로 투명화한 할리의 서번트가 진을 치고 있다.

파괴된 버즈디롯의 공방의 잔해 등을 그 몸에 흡수해 버린 탓에, 영체화를 하는 쪽이 오히려 부담이 커서 투명화와 마력의 은폐로 존재를 얼버무리고 있는 상태다.

이슈타르를 자칭하는 여자는 그럼에도 그 서번트를 또렷하게 지각할 수 있는지, 유리로 된 벽 너머로 안뜰을 올려다보며 입을 열었다.

"너도 그렇게 생각하지?"

그러자 그 말에 응하는 모양새로 안뜰에서 거대한 배의 스크

류가 삐걱대는 듯한 소리가 울렸다.

"얘는 저 세로로 길쭉한 석비…라고 해야 할지, 건물이 늘어서 있는 곳을, 레바논의 삼나무 숲이라고 생각하는 모양이야."

여신은 어깨를 으쓱하며 자신의 애견에게 하는 것처럼 쓴웃음을 지은 채 말했다.

"좋아, 나중에 진짜 숲에 데려가 줄게. 그 고물이 있을지도 모르지만…."

"길가메시가 패배한 지금, 이성을 얻은 후의 저 녀석은 아무런 위협도 안 되니까."

×   ×

머나먼 옛날. 거목의 숲에서.

　　　　　　　　　　—너는 알 필요가 있다.
　　　　　　　—인간이 무엇인지를.
　　　　　　　　—엔릴의 숲에 우투가 '완전한 인간'을 창조해 놓았다.
　　　　　　　　　—보라, 말하라, 그리고 그 형상을 본떠라.
　　　　　　—그러고 나면 니누르타가 네게 힘을 나누어 줄 것이다.
　　　　　　　—우르크의 숲에 던지기 전에, 우투가 만든 '사람'과 함

께 있어야만 한다.

　　―완성하라, 인형이 되어라.

　　　―너는 모든 생명을 모방하는 흙덩이일지니.

신들의 의지.

저항할 수 없을 정도로 기분 좋은 꿈속에서 그러한 '사명'이
영혼에 각인된 흙덩이가, 이 세계에서 눈을 떴을 때.

「───────　　───　　─────　─────　　　　────　　　─

───　────────　　　──────────　　　─────────」

세계는 하늘과 대지를 가르는 절규에 휩싸여 있었다.

그 외침에 언어로서의 의미는 없었고.

그저 하염없이 의미 없는 감정만이 소용돌이치고 있었다.

엘키두라는 '도구'가 이 세계에서 처음 관측한 것은 무구한
외침의 연쇄였다.

소리의 연쇄는 그것만으로 주변의 물체를 파괴했고, 이윽고
모든 것을 흙으로 바꿔 놓았다.

신들이 만들어 내는 '과정'에서 '그―그녀'는 그 절규의 소용

돌이 중심에 버려졌다.

하지만… '버려졌다'는 것은 객관적인 형용에 불과하다.

사실 신들은 그 병기를 최고의 물건으로 빚어내고자 진력했다고 말해도 과언이 아니다.

메소포타미아의 신들이 인간으로 전락한 아이를 또다시 신들과 연결하기 위해 낳은 도구이자, 병기이자, 자율적인 연산기구인, 신들이 만든 호문쿨루스였다.

그렇기에 필요한 조치라 여긴 신들이 엘키두를 재앙의 목소리 한복판에 놓아둔 것이다.

막 태어난 갓난아기를 따뜻한 물에 씻기듯, 사랑과도 같은 무언가를 쏟으며 만전을 기하는 모양새로 그 장소에 내던진 것이다.

엘키두가 그 굉음의 연쇄가 '인간의 목소리'임을 인식한 것은 소리 속에서 80일을 지낸 뒤였다.

무구한 상태로 세계에 떨어진 연산기는 신들에게 부여받은 역할과 최소한의 정보만이 입력된 상태였고, 그 때문에 무엇이 필요한지, 어떠한 지식을 쌓아야 하는지, 그것을 선택하는 단계에서부터 모든 것을 쌓아 올려야만 하는 상태였다.

그리고 엘키두는 계속해서 소리를 치는 '그것'의 정체를, 신들이 정의한 답을, 지식으로 이미 알고 있었다.

그것은 '인간'이라는 존재라고 한다.

앞으로 엘키두가 마주해야만 하는 인간이라는 종의 궁극형이자, 완성된 모습이라고 신들은 말했다.

언어라는 것을 알지 못하는 초기 상태의 엘키두에게, 신들의 힘 있는 말은 '감각'으로 새겨져 있을 뿐이었다.

그럼에도 엘키두는 그 '완전한 인간'과 마주하고, 그 외침 속에 계속해서 머물렀다.

결과적으로 목소리에 답하기 위해 엘키두는 거대한 진흙 인형과 같은 모습으로 몸을 바꾸어 나갔다.

만약 이때, 그 자동인형이 완전히 '외침'에 물들었다면, 훗날 만나게 되는 성창聖娼 샴하트와 의사소통을 하지 못했을 것이다.

어쩌면 샴하트를 '인간'으로 인식하지도 못했을지 모른다.

신들의 인도로 해후한 '완전한 인간'은 그 정도로 바빌로니아를 두 발로 활보하는 자들과 동떨어져 있었다.

그런 상황에서 훗날 엘키두가 되는 진흙 인형과 인간 사회에 다리를 놓아 준 것은….

무한한 외침 속, 물밑에 있는 수초에서 비롯된 거품처럼 떠오른 어린 소녀의 목소리였다.

'누구야?'

'누구, 거기 있어?'

정신이 들어 보니 엘키두의 주변에 작은 꽃이 피어 있었다.

신들의 연산기는 학습한다.

폭풍과도 같던 외침이 거짓말처럼 잦아들더니 무언가 의미가 있는 듯한 **연약한** 소리의 나열이 울린 것은 그 꽃이 피어나는, 아주 짧은 시간 동안이었다.

긴 시간에 걸쳐 엘키두는 그 소리가 바로 '언어'라고 이해했다.

그리고 자율적 연산기는 알게 된다.

쉴 새 없이 울리는 천둥과도 같았던 외침은 명확한 의미를 가진 언어는 아니었지만….

'원한'이라는 감정을 저주라는 형태로 세상에 새겨 넣고 있었다는 사실을.

끝없이, 어디에도 닿지 않는 외침을, '인간'들은 하염없이, 계속해서 외쳐 댔다.

엘키두에게는 세계의 시작이라 할 수 있는 장소에서, 영원히 귀결되지 않을 저주를.

하지만 그것을 이해했을 때도 엘키두는 동요하지 않았다.

이것이 신들이 말한 '인간'이라는 존재라면, 그래, 인간은 이런 존재구나… 라는 감상을 자신 안에 기록하고 연산의 재료로 삼을 뿐이다.

끝없는 절규와, 때때로 떠오르는 다정한 소녀의 말 사이에서 '다정하다'라는 개념을 구별조차 할 수 없었던 연산기는 담담하게 인간에 관해 학습을 거듭했다.

신들이 부여한 사명만이 텅 빈 사당 같은 엘키두의 영혼 안에 울려 퍼졌다.

　　—말하라, 인간과.
　—꿰어라, 그리고 이어라.

연산하는 흙덩이는 아직 인간의 형태로 변하지도 못한다.

그저 사명을 위해 '이것은 필요한 일이다'라고 판단한 엘키두는 그 '완전한 인간'과의 추가적인 정보교환을 시도해 보았다.

현재는 '그녀'가 속삭이는 말을 기억해, 상황을 파악하는 것에 불과하다.

아직 대화를 나눈다는 단계에 달하지는 않은 것이다.

자신에게 주어진 역할을 해내기 위한 방법을 모색하던 엘키두는, 여러 가지 형태로 '완전한 인간'과의 의사소통을 시도했다.

그 과정에서… 엘키두는 어느 날, 꽃을 피웠다.

왜 그런 생각을 했는지는 기록에도 기억에도 남아 있지 않다. 어떠한 우연의 산물이었을지도 모르고, 당시 미완성품이었던 자신은 인식하지 못한 요소가 얽혀 있었는지도 모른다.

다만 결과만은 그 회로에 선명하게 새겨졌다.

원망을 토해 내던 목소리가 아주 잠깐 잦아들더니, '그녀'가 스스로 모습을 나타낸 것이다.

'고마워.'

'예쁘다….'

그 목소리를 들은 엘키두는 자신의 시스템에 작은 흔들림이 발생했음을 알아채지 못했다.

하지만 훗날 병기는 이해했다.

그것이야말로 처음으로 서로의 '의사'를 교환하는 데 성공한 순간이었음을.

시간이 흐르고, 말도 흐른다.

엘키두는 그 정확한 일수를 기억하지만 거기서 의미를 찾지는 않았다.

병기에게 중요한 것은 지낸 시간이 아니라 '인간'이라는 것을 얼마나 이해했는가이기에.

'있지.'

'있지.'

'우리는, 엘키두의 친구야.'

'하지만, 이제 곧, 친구가 아니게 돼.'

'우리는, 이제, 어디로도 갈 수 없으니까.'

'너와 같은 것은, 더 이상 볼 수 없을 테니까.'

'분명, 너를 잊고 말 테니까.'

'우리에게, 엘키두는 꽃 같았어.'

'우리를, 외로움에서 구해 줬어.'

'언젠가, 엘키두도, 꽃 같은 사람을 만났으면 좋겠어.'

'시들어도, 져 버려도, 언젠가 다시 피어나 주는 사람과.'

'정신이 들고 보면, 어디에나 피어 있는… 꽃 같은 사람과.'

언젠가부터 '그녀'는 원망을 토해 내는 목소리의 무리에서 떠오를 때마다, 매우 작은 개체를 이루게 되었다.

엘키두는 그 '작은 몸' 안에서 발음 장치와 시각, 청각 센서가 위치한 부분을 바라본다.

두부頭部, 얼굴, 머리.

신들이 부여한 이미지와 '그녀'에게 배운 말을 일치시킨다.

이쪽이 힘을 행사하면 간단히 짓이겨져 버릴 듯한 그 머리의 위에는, 지난번에 엘키두가 피운 꽃이 장식되어 있었다.

그리고… '그녀'는 그것과는 다른 꽃을 손에 들었다.

처음 '그녀'가 떠오를 때 피었던… 처음 '그녀'와 해후한 날 피어 있던 작은 꽃이다.

거대한 흙덩이에 불과했던 엘키두의 머리에 그 꽃을 장식한

'그녀'는, 두부에 위치한 시각 센서와 음성의 출력 부분을 기묘한 형태로 일그러뜨렸다.

그것이 '미소'라는 사실을 알게 되는 것은, 역시나 한참 훗날의 일이다.

때문에 엘키두가 그때 신경 쓴 것은 그녀의 주변에 떠올라 있던 물건들 쪽이었다.

'그녀'를 보호하는 형태로, 비가 갠 후 떠오르는 무지개처럼 빛나는 일곱 개의 작은 빛의 고리가 떠올라 있었다.

엘키두는 그 빛의 고리를 '완성된 것이다'라고 판단하고 영혼에 그 광채를 새겨 넣었다.

소녀의 모습이 가라앉아 있을 때 '그들'이 쏟아 내는 원망 어린 목소리. 정신 구조를 그에 알맞게 조정한 거대한 흙덩이는 그것을 모두 받아 낼 수 있을 정도가 되었고, 그의 안에 처음으로 인간들이 말하는 '희망' 같은 것이 떠올랐다.

자신이 신들의 명령에 따라 이 숲을 떠난 후에도.

설령 사명을 위해 인간을 멸하게 된다 하더라도.

그 완성된 아름다운 빛을, 다시 한번 보아야만 한다.

이유를 해석하지 못한 채 엘키두는 그 바람을 자신의 시스템에 새겨 넣었다.

병기가 품은 바람은, 긴 시간이 지나 이루어지게 된다.

하지만.

다음으로 '그녀'를 보았을 때.

그 광채는….

×   ×

현재. 스노필드. 크리스털 힐. 상층부.

처음 '그녀'를 만났을 때 피어 있던 꽃.
그것은 무슨 색의 꽃이었던가.

크리스털 힐의 상층부.
최상층에 위치한 스위트룸과 직통으로 연결된 엘리베이터는
돌풍으로 인한 유리 파손 등의 이유로 현재는 일부 관계자만
이용이 가능한 상태다.
한 층 아래에서 최상층에 위치한 스위트룸으로 이어진, 붉
은 융단이 깔린 복도를 걸으며 엘키두는 문득 생전의 일에 관
해 생각했다.
후와와라는 존재와 함께 있었던, 숲속에 흐드러지게 피어난
꽃에 관해서.

그 후에 자신이 피워 낸 꽃의 색은 기억한다.

'그녀'를 위해 피운 것은 옅은 푸른색을 띤 꽃들이었다.

그럴 필요가 없으니 굳이 자진해서 재현해 보이지는 않겠지만, 만약 누군가가 '지금 당장 보여 달라'고 부탁하면 엘키두는 그 꽃밭을 간단히 재현할 수 있을 것이다.

하지만 '그녀'—후와와를 자칭한 인격과 함께 있었던 꽃의 색깔은, 결국 기억해 낼 수가 없었다.

엘키두가 '완성'하기 위해 기록이라 해야 할지 기억이라 해야 할지 모를, 애매한 영역에 두었던 그 꽃에 관해 생각하려 한 이유는 무엇일까.

그 이유를 스스로 분석하던 엘키두는 금방 두 개의 답에 도달해 눈을 감으며 옅은 미소를 지었다.

자조 섞인 미소라기보다는 순수하게 과거를 그리워하는 듯한 미소였다.

이유 중 하나는 과거의 동포, 후와와가 이 세계에 현현했다는 사실을 알게 되었다는 것이다.

또 하나는….

"성격이나 영혼의 색이 아니야…. 그 덧없는 분위기가, 조금 비슷할지도 모르겠는걸."

이 최상층 안쪽에 위치한 소녀의 기적을 느끼며 엘키두는 계속해서 걸어 나갔다.

"?"

통로 모퉁이를 돌자 그곳에 있던 검은 옷차림의 남녀 몇 명
이 당황스러움과 경계심을 얼굴에 드러냈다.

"이봐, 누구냐, 거기 멈춰!"

"이 앞은 통행… 잠깐. 맨발…?"

"아아, 세상에…. 마술사가 아냐, 저런… 대지 그 자체 같은
마력은…."

"서번트… 설마 랜서인가?!"

스위트룸을 점유하고 있는 조직에 속한 인간들 중, 엘키두
의 생김새를 아는 자들은 극소수뿐.

첫날 길가메시와의 전투를 사역마로 직접 관전했던 이들뿐
이다.

특징 자체는 들었지만 설마 이런 낮부터, 평범하게 복도를
걸어 나타날 줄은 몰랐던 것이다.

그 영령의 몸에 흐르는 마력의 흐름은 대지의 용맥 그 자체
에 흐르는 마력과 같은 성질을 띠었고, 마치 잔잔한 바다처럼
고요했기에 어정쩡한 마술사용자나 마술사들은 접근을 감지
할 수조차 없었다.

그 때문에 감지한 지금은 알 수 있었다.

바닷가에서 바다 내음을 맡고 있다가, 갑자기 거대한 고래
가 눈앞에 있다는 사실을 알아챈 것과 같은 격이다.

공격하기에는 이미 늦었고, 선수를 쳤다 해도 무언가가 통했

을 것 같지는 않다.

실제로 영령과 계약하지 않은 존재인 그들에게는 할 수 있는 것이 거의 없는 데다, 조직의 상층부에서도 '영령이 나타나도 손을 대지 마라'는 엄명이 내려와 있었다.

품 안에 든 총이나 공격용 마술예장 등을 의식하면서도, 그 누구도 그것에 손을 댈 수가 없었다.

그 모습을 본 영령은 온화한 미소를 지은 채 말을 자아냈다.

남자인지 여자인지도 확실하지 않은 목소리였지만, 검은 옷차림의 그들에게 성별은 문제가 아니었다.

겉모습이 아름답기도 하거니와 그 내부에서 느껴지는 마력과 걸어올 때의 손발의 움직임을 비롯해서 그것이 완벽한 육체라는 걸 이해하고 말았기 때문이다.

그 사실 앞에서 나이나 성별 같은 것은 사소한 정보에 불과했고, 남녀에 따라 효과가 다른 저주와 마술들도 모두 이 강력한 존재 앞에서는 아무 의미도 없을 것이다.

"지나갈게."

영령은 온화한 목소리로 그렇게 한마디 말했다.

"……."

온몸에 식은땀이 났지만 검은 옷차림의 집단은 아무것도 할 수 없었다.

바위처럼 굳어진 그들의 옆을 지나며 영령은 잠시 생각하듯 눈을 내리깔더니, 잠시 멈춰서 입을 열었다.

"안심해도 돼. 나는 싸우러 온 게 아니니까. 오히려 너희가 싸우기로 판단을 내렸다면, 그 여파로 너희가 지켜야 할 것이 망가져 버렸을지도 몰라."

"……?"

검은 옷차림을 한 이들이 얼굴에서 땀을 흘리며 무슨 소리인지 모르겠다는 표정을 짓자, 엘키두는 여전히 미소를 띤 채, 비아냥거리거나 칭찬을 하는 것이 아니라, 담담하게 사실만을 말했다.

"너희의 판단은 옳았다는 뜻이야. 그러니 책임을 느낄 필요는 없고… 이후에도 올바른 판단을 내리기를 바라겠어."

그것은 대체 '누구에게' 올바른 판단이라는 뜻일까?

묻고 싶었지만 검은 옷차림을 한 이들은 입을 열 수조차 없었다.

그저 옆을 지나쳐 갔을 뿐인 영령에게 존재의 모든 것을 장악당한 듯한 착각에 사로잡혀 공포를 느끼고 있자, 그 영령이 가볍게 뒤를 돌아보며 말했다.

"됐어, 마스터. 이 통로의 방어기구는 **모두 해제했어**. …안전해."

"……?!"

마스터.

그 단어를 듣게 되자 검은 옷차림을 한 이들의 긴장감이 최대치에 달했다.

무언가를 한 듯한 낌새도 없는데 방어를 위한 마술이 모두 해제됐다는 것도 놀라웠지만, 그 '해제한 이유' 쪽이 문제였다.

서번트뿐만이 아니다.

마스터가 직접 이곳에 쳐들어온 것이다.

자신들이 지켜야 할 리더는 현재 서번트를 잃은 것이나 다름이 없는 상태다.

마스터의 목적이 동맹 제안일 경우, 그 상황을 알게 되면 그대로 처분당하는 것은 아닐까?

그런 의심에 사로잡힌 검은 옷차림의 집단이 복도 모퉁이에 의식을 집중했다.

그러자 다음 순간.

은빛 털을 나부끼는 한 마리의 늑대가 슬금슬금 경계하며 걸어 나와, 코로 킁킁 냄새를 맡으며 이쪽으로 다가왔다.

×   ×

크리스털 힐. 최상층. 스위트룸.

"…왕을, 치러 오신 겁니까."

문을 열고 나타난 엘키두에게, 소녀 티네 체르크는 조용한 목소리로 물었다.

실내에는 그녀가 거느린 검은 옷차림의 부하들이 열 명 남짓 존재했다.

하지만 복도에 있던 자들과 마찬가지로 갑자기 나타난 서번트를 앞에 두고도 섣불리 움직일 수 없는 상태다.

티네가 말을 내뱉자 방 안에 갑자기 긴장감이 퍼졌다.

하지만 은랑과 함께 방에 들어온 엘키두의 입에서 흘러나온 악의 없는 말이 그런 분위기를 완화시켰다.

"성배전쟁의 마스터로서는 올바른 추측이지만, 사실과는 거리가 먼데?"

"그럼… 저를 없애러 온 건가요. 당신의 벗인 왕의 궁지를 더럽힌 저를."

"그것도 아니야."

엘키두는 미소를 지은 채로 어쩐지 담담하게 고개를 가로저었다.

티네는 엘키두를 의식하기는 했지만 얼굴은 그쪽으로 돌리지 않았다.

영웅왕의 사물인 집기품이 늘어선, 어떻게 보면 사치스러운 '마술공방' 중앙에서 티네는 그 중심에 누운 존재에게 막대한 마력을 쏟아붓고 있었다.

그 모습을 본 엘키두는 감탄한 듯 말했다.

"너의 마술회로… 아니, 너 그 자체가 이 토지와 연결되어 있구나. …과연, **분위기가 비슷할 만해**. …너희 일족은, 오래된 신들과 비슷한 짓을 했구나."

"……?"

엘키두가 이상한 말을 하기에 티네는 살며시 고개를 갸웃했지만, 그것을 따져 물을 시간도 아까운지 시선을 돌리지 않고 마력을 방의 중심에 계속해서 순환시켰다.

"나에 관해서는 알아?"

"왕께서, 당신은 벗이라 하셨습니다."

티네는 시선을 돌리지 않고 온몸이 땀에 젖은 채로 심상치 않은 양의 마력을 조종했다.

그런 상태임에도 약한 모습은 보이지 않겠다는 듯 굳센 목소리로 답했다.

"저의 왕이 벗이라 부르며, 대등하게 힘을 겨룰 수 있는 영웅은 한 사람밖에 떠오르지 않는군요."

"글쎄. 내가 살아 있었을 때는 그랬을지도 모르지만 말야."

엘키두가 얼버무리듯 답하자 그 전까지 꼼짝도 하지 않고 있던 검은 옷차림을 한, 티네 쪽에 있던 이들이 조금씩 움직이기 시작했다.

나이 든 남자가 경계심을 유지한 채 엘키두에게 물었다.

"…투쟁이 목적이 아니라면, 대체 이곳에는 왜 온 것이지?"

남자의 목소리에는 의심과 약간의 기대가 담겨 있었다.

그 의미를 추측한 후, 엘키두는 미안하다는 듯 고개를 가로 저었다.

"내가 길가메시 왕을 구하러 왔다고 생각하는 거라면, 그 기대에는 답할 수 없어."

"······!"

영령의 말에 실내에 있던 이들 중 대부분은 낙담한 표정을 지었고 티네의 어깨가 약간 들썩였다.

방의 중앙, 엘키두의 시선 끝에 있는 것은 다름이 아니라 영웅왕의 '시신'이었다.

길가메시가 '이슈타르'라 부른 아인츠베른의 호문쿨루스.

그녀의 방해로 인해 길가메시는 알케이데스의 화살을 맞았고, 그 직후에 나타난 거대한 '무언가'에게 몸통을 관통당했다.

아무리 생각해도 치명상이라 할 수 있는 일격이다.

나아가 그 육체는 모종의 힘에게 침식당하고 있어, 산 채로 상처가 썩어 가고 있다.

아직 소멸하지 않고 육체의 존재가 남아 있는 이유는 티네가 지맥에서 끌어낸 막대한 마력으로, 영기靈基가 입자로 변해 붕괴하지 않도록 억지로 인간의 형태로 유지시키고 있기 때문이었다.

그렇듯 서번트로서 형태가 남아 있을 뿐인 길가메시를 관찰하며 엘키두는 담담하게 자신의 견해를 말했다.

"길의 몸을 침식하고 있는 것은 두 개의 독이야. 물뱀의 독은, 내가 길의 창고를 억지로 열어 찾아보면 해독제가 하나 정도는 있을지도 몰라. 언젠가 세계의 끝에 있는 독뱀을 사냥할 거라고 했었거든. 어쩌면 시체나 해독제뿐만 아니라 전용 조리기구가 한두 개쯤 창고에서 나올지도 몰라."

마치 일상적인 농담을 하듯, 엘키두는 가벼운 투로 계속해서 말했다.

그런 영령을 쳐다보지도 않고 티네는 이를 빠득 갈며 분노가 섞인 투로 말했다.

"당신은… 왕의 벗이 아닌가요…? 그런데, 어떻게 그런 태연한 목소리로…!"

앳된 구석이 남은 소녀가 짜증을 내는 것치고는 너무도 묵직한 외침이었다.

그 말을 옆에서 들은 엘키두는, 미소는 거두었지만 지극히 온화한 얼굴로 답변했다.

"친구이기 때문이야."

"네…?"

"나와 길은, 매우 소중한 나날을 함께했어. 그렇기에 영원한 이별도, 그에 따르는 슬픔도 이미 끝낸 상태지. 인리에 새겨진 그림자인 '지금의' 우리는, 재회의 기쁨은 둘째 치고 새삼 이별을 슬퍼할 필요가 없어. 지금 거의 소멸해 가는 것이 나였다 해도 길이 눈물을 흘릴 일은 없었을 테고, 나도 그런 것은 원치 않아."

"……."

티네의 옆얼굴이 당혹감으로 물들었다.

흘끗 엘키두를 쳐다보기는 했지만, 영령의 말의 진위를 표정으로 헤아리기에 티네는 너무도 미숙했다.

"이해하기 어려울 테고, 네가 나에게 화를 내는 이유도 추측은 돼. 그러니 그렇게 해서 마음이 풀린다면, 얼마든지 나를 욕해도 좋아."

"……."

그 말을 들은 티네는 잠시 똑바로 엘키두를 향해 고개를 돌리고서, 분노와 슬픔, 공포, 온갖 감정을 눈에 담았다. 그리고 도움을 구해 볼까 싶은 표정을 잠시 지은 후, 고개를 숙이고서 분한 듯 말을 자아냈다.

"아니… 아닙니다…. 미안해요… 죄송…합니다…."

앳된 구석이 남은 마술사의 입에서 흘러나온 것은, 엘키두에 대한 명확한 사죄의 말이었다.

"제가 미운 것은, 당신이 아니에요…."

막대한 마력이 티네의 마술회로를 흘러, 그녀의 온몸의 신경이 비명을 지르기 시작했다.

하지만 그 고통이 아니라 자신에 대한 회한 때문에 얼굴을 찌푸리며 신음하듯 말을 자아냈다.

"저는… 아무것도 하지 못했습니다…. 아무것도 **안 했어요**…"

그대로 티네가 입을 다물자 엘키두는 위로하듯 타이르는 것이 아니라 자연스럽게 말했다.

"영주를, 두 획 썼구나."

"……!"

엘키두가 보고 있던 것은 티네의 왼쪽 손등이었다.

그곳에는 마스터의 증표인 영주의 태반이 희미해지고 간신히 한 획만 남아 있었다.

"길을 이곳으로 불러들이는 데 한 획, 치료를 시도하는 데 또 한 획… 마스터로서는 좋은 판단이야. 그러지 않았다면 길가메시는 영기의 형태를 유지하지 못했을 거야."

"독은… 두 종류라고 하셨죠?"

엘키두의 성격이 대충 파악됐는지, 티네는 서서히 마술사다운 분위기를 빚어내어 얼굴에 드러낸 채 길가메시의 영기를 유지하는 작업을 계속하며 물었다.

"그래. 나머지 하나는 독이라기보다는 저주에 가깝지만."

길가메시의 몸통을 관통한 상처를 관찰하며 엘키두는 눈을 가느다랗게 떴다.

"…이런 경우를 두고, 얄궂다고 하는 걸까."

"?"

"길가메시 왕의 몸을 관통한 건, 무지개 색의 빛 아니었니?"

"……! 아시나요, 그게 무엇인지?"

티네의 머릿속에 길가메시가 격추된 순간의 광경이 되살아났다.

거대한 기계장치 같은 '무언가'가 두른, 일곱 빛깔 빛의 고리.

그것이 착암기의 끄트머리 같은 형태로 뒤틀리더니 그대로

159

길가메시의 배를 관통하는 모습이.

"그건, **신들의 가호**야. 동시에 인간이라는 종에게는 저주이기도 하지…. 길에게 쏟아진 빛은 그중 하나인, '역병'을 기원으로 한 저주야."

"역병…?"

"물뱀의 맹독에 감사해야 할지도 모르겠어. 그 독이 역병과 엎치락뒤치락 다투고 있는 덕분에… 길의 몸에서 사병死病이 퍼지지 않고 있어. 그러지 않았다면 너희도, 아마도 나도 지금쯤 죽음의 구렁텅이에 사로잡혔을 가능성이 높아."

아무렇지도 않게 엘키두가 말하자 티네와 주변에 있던 검은 옷차림을 한 이들은 숨을 죽였다.

"아아, 조치 방법을 바꿀 필요는 없어. 내가 보기에 독도 저주도, 길가메시라는 육체의 영기가 소멸하면 그로써 사라질 것 같으니까. 지금 이곳에 있는 건, 더 이상 '그'로서의 영기가 아니라 한낱 고대 인간의 시신에 불과하지만 말이야."

"그건… 그 철로 된 거대 짐승은 뭐죠? 당신은, 뭘 알고…."

"글쎄. 어디부터 이야기를 해야 할지…."

잠시 생각하듯 눈을 내리깐 후, 엘키두는 조금씩 자신이 이곳에 온 이유를 말하기 시작했다.

"내가 이곳에 온 이유는, 너희에 대해 조금 알고 싶었기 때문이야."

"저희에 대해서요?"

"길이 자신을 이용하려는 상대를 죽이지 않다니, 어떤 이일까 궁금했거든. 길도 나의 마스터가 어떤 존재일지 궁금해했지만…."

엘키두는 티네를 보고 미소를 짓더니 자신이 어떻게 판단을 내렸는지는 이야기하지 않고 계속해서 말했다.

"손을 잡을 수 있다면 좋기야 하겠지. 나도 할 수 있는 것은 모두 해 보고 싶거든…. 저 **사신**邪神을, 이 무대에서 끌어내리기 위해서 말이야."

"…사신? 왕을 꿰뚫은, 그 강철의 마수魔獸 말인가요…?"

"아니, 그게 아니야. 사신이라는 건…. ……?"

다음 순간, 엘키두는 무언가를 알아챈 듯 고개를 들었다.

"누가… 있어."

"네?"

티네의 물음에 답하지 않은 채, 엘키두는 주변을 천천히 훑어보았다.

"이건… 인간? 아니… 인간인 것 같기는 하지만…."

"누군가가, 이 방에 숨어 있다는 건가요?"

당황한 티네는 주변의 마력을 확인해 보았지만 그런 낌새는 느껴지지 않았다.

하지만 엘키두는 그 존재를 확신하는지 표정을 거두며 말을 자아냈다.

"아니… 숨어 있는 게 아니야… 아마도, 반대일 거야."

"?"

"무언가가… 세계의 뒤편에서 이쪽을 염탐하고 있는 것 같아."

×　　　×

봉쇄된 도시. 크리스털 힐. 최상층. 스위트룸.

"역시, 이 방이 제일 '벽이 얇은' 것처럼 **보인다**는 말이죠~"

의문의 결계 안에 재현된 스노필드.

그곳에 위치한 크리스털 힐의 최상층인 스위트룸에 있는 것은 플랫 에스카르도스와 버서커 잭 더 리퍼, 그리고 한자를 비롯한 성당교회의 일원들이었다.

(흠… 그나저나 이곳은 무엇인가? 호텔의 최상층인데도 숙박시설 같지는 않군. 마술사의 공방으로 보이기는 하지만, 그런 것치고는 장식이 이상하게 호화롭고.)

잭의 말에 플랫이 신이 나서 방 안을 돌아보았다.

"뭔가 박물관 같네요! 예쁜 보석과 금으로 된 식기 같은 게 잔뜩 있어서 굉장해요."

본래는 호텔의 최상급 방이어야 할 그 공간은 구시대적인 센스이기는 하지만 새것으로만 보이는 광채를 띤 보물들이 장식되어 있어, 확실히 모종의 전시회장이라 해도 납득할 정도였다.

"교수님의 수업에서 본 적이 있는 것 같네. 아마도 메소포타미아 문명 즈음의 보물 같은데요…. 으음~ 왜지? 이 만듦새로 미루어 볼 때 어느 정도의 마력이 저장되어 있어야 하는데, 전혀 느껴지지가 않네…. 가짜는 아닌 것 같은데, 빈껍데기 같은 이상한 느낌이 들어요."

그렇게 말하며 장식된 보물을 빤히 쳐다보는 플랫에게 등 뒤에 있던 한자가 말을 붙였다.

"그런데 이곳이 결계 안에서 제일 벽이 얇다면, 지상에서의 고도가 열쇠라고 보아야 하려나?"

"아뇨, 그런 건 아닌 것 같은데… 이곳만, 결계 밖과 강한 조화를 이룰 수 있을 것 같은 기분이 들거든요. 겉과 속이 연결되어 있다고 해야 할지…."

플랫은 그렇게 말하더니 몇 개의 방이 이어진 스위트룸의 한 곳을 응시했다.

가장 넓은 공간의 중앙.

시계탑에서는 보지 못한 계통의 마법진 같은 것이 바닥에 그려져 있지만, 그 마술의 대상이 되는 것이 중심에 놓여 있지 않았다.

"어라? 무언가를 안정시키기 위한 마법진 같은데… 아무것도 없네."

(모양새를 보니 이곳은 역시, 어느 진영의 공방인 것 같군.)

"나는 일단 중립이라 말이지. 어느 진영의 것인지 추측은 되지만 노코멘트를 관철하기로 하지."

한자가 어깨를 으쓱하며, 굳이 하지 않아도 될 이야기를 했다.

그런 한자와 방의 상황을 살피는 수녀들에게도 최소한의 경계심을 품은 채, 잭이 시계의 형상으로 말을 이었다.

(마법진의 중심이 비어 있는 이유는, 아직 의식을 시작하지 않았기 때문 아닌가?)

"아뇨… 이상해요. **나**는, 이미 이곳에서 무슨 일이 일어난 것 같은데…. 실제로 이쪽에 있는 마법진은 효과가 발동하고 있지 않은데… 분명 여기가 맞거든요."

플랫은 고개를 갸웃하며 아무것도 없는 마법진의 중앙 부근에 손을 가져다 댔다.

"제일 '결계 밖'이라고 해야 할지… 진짜 도시와 강하게 연결된 건."

× × ×

스노필드. 크리스털 힐. 최상층.

결계 밖. 말하자면 '진짜' 크리스털 힐의 최상층에 엘키두의 목소리가 울렸다.

"그래. 분명 뭔가가 있지만, 기척밖에 안 느껴져."

그 말을 들은 티네의 부하들이 저마다 무기와 마술예장을 꺼내 들고 초조한 눈으로 방 안을 둘러보았다.

하지만 마력의 흔적조차 찾을 수가 없는지 하나같이 당황한 얼굴이었다.

그러나 엘키두의 높은 기척 감지 스킬은 확실히 그 '일렁임'을 감지하고 있었다.

그리고 일렁임의 중심이 어디인지를 확인하더니, 다소 놀란 듯 반송장이 된 친구의 얼굴을 보았다.

"이것도 다 계산한 바…는 아니겠지."

조용히 지은 그 미소는 평소의 무표정에 가까웠던 얼굴과는 달리 어쩐지 인간미가 있어 보였지만, 그것을 본 이는 이 방에 단 한 사람도 없었다.

"그나저나… 너는 정말 여전하구나, 길."

독이라는 저주에 침식된 길가메시의 몸에 일어난 일을 파악한 엘키두는 조용히 그 '흐름'을 받아들였다.

연산장치답지 않은 희망의 빛을 마음속에 밝히며.

"기능이 정지된 후에도, 세계의 운명을 자신에게로 끌어당기다니."

그리고 소매에서 금빛으로 빛나는 사슬을 무수히 뻗어, 순식간에 방의 사방에 둘러쳤다.

"윽! 무슨 짓을…."

티네가 소리치자 검은 옷차림을 한 이들이 몸을 경직시켰다.

하지만 엘키두는 그런 그들을 안심시키듯 자신의 두 손을 펼쳐 무방비 상태임을 증명해 보이며 입을 열었다.

"신경 쓰지 마. 이건 너희에 대한 공격이 아니야. 너희를 지키기 위한 것도 아니라는 게 미안할 따름이지만."

그 발치에 누운 자신의 마스터인 은랑에게만은 몇 중으로 방호조치를 한 후, 엘키두는 장난을 치는 소년처럼 한쪽 눈을 감고서 그리운 '모험의 나날'을 떠올리며 말을 자아냈다.

"나는 그저, 언제나 누군가의 **도구가 될 뿐이야.**"

"이 경우에는… 너희 식으로 말하자면 '증폭기', 즉 '부스터'라고 해야 할까?"

×   ×

폐쇄된 도시. 크리스털 힐. 최상층.

"어라?!"

플랫이 놀란 듯 소리치자 주변에 있던 이들이 주목했다.

"왜 그러지? 무슨 문제라도?"

한자의 말에 플랫은 고개를 갸웃하며 답했다.

"아뇨, 문제라기보다는… 문제가 해결되었다고 해야 할 것 같은데…."

황당한 얼굴을 한 채 플랫은 양손의 손가락으로 마력을 다루어, 바닥에 그려져 있던 마법진에 무언가를 덮어쓰기 시작했다.

(무엇을 하려는 겐가?)

잭의 말에 플랫은 작업을 계속하며 말했다.

"현실 쪽에서 망가진 아스팔트 같은 게, 이쪽에서는 멀쩡했다는 건… 아마도 대규모 파괴 같은 것은 자의적으로 **복붙**하지 않고 무시할 수 있다는 뜻일 거예요. 하지만 적 진영의 마법진을 남겨 둔 걸 보면, '복붙하면 좋지 않은 것'의 범위는 상당히 좁은 것 같아요."

"결계 내에 현실의 도시를 재현한 것을 복사&붙여넣기라고 표현하다니. 시계탑의 젊은 마술사는 표현까지도 현대적이군."

어깨를 으쓱하며 한자도 흥미롭다는 눈으로 플랫의 작업을 지켜보았다.

"고맙습니다! 이래 봬도 저는 현대마술과거든요! 현대적인 건 전부 선생님 덕분이고요!"

한편 플랫은 다소 초점이 어긋난 답변을 하며 다시 한번 주변을 관찰했다.

"역시 이곳은, 고유결계랑 가장 비슷하려나…. 아니, 하지만…. 으음~ 언어화는 선생님이 아니고서는 쉽지 않겠는걸. 저번에 보긴 했지만 수업에서 배운 건 아니니까."

"봤다고?"

"예전에 이거랑 비슷한 걸 웨일즈에서 본 적이 있어요. 그때는 묘지였지만… 그곳이 '과거를 재현한 결계세계'라면, 이곳은 '현재를 재현한 결계세계'쯤 되려나."

"…웨일즈? 설마 사도死徒와 인연이 깊은 일족이 연 '블랙모어 묘소墓所'를 말하는 건가? 아는 사제와, 나와는 성향이 다른 수녀가 그곳에서 일어난 소동으로 죽을 뻔했는데… 설마 너도 그 묘소와 관련이 있었을 줄이야."

한자가 놀란 듯 말하자 플랫은 어째서인지 기쁜 듯 눈을 빛냈다.

"아, 아시는군요! 네에, 이 결계 내부의 세계는 도시의 복제본을 하나 통째로 만든 장대한 무대 장치라고 해야 할지…. 게임 같은 데 가끔씩 등장하는 설정 같은 거거든요. 짐 캐리의 영화 중에도 그런 게 있었던 것 같은데."

"그건 재현이 아니라 만들어 낸 도시의 세트였던 것 같은데… 그건 그렇고 마지막 부분의 전개는 훌륭했지. 좋은 영화야."

"그러니까요! 다음에 친구인 수은예장한테 그 주인공의 인사

말을 가르쳐 주려고요!"

(그 이야기는 나중에 하게나. 우선 이 세계에서 나가야 그 수은예장과 재회할 수 있을 테니.)

"아으. 죄, 죄송해요⋯."

잭이 찬물을 끼얹자 플랫은 풀이 죽어 이야기의 본론으로 돌아갔다.

"거리의 차가 멈춰 있는 상태라거나, 카지노의 슬롯들이 움직이지 않는다는 건, 아마 연속적으로 현실의 도시를 반영하고 있는 게 아니라, 정기적으로 순간순간의 '세계'를 잘라 내서 붙여 넣고 있기 때문이 아닐까 싶어요. 주차된 차들은 이쪽에도 있었으니, 그 '잘라 낸 순간'에 위치 정보가 크게 바뀐 물체는 반영되지 않은 걸 거예요."

(과연⋯ 그렇다면 이 마법진이 있을 현실 세계의 스위트룸에서는 무슨 일이 이루어지고 있다는 뜻인가. 혹 저쪽에서 이쪽으로 길을 열려 하고 있는 것은 아닌가?)

"음~ 좀 전까지는 그런 마력의 일그러짐으로 보이지 않았지만⋯ 방금 전에 변화가 있었어요. 뭐라고 해야 할지, 지하철 안인데 휴대전화의 전파 신호가 갑자기 최대로 뜬 격이라고 해야 할까요⋯ 그래! 맞아, 휴대전화예요!"

플랫은 허겁지겁 자신이 지닌 휴대전화를 꺼내서 근처에 있는 대리석 테이블에 내려놓더니 주변에 있던 물건을 뒤지기 시작했다.

"으음, 잠깐 좀 빌릴게요… 이거랑 저거랑…."

방 안에 장식되어 있던, 메소포타미아에서 비롯된 듯한 역사가 오래된 물건들 중에서 몇 개를 골라, 자신의 마력을 흘려 넣어서 본래 지니고 있었을 제구祭具로서의 힘을 복구시켜 나갔다.

(무엇을 할 셈인가?)

"으음, 장식들 중에서 마술예장으로 쓸 만한 게 있기에, 그걸로 간이 제단을 만들어 볼까 해서요. 그래서 그게, 뭐라고 해야 할까요. 벽을 통통 두드려 소리를 내는 식으로, 휴대전화의 회선을 '바깥'하고 연결할 수 없을까 해서요."

(과연…. 아니, 잠깐. '과연'이라고 말하기는 했지만, 정말로 가능한 것인가?)

"비슷한 걸 몇 번인가 해 본 적 있으니 괜찮을 거예요. 전파와 마력의 변환은 카울레스라는 같은 반 친구랑 종종 했으니, 아마 어떻게든 될 거예요."

플랫이 가벼운 투로 말하며 작업을 해 나갔다.

그런 그의 데면데면한 설명에 잭은 불안했지만, 플랫은 그런 식으로 몇 번이나 고도의 마술을 행사했다는 점을 감안해 상황을 지켜보기로 했다.

'그 캐스터의 힘으로 마스터의 사상과 섞였을 때… 그의 마술의 존재방식은 대충 이해했다.'

'동양의 사상과 비슷하군. 자신의 경계를 스스로 정하거나

마술의 시스템을 판에 박은 듯 한정 짓지 않아. 아니, 그러지 못하는 것이지.'

'대부분의 마술을 감각만으로 그 자리에서 구축해, 행사하고 있군. 아마도 '다시 한번 완전히 똑같은 마술을 구축해 봐'라고 하면 플랫은 대략적인 재현밖에 하지 못하겠지.'

'파격破格이라기보다는, 정해진 틀 자체가 없는 마술사야. 그 엘멜로이 2세라는 마술사는 용케 이런 이단아를 키워 냈군.'

평범한 마술사라면 저러한 제자를 둔 시점에서 어딘가가 망가지고 말거나, 거꾸로 플랫을 망가뜨리려 할 것이라는 생각을 하며 잭은 플랫의 작업을 지켜보았다.

'살인마 잭의 범인은 마술사였다'는 전승 때문에 그도 기초적인 지식은 있었지만 그 범주에서 보아도, 혹은 캐스터의 손에 의해 마스터의 일부가 **섞인** 특수한 서번트로서 보아도 플랫의 존재방식은 이상했다.

'자신의 정체도 모르는 내가 말하기는 좀 그렇지만…'

'나의 위태롭고도 믿음직한 마스터는, 대체 정체가 무엇일까.'

그런 마스터와 영령의 대화가 이루어지는 가운데, 한자는 최상층에서 도시의 상황을 관찰했다.

"이렇게 보니 평범한 도시와 다를 것이 없는데… 그래도 폐쇄된 세계이기는 한 것 같군."

마천루의 최상층에서 먼 곳을 바라보니, 도시에서 상당히 먼

곳에 짙은 색을 띤 안개 같은 것이 발생해 있는 것이 보였다.

아마도 저 안개 밖에는 세계가 펼쳐져 있지 않을 것이다. 아무리 그래도 세계 그 자체를 재현하는 것은 단순한 마술의 범주를 넘어선 일이다.

"그 수준까지 가면, 그건 세계의 재현이라기보다는 평행세계로의 이동과 다를 게 없어질 테지만…. 뭐, 이 상황도 충분히 예상을 벗어난 것이기는 한가."

어깨를 으쓱하며 조용히 도시의 모습을 살피고 있자 수녀 중 한 명이 빠른 걸음으로 다가왔다.

"한자."

"왜 그러지?"

"저쪽, 뭔가 이상해."

담담하게 입을 여는 그 수녀의 말에 한자가 시선을 돌려보니, 나머지 세 명의 수녀들도 같은 방향에 위치한 창문에 모여 도시를 내려다보고 있었다.

"무슨 일 있었어?"

"…한자 신부님, 움직임이 있었습니다. 저기입니다."

안대를 한 정중한 말투의 수녀가 가리킨 곳을 보니, 그곳에서는 흙먼지 같은 것이 피어오르고 있었다.

"저건…."

흙먼지 속에서 간간이 빛과 폭염이 번뜩인다.

그것은 어젯밤 교회에서 본, 병원 앞에서 벌어진 전투의 양상과 매우 비슷해 보였다.

이윽고 유달리 눈부신 빛이 생겨났다 싶더니, 흙먼지 안에서 거대한 무언가가 몸을 젖히는 것이 보였다.

"…어제 보았던 것이군. 케르베로스… 그런데, 저렇게까지 컸던가?"

머리 셋 달린 괴물은 웬만한 집채를 능가할 정도로 거대했다.

그 모습을 본 한자의 머릿속에 경계심보다 의문이 먼저 떠올랐다.

"저것을 사역했던, 천을 뒤집어쓴 아처도 이쪽에 있는 건가? 아니, 그런 것치고는… 저런 짓을 할 수 있다면 어젯밤에 거대화시켰을 텐데…."

몇 가지 추측이 한자의 머릿속을 맴돌았다.

'저 마수의 시체는, 그대로 방치되었을 터.'

'그렇다면 우리와 마찬가지로 저 마수가 그대로 끌려온 건가?'

'이 세계를 만들어 낸 서번트가 힘을 부여한 건가…?'

적어도 서번트의 마스터로 추측되는 쿠루오카 츠바키에게는 그러한 마력도 기술도 없을 것이다.

그렇다면 어느 정도 정답을 추려 낼 수 있다.

서번트, 혹은 이 도시의 상황을 이용하는 측에 서 있는 자, 혹은 상황과는 상관없이 단순히 날뛰고 싶을 뿐인 위험한 존재가 있는 것이다.

"한자 씨, 어쩔 거야? 갈 거면 옷 갈아입을게."

금발 수녀의 말에 한자는 잠시 생각에 잠겼다.

그리고 등 뒤에 있는 플랫 일행을 바라본 후, 자신의 안대를 풀며 말했다.

"아니, 이건 기회야. 이곳에서라면 가장 넓게 관측할 수 있어."

안대 아래에서 나타난 것은 마술적인 처리가 이루어진 수정 내부에, 생물적인 것부터 기계적인 것, 전자적인 것에 이르기까지, 온갖 종류의 마술예장이 담긴 의안형 마술예장이었다.

SF영화의 로봇 같은 마찰음을 내며 수정 내부의 렌즈가 전환되었다.

그리고 평범한 인간의 수십 배까지 강화된 시야 안에서 한자는 전투 그 자체가 아니라 그 주변에 위치한 건물 등을 관찰하기 시작했다.

"만약 서번트가 저것을 사역하고 있는 것이라면, 주변에서 전투를 관측하고 있을 가능성이 있어. 최소한 마력이 흐르는 흔적이라도 포착하면…."

거기까지 말한 참에 한자는 입을 다물었다.

소란이 일어난 장소에서 조금 떨어진 건물 위에 선, 작은 인물을 발견했기 때문이다.

"저건…."

그 인물은… 눈에 익은 모습을 하고 있었다.

한자는 그 자리에서 그 인물을 어디서 보았는가에 관한 정보를 기억의 바다에서 끌어올렸다.

경찰서에서의 소동 후, 한 흡혈종을 쫓아 뛰어든 호텔의 통로.

'그'는 그곳에 있었다.

흡혈종, 제스터 카르투레. 지나가던 그 괴물에게 공격받은 피해자였던 소년이.

"…한 방 먹었군."

한자는 입꼬리를 올리며 분노에 가득한 눈으로 그 모습을 쫓았다.

상대의 공간에까지 영향을 미치는 부류의 망원 마술 등이었다면 이쪽이 보고 있다는 사실을 알아챘을 것이다.

하지만 현재는 자신의 의안을 직접 강화해서 단순히 시력을 올리고 있는 것뿐이다.

어떻게 보면 쌍안경으로 보고 있는 것이나 다름없는 상황의 시야 속에서, 소년의 모습을 한 '그것'은 즐거운 듯 도시에서 벌어지고 있는 소란을 바라보고 있었다.

저것이 마수를 조종하고 있는지 어떤지는 알 수 없다.

하지만 현재의 상황에 저 흡혈종이 적지 않게 관여하고 있다는 것은 분명한 사실이리라.

"변신능력인가… 기척까지 완전히 인간으로 바꾸다니, 대단하군."

어정쩡한 마술이나 흡혈종의 특성에 의한 변화, 위장이라면 한자뿐 아니라 대부분의 '대행자'는 간파해 낼 수가 있다.

하지만 마치 영혼 그 자체가 뒤바뀐 듯한 상태인 그 변화를 보고 한자는 다시 한번 제스터를 얕잡아 볼 수 없는 '적'으로 인식했다.

"장비를 갖춰. 이쪽에 있는 동안 저 흡혈종을 친다."

"저 아이가, 그 흡혈종?"

"조종당하고 있는 것 아닐까요?"

지시를 받은 수녀들은 의아하다는 듯이 말했지만 한자는 살며시 고개를 가로저었다.

한참 멀리 떨어진 시선 끝에 있는 소년의 얼굴을 노려보며.

"영혼의 색은 바꿀 수 있어도… 저 일그러진 미소는 바꿀 수 없거든."

그와 동시에, 등 뒤에서 밝은 목소리가 울렸다.

"연결됐다~!"

한자 일행이 뒤를 돌아보니 그곳에는 만면에 미소를 띤 플랫이, 자신이 만든 기묘한 제단 앞에서 휴대전화를 한 손에 들고 폴짝폴짝 뛰고 있었다.

이 순간, 휴대전화의 전파와 그것을 전달하기 위한 플랫의 마력이 '바깥세계', 다시 말해서 현실의 스노필드와 이어진 것이다.

요컨대 그 마력과 전파를 전하기 위한 아주 작은 구멍이 결계의 벽에 뚫렸다는 뜻이다.

그것은 플랫 일행에게는 '바깥으로 나가기 위한 발판'에 불과했지만….

작은 변화는 스노필드의 세계에 커다란 변화를 초래했다.

그것은 거대한 댐에 뚫린 개미굴이었다.

어떻게 보면 이 소소한 변화가 스노필드에 있는 각 진영의 팽팽한 힘 관계를 무너뜨리는 계기였다고 할 수 있었지만, 이 시점에서 그 사실을 아는 이는 아무도 없었다.

그러나 누가 알든 모르든, 도시의 운명은 속절없이 굴러가기 시작했다.

한 번 퍼지기 시작한 금은, 언젠가 모든 것을 붕괴시킨다는 사실을 증명하기라도 하듯.

×   ×

스노필드 상공. 공중공방.

"찾았다."

현실 도시의 까마득히 높은 상공.

결계 안에서도 재현되지 않았을 정도로 지상에서 멀리 떨어진 곳에 떠오른 거대한 비행선 내부에서 프란체스카는 황홀한 미소를 지은 채 중얼거렸다.

"됐다, 됐어, 드디어 '구멍'이 생겼네에. 누가 했는지는 모르겠지만 노벨상 같은 걸 주고 싶은걸?! 노벨 미me 상!"

"그게 뭐야?"

캐스터인 자신의 그림자의 말에 프란체스카는 침대 위에서 발을 달랑거리며 즐거운 듯 답했다.

"나한테 도움이 되는 일을 한 사람한테 노벨상의 상금을 선물하는 거야! 분명 받은 쪽도 좋아할 테고, 나도 내 지갑에 타격이 없으니 기쁠 테고, 노벨 재단 사람은 손해를 보겠지만 득을 보는 진영이 둘이니 플러스마이너스로 따지자면 플러스잖아? 세계는 이런 식으로 좋아지는 거라고!"

"아니, 우선 노벨상이란 게 뭔지 궁금한 건데."

"어머? 그 지식은 '성배'에서 받지 못한 거야?"

"뭐, 명백하게 성배전쟁과 상관이 없을 것 같으니까~ 경우에 따라 다를 테니, **유서 깊은** 성배전쟁에서는 어땠을지 모르겠지만."

고급 브랜드의 트뤼프 초콜릿을 베어 물며 프렐라티가 말하자 프란체스카는 흥미롭다는 듯 그를 쳐다보았다.

"음~ 그거 좀 신경 쓰이네? 후유키에 소환됐던 사람들은 어디까지 알고 있었을까? 일본에서 활동해야 하니 정치 시스템이랑 법령 정도는 머릿속에 있었을까? 있지, 있지~ 지금 미국 대통령의 이름은 알아?"

"몰라. 대통령 제도가 어떤 것인지 정도는 대충 머릿속에 들어 있지만. TV의 구조 같은 것도 알고, 휴대전화도 문제없이 사용할 수 있어. 하지만 휴대전화의 메이커 이름 같은 건 모르겠는걸?"

"그렇구나~ 음~ 다른 영령들도 그럴까? 어쩌면 **너는 나라서**, 계약으로 마력이 이어진 시점에서 내 지식과 연결된 걸지도 모르잖아."

"그런 건 아무래도 좋지 않아? 처음에 무엇을 알고 있든, 필요한 카드는 나중에 모으면 그만이고, 지금 있는 카드에 전 재산을 걸고 파멸하는 것도 즐겁잖아. 안 그래?"

프렐라티는 아양을 떨 듯 프란체스카의 등에 기대어, 녹은 초콜릿이 묻은 손가락으로 상대의 입술을 쓰다듬었다.

프란체스카는 씨익 웃으며 그 손가락을 요염하게 혀로 핥은 후, 짓궂은 미소를 띤 채 프렐라티의 뺨에 자신의 머리를 기대었다.

"그래, 그래. 자기 자신을 타락시키려 해 봤자 소용없어. 이미 타락해 버렸으니까."

"너야말로 나를 유혹하려고 하고 있지 않아? 있잖아, 역시 이건 나르시시즘일까?"

"글쎄~? 나르키소스 같은 걸 소환해서 물어보고 싶네~ 아무리 나라도 그렇게 별난 촉매는 없지만."

프란체스카는 나르시시즘의 어원이 된 그리스 소년에 관한 이야기로 얼버무리려 했지만, 자기 자신의 그림자인 프렐라티에게는 통하지 않아서 이야기는 본론으로 돌아왔다.

"하지만 세계를 재미있게 만든다는 목표를 위해서는 노력하고 있잖아?"

"뭐, 애초에 그 수단이, 남들한테 떠맡긴다는 성의 없는 방법이기는 하지만."

"기대된다~ 저 입구를 찾기도 성가신 '대미궁'을 성배의 힘에 의지해 공략하고, 그 안에 있는 '세계의 축도縮圖'를 손에 넣으면, 이 세계를 얼마나 **파헤칠 수** 있을까?"

"뭐, 그에 앞서 이 도시에 생긴 '작은 미궁'… 이상한 서번트가 만든 이상한 세계로 가는 문은 지금 막 발견했지만 말야~!"

쿡쿡 웃으며 프란체스카는 자신의 손가락으로 허공을 더듬어, 그곳에 몇 개의 거울을 띄웠다.

"갇힌 사람들 중 제일 관심이 있는 건… 사자심왕 군이려나~ 정말로, 왜 알트리아짱이 아니라 그 팬 쪽이 온 건지 신기해 죽겠어."

이미 경찰 진영과 마찬가지로 세이버의 정체를 확신하고 있던 프란체스카는 거울 중 한 장에 비친 세이버, 그가 경찰 차량 위에서 연설을 하던 순간의 모습을 바라보며 입맛을 다셨다.

"아아, 좋다, 쟤. 과거의 전설 덕분에 빛이 몇 배로 불어나 빛나고 있는, **임금님다운 임금님이야.**"

"내장이 막 근질거려?"

프렐라티가 빙긋 웃으며 말하자 프란체스카는 순진한 미소를 지은 채 답했다.

"당연히 근질거리지! 난 저 세이버를 볼 때마다 계속 가슴이 막 설렜는걸! 팬이 되어 버렸어! 잔느짱이랑 질 때만큼은 아니지만, 그거랑 아주 비슷한 느낌이라고 하면 알려나? 무슨 느낌인지 알지?!"

좋아하는 아이돌에 관해 이야기하는 10대 초반의 소녀처럼 프란체스카는 팔을 붕붕 휘두르며 말했다.

그런 그녀를 보고 프렐라티는 온화하게 말을 이었다.

"그럼, 알지. 너는 나인걸. 그렇기에 네가 팬이 되어 버린, 너무너무 좋아하는 그 임금님한테 무슨 짓을 하려는지도 잘 알고말고."

"같이 가 줄래? 지금의 나는 환술을 너만큼 잘 쓸 수가 없거든."

"좋아. 결계 안에 있는 동안에 도우면 되는 거지?"

"응, 이쪽에서 하면 팔데우스 군이 잔소릴 하거든~"

두 소년소녀는 흉계라도 꾸미듯 속닥거렸다.

겉모습은 젊은 인간이었지만 그 그릇의 내면에서는, 그야말로 마물이라고 표현할 수밖에 없을 정도로 거무죽죽한 내장이 꿈틀대고 있었다.

그들의 주변에 떠오른 거울에는 과거의 기록이 비춰져 있다.

사실이기는 하지만 진실은 비추지 않는, 영상으로서의 잔재.

거기에 어떠한 진실을 덧붙여 '사자심왕'에게 들이밀지를 고민하며 프란체스카는 10년도 더 된 영상을 황홀하게 바라보고 있었다.

일찍이 모든 것에 승리했음에도 모든 것을 잃었던….

푸른 옷과 백은의 갑옷으로 몸을 감싼, 한 성검사의 모습을.

×　　　×

꿈속.

뭔가 도시가 술렁거리는 것 같아.

바람이 어쩐지 엄청 싸늘해.

아직 어린 쿠루오카 츠바키는 그 불안감을 좀처럼 언어화할 수가 없었다.

본래는 그 이변을 감지할 수도 없어야 했지만, 그녀에게 갖춰진 마술회로와 그것에서 솟아나는 마력과 이어진 페일라이더의 영향으로, 그녀는 자신의 주변에 펼쳐진 '세계'와 그 지배자인 영령의 이변을 생생하게 느낄 수 있었다.

낮잠 시간, 잠결에 그것을 느낀 소녀는 집에 있는 소파에 기댄 채 꿈의 세계에서 또 다른 꿈을 꿨다. 그녀의 꿈속에서 계속해서 신음했다.

아빠, 무서워.

엄마, 무서워.

잘은 모르겠지만, 뭔가 무서운 게 오고 있어.

「소녀여.」

새까망 씨는 어디로 간 걸까?

제스터 군도 오늘은 아직 안 놀러 왔고.

다들, 또, 어딘가로 가 버리는 거야?

「소녀여.」

또, 혼자가 되는 걸까.

내가 잘 하지 못해서.

또, 사람들이 화를 낼까.

「들리는가.」

어떻게 하면, 잘 할 수 있을까.

지금은 아빠랑, 엄마가, 웃어 주고 있지만.

「들리지 않는 건가?」

「정政은 금방 알아채 주었건만….」

「2000년이 흘렀으니 인간이라는 종도 바뀔
만한가.」

어떻게 하면, 앞으로도 계속 웃어 줄까.

나랑, 같이 있어 줄까.

「혹 말이 통하지 않는 것인가?」

무서워.

무서워.

「헬로, 걸.」

「早上好, 女孩?」

「오하요? 무스메 상?」

「봉주르?」

「chào buổi sáng.」

……?

「아 유 OK?」

「…무엇이 OK라는 것이야.」

「머저리인가, 나는.」

「이 방에 있는 서적으로 배울 수 있는 언어에도 한계
가 있군.」

「…'녀석'이 다른 일에 정신이 팔려 있는
지금밖에 기회가 없건만….」

…누구예요?

…새까망 씨?

「!」

「알아챘나!」

「고맙다, 소녀여!」

"······?"

소녀가 잠에서 깨어난다.

꿈속 세계에 깨어난 소녀는 그대로 가짜 집의 가짜 소파 위에서 두리번두리번 주변을 둘러보았지만, 주변에는 아무도 없었다.

정원 쪽에서 아버지와 어머니가 대화를 나누는 모습은 보였지만, 그 외에는 아무도 없었다. '새까망 씨'의 모습도 지금은 찾을 수 없다.

어린 머리로 '꿈을 꾸었구나' 하고 생각한 소녀는 그대로 불안감을 거두기 위해 부모의 곁으로 달려가려 했지만….

「…안녕, 꿈을 헤매는 소녀여.」

"?"

또렷하게 들린 목소리가 츠바키의 몸을 정지시켰다.

「무서워할 것 없다. 나는, 너를 다치게 하지도 않고 혼내지도 않을 테니.」

보이지 않는 누군가의 목소리.

평범한 어린 소녀라면 공포에 질려 울음을 터뜨렸어도 이상할 게 없는 상황이었지만, 츠바키는 이상하게도 그 목소리를 듣고도 겁이 나지 않았다.

처음에 '새까망 씨'와 마주했을 때와 마찬가지로, 그녀는 신기하게도 그 목소리가 자기편이라고 판단한 것이다.

'새까망 씨'―페일라이더 때는 그녀의 내면에 자리한 마술사로서의 본능이 그 영령을 '자신과 연결된 일부'로 인식했었다.

그리고 이번에는 츠바키의 인간으로서의 본능이 그 목소리 자체에서 온기 같은 것을 느끼고, 상대의 존재를 '안심해도 되는 무언가'로 인식한 것이다.

"누구예요? 저는 쿠루오카 츠바키예요."

페일라이더와 처음 만났을 때처럼 츠바키가 묻자, 중성적인 아름다운 목소리를 지닌 '그것'은 자신의 존재에 관해 조용히 말했다.

「고맙다, 소녀여. 내게 이름은 없다. 예전에는 있었지만, 잃고 말았지.」

"?"

무슨 뜻인지 알 수가 없어 츠바키가 고개를 갸웃하자 '목소리의 주인공'은 자신에 관해 온화하게 이야기했다.

「나는… 일찍이, 어떤 장소에서 '신'이라 불리기도 했지.」

「이제는 한낱 잔재… 아~ 그게… '찌꺼기'에 불과하지만 말이야.」

Fate strange Fake

막간

『용병은 자유롭다 Ⅰ』

결계세계. 쿠루오카 저택.

시간을 조금 거슬러 올라.

"아아… 다행이야. 딸은 무사한 것 같군. 조용히 잠들어 있
어."

집의 안뜰까지 돌아온 쿠루오카 유카쿠가 창밖에서 딸의 모
습을 확인하고 담담하게 말했다.

그의 뒤를 따라온 시그마는 어쩔까 하고 생각했다.

어새신은 그 거대한 머리 셋 달린 마수를 살피고 오겠다며
단독행동을 하고 있었다.

시그마는 더 많은 정보를 얻기 위해 츠바키의 아버지인 유카
쿠의 뒤를 쫓았지만, 정작 츠바키는 낮잠을 자고 있는 듯해서
얻을 만한 정보는 없었다.

'그럼, 핵심을 파고들어 볼까.'

'츠바키라는 아이의 근간을 이루고 있을, 쿠루오카의 마술의
핵심을.'

"당신들은 어떠한 마술을 연구하고 있습니까?"

그러자 쿠루오카 유카쿠는 표정을 거둔 채 답했다.

"그걸, 외부 사람에게 알려 줄 것 같나?"

마술사라면 당연한 반응이다.

시계탑이라면 소속학과로 방향성은 알 수 있을 테고, 권위를

부여하기 위해 공표하는 경우도 많다. 하지만 그래도 구체적인 마술의 내용을 이야기하는 이는 적다. 그것은 마술세계가 아닌 일반 기업이나 연구자들도 마찬가지일 것이다.

그러나 시그마는 자신의 추측을 확인하기 위해 구태여 한 걸음을 더 내디뎌 보았다.

"츠바키의 안전을 확보하기 위해 알아 두고 싶어서요."

거짓말은 아니다.

시그마의 현재 목적은 이 결계세계에서 탈출하는 것이지만, 이곳으로 날아오기 전의 목적은 어새신과 동행하여 쿠루오카 츠바키의 신변의 안전을 확보하는 것이었다.

저 칠흑의 서번트가 어떠한 능력을 지녔는지는 모르겠지만 설령 거짓말이나 적의를 간파하는 성질의 능력을 가지고 있을 경우, 상대를 속이는 것은 치명적인 사태로 이어질 가능성이 있다.

무엇보다도 이것은 '어떠한 사실'을 확인하기 위한 질문이기도 했다.

쿠루오카 유카쿠는 잠시 퀭한 눈을 하는가 싶더니, 몇 초쯤 지나 온화한 미소를 지으며 입을 열었다.

"아하, 츠바키를 위해서라면 어쩔 수 없지."

그 말을 들은 시그마는 확신했다.

'역시 이 세계는 조종당하고 있는 인간의 인격까지도 '마스터를 보호하기 위해' 존재해. 방금 전의 공백은 정신지배를 하고

있는 서번트가 판단을 내려, 쿠루오카 유카쿠의 정신을 유도하는 데 걸린 시간이겠지.'

'그리고 아마도 내가 거짓말을 하지 않는 한, 그 말을 의심하는 타입이 아니야.'

'죽음, 그리고 병과 관련된 개념적인 존재일지도 모른다고 듣기는 했지만….'

시그마는 이 세계를 만들어 낸 서번트에 관해 고찰하며 마술적으로 만들어진 유사인격예장 등에 관한 정보를 떠올렸다.

적이 되어 싸운 적도, 반대로 협력 관계를 맺고 미션을 수행한 적도 있다.

마술사용자들 사이에서 유명한 것은 엘멜로이 가문의 차기 당수가 사용하는 여성형 수은예장이다. 기본적으로 사용자의 명령을 수행하는 충실한 로봇 같은 것이지만 자율 사고는 현재의 AI보다 응용의 폭이 넓은 경우가 많다.

'하지만 상대는 서번트야. 엘멜로이 가문의 수은예장보다 인간에 가까운 사고를 할 것이라고 봐야 하려나.'

'…마술사 같은 사고를 하지 않기를 기도하는 수밖에.'

그런 생각을 하는 동안 시그마는 감정이 없는 안드로이드 같은 얼굴을 하고 있었다.

그러나 유카쿠는 그 사실을 알아채지 못했고, 시그마는 조용히 자신이 묻고 싶은 바를 묻기 시작했다.

"당신네 가문의 마술은 무엇에 특화되어 있습니까? 그 마술로 츠바키에게도 특수한 처리를 했는지 알고 싶군요."

"아아, 처리… 처리라… 물론 했지."

아버지는 곧바로 그렇게 말하더니 시그마가 더 캐묻기도 전에 스스로 이야기하기 시작했다.

"나는… 그래, 발견했거든, 이정표를."

세뇌된 상태임에도 유카쿠는 어쩐지 황홀한 표정으로 말했다.

그는 자신의 성과를 자랑하기라도 하듯 시그마에게 감정이 담긴 말을 늘어놓았다.

"정상적인 방법으로는 **마키리를 이길 수 없지**. 녀석들은 그 혈족 자체가 벌레의 무리 같은 것이니…. 그 완성된 벌레의 사역은 아름다워…. 하지만 내가 목표로 한 것은 사역해야 할 마술과의 **공생**이야. 기생충보다도 훨씬 자연스러운 형태의… 그래, 자네는 인간이 얼마나 많은 세균을 몸에 지니고 있는지 아나? 수백 종을 넘는 세균이 인간의 세포와 함께 하나의 지적 생명체를 형성하고 있지. 세균의 숫자에 비하면 인간의 세포 수는 기껏해야 절반에 불과해."

마키리라는 가문의 이름은 시그마도 들어 본 적이 있었다.

극동에 있는 마술사 일족으로 원조 성배전쟁을 만들어 낸 세 가문 중 하나다.

각인충 따위를 몸속에 심어 내장 등을 융합시킴으로써, 유사적인 마술회로를 만드는 효율적인 비술이라고 프란체스카가 말했던 것이 기억났다.

시그마는 개인적으로 어릴 적에 벌레가 아닌 다른 무언가를 이식당하거나 한 적이 있기에 그것과 비슷하리라고 판단했다.

모두 다 하나같이 마술사 이외의 사람들의 눈에는 비인도적으로 비칠 것이라는 공통점이 있었지만.

듣는 이가 그렇게 과거의 기억을 떠올리고 있는 동안에도 마술사는 자신의 인생이 쌓아 올린 공적을 나불나불 떠들어 댔다.

마술사이기 때문에 공언하지는 않았지만, 자신의 공적을 세상에 내보이고 싶다는 욕구는 적지 않았던 모양이다.

"남미의 유적 주변에서 채취한 미생물을 봤을 때는 전율했지. 그렇게까지 마술적으로 인류와 궁합이 맞는 세균이 있을 줄은 몰랐거든. 신대에 적응하기 위해 진화했던 흔적인지, 아니면 지구의 일반적인 종과는 전혀 다른 기원을 지닌 미생물인지는 모르겠지만… 아예 새로 만드는 것은 무리였어도 그 세포를 손봐서 우리의 마력에 적응시키는 데는 성공했지."

아무래도 쿠루오카 가문은 마키리라는 일족의 마술과 남미에서 발견한 특수한 미생물을 합쳐서 '세포 사역마'라 불러야 할 존재를 만들어 낸 모양이다.

어쩌면 세포보다 더 작은 여과성 미생물, 즉 바이러스일 가능성도 있지만 그 차이가 초래할 결과는 시그마의 전문 분야 밖인 듯해서 일단 생각하지 않기로 했다.

"마술적인 처리를 가한 미생물을, 츠바키의 마술회로에 공생시켰어. 뇌까지 침식한 것은 오산이었지만, 츠바키의 마술회로는 한 세대 만에 커다란 변화를 보였지. 이것이 마술적으로 얼마나 가치 있는 일인지 알겠나?!"

"…그렇군요."

마술사들의 힘의 원천이자 마력을 흘려보내기 위한 혈관이라 할 수 있는 마술회로는 보통 몇 세대에 걸쳐 키워 내는 것이다. 마술사가 지닌 마술회로의 가닥수는 정해져 있어서 잠들어 있던 그것이 열리는 일은 있어도 회로의 숫자 그 자체가 늘어나는 일은 없다.

후천적으로 이식한 벌레를 회로 대신 사용하는 마키리와 같은 기술을 제외하면.

하지만 쿠루오카는 그 일에 성공했다고 한다.

'가능할 리가 없어.'

그런 시그마의 생각을 읽기라도 한 듯 유카쿠가 말했다.

"그래, 그렇고말고. 마술회로의 가닥수가 늘어난 것은 아니야. 변한 건 질과 유동량이지. 내가 만들어 낸 미생물은 마술회로를 자동적으로 각성시키고 가장 효율적인 방식으로 운용해. 자신들의 보금자리를 쾌적하게 만들기 위해서 말이지."

"……."

"그 결과, 츠바키는 같은 수의 마술회로를 지닌 이들보다 훨씬 효율적으로 마력을 몸에 순환시킬 수가 있어. 그렇게 활성화한 마술회로는 향후 츠바키를 좋은 모체로 만들어 주겠지. 츠바키의 아이의 세대에서는 마술회로의 가닥수 자체가 대폭 증가할지도 몰라."

조금 전 '아버지'로서 이야기를 했던 때에 비해 상당히 마술사다운 언동을 하게 된 유카쿠의 말을 들어도 시그마의 감정은 딱히 움직이지 않았다.

애초에 그도 정부의 실험으로 만들어진 마술사용자였다.

어릴 적부터 생명을 우습게 여기는 듯한 실험을 몇 번이나 받기도 했거니와, 나라가 멸망한 후에야 인권이라는 개념을 알게 되기도 했다.

그런 이유로 부모의 실험체처럼 취급되고 있는 츠바키의 이야기를 듣고도 시그마는 그녀를 동정하지 않았고, 유카쿠에게 분노를 느끼지도 않았다.

다만. 감정이 요동치지는 않았지만 그는 생각한 끝에 물었다.

"당신들의 몸에도, 그 세균이?"

"그래, 시험 제작 단계이기는 하지만. 츠바키에게 감염시킨 최신형은 장기가 발달하지 않은 유아 단계에 심어야만 정착이 되거든. 조정하는 데 얼마나 애를 먹었는지. 의식을 잃었을 때는 아주 까무러칠 뻔했지만, 자손을 남기는 기능은 무사하다는 이야기를 듣고 안심… 음…. 아니, 츠바키는 지금 눈을 떴지… 그게 제일이잖아. 자손 같은 건 아무래도… 그래, 츠바키야말로 완성된…."

서서히 중얼중얼 혼잣말로 넘어가기 시작한 유카쿠의 말을 들으며, 그는 자신이 과거에 했던 행위와 현재의 정신 상태의 모순에 혼란을 겪고 있는 것이리라고 판단했다.

이 정도의 혼란으로 그쳤다는 것은, 아마도 자신의 아이를 대상으로 실험을 하는 데 아무런 기피감도 없었다는 뜻이리라.

그런 추측을 하며 시그마는 문득 자신의 부모에 관해 생각했다.

자신은 부모의 얼굴을 본 적이 없다.

아버지는 누구인지 밝혀지지 않았고, 어머니는 먼 나라에서 죽었다고 프란체스카가 말했다.

그 시점에는 소년의 몸으로 프랑수아라는 이름을 쓰고 있었는데, 프란체스카는 어째서 막 만난 자신의 어머니에 관해 **이미 알고 있었던 것일까.**

그 질문을 한 적은 있었지만,

'차, 착각하지 말라고! 네 출신에 관심이 있었던 거지, 너 자신한테 관심이 있지는 않으니까! …라고 말하면 기뻐? 아무 느낌도 안 들어? 아, 그래? 그럼 이 얘기는 끝이야!'

…그런 의미를 알 수 없는 답변만 돌아왔다.

부모의 얼굴을 모르는 시그마는 부모의 보살핌을 받고 있는 츠바키를 상대로 어떻게 행동하면 좋을지 알 수가 없어 난감했지만, 방금 유카쿠가 한 이야기를 듣고 한 가지는 이해했다.

친부모의 손에 자랐든, 자신처럼 정부조직에 의해 자랐든 그런 기준만으로 행복한지 아닌지가 결정되는 것은 아닌 것 같다.

물론 비율의 차이는 있겠지만 마술사라는 인종은 애초에 인간다운 정과는 거리가 먼 존재다.

자신이 만약 츠바키처럼 자유로워지지도, 사라지지도, 내려진 지시를 수행하지도 못하고 계속 잠든 채로 마술회로를 형성하기 위한 '공장'으로 취급되는 처지가 된다면 과연 그 사실을 달가워할까.

잠시 생각한 끝에 '별 차이가 없는 것 같다'라는 애매모호한 결론에 도달했다.

그렇게 생각하면 쿠루오카 츠바키라는 존재는 자신과 비슷할지도 모른다.

시그마는 그렇게 생각했다.

그녀는 자신이 바라는 '안식'을, 이 거짓된 세계에서 얻은 것이리라.

서번트를 쓰러뜨리는 것은 그 안식을 무너뜨린다는 뜻이다.

'그럼, 나는 어떻게 해야 할까.'

이 건에 대한 상부의 지시는 없었다. 이 세계에서 탈출하지 않으면 따로 지시가 내려오지도 않을 것이다.

거짓된 성배전쟁이 시작되기 직전에 프란체스카가 했던 말을 떠올린다.

'영웅을 불러내고 나면 마음대로 해도 돼.'

'마음대로 움직인다, 라….'

프란체스카와 팔데우스 일행과의 연락이 끊겨 스스로 생각해서 움직일 수밖에 없는 상황 속에서 시그마는 자신의 손을 바라보며 진지하게 생각하기 시작했다.

지금의 그가 할 수 있는 일이라고는 생각하는 것뿐이었기에.

'나는 무엇을 해야 하지?'

×　　　×

시그마가 그런 자문자답을 하고 있을 즈음, 어새신은 보구 중 하나를 발동시켰다.

"암옥暗獄에 가라앉아라… '명상신경瞑想神經 자바니야'…."

자신을 세계의 그림자처럼 주변의 공간과 동조시켜, 일대의 마력과 바람의 흐름 등을 파악하는 감지형 보구.

그녀는 그 기세를 몰아 저 거대한 개를 사역하고 있는 것으로 추측되는 '거대한 검은 그림자'의 위치, 혹은 이 세계와 연관되어 있을 흡혈귀의 기적을 찾으려 했다.

"……?"

하지만 그녀가 발견한 것은 다른 마력의 흐름이었다.

그것은 도시 전체 마력의 균형을 무너뜨릴 듯한, 기묘한 흐름을 자아내고 있다.

보구를 사용하지 않았다면 알아채지 못했을, 아주 작은 흐름
이다.

'이건… 마력이 흘러나가고 있다?'

'아니, 반대인가? 그도 아니면….'

마치 이 세계 전체가 그 한 지점을 통기구 삼아 마력을 호흡
하고 있는 듯한 흐름.

그녀는 잠시 생각한 후, 머리가 셋인 거대한 개를 쫓을지 어
떨지 고민한 끝에 마력의 일렁임 쪽을 쫓기로 했다.

그 흐름의 근원지가 너무도 상징적이라, 어쩌면 이 세계에서
탈출하는 힌트가 될지도 모른다고 생각했기 때문이다.

그녀는 향했다.

균형 잡힌 이 세계에서 기묘한 마력의 흐름이 발생한 장소.

다시 말해서 크리스털 힐의 최상층으로.

FatestrangeFake

19장
『꿈도 현실도 환상이니 Ⅱ』

아야카 사조.

그녀는 어째서 '거짓된 성배전쟁'의 개최에 맞춰 이 도시를 찾았을까.

그 이유는… **그녀 자신도 잘 모른다.**

자신이 살고 있던 후유키를 방황하다가 우연히 들어선, 숲속의 성 같은 건조물.

그곳에서 하얀 머리의 아름다운 여자에게 붙잡혀 무슨 일을 당했다.

지금 생각해 보니 아마도 정신지배 같은 마술인 듯했지만, 마술적인 지식이 부족한 아야카로서는 정확한 사정을 알 수 없었다.

하지만 정신이 들어 보니 '미국에서 집행될 성배전쟁에 참가해라'라는 지시만 받고 미국행 배에 몸을 싣고 있었다.

무슨 배였는지는 잘 모르겠지만 자신이 여권도 가지고 있지 않았던 것을 생각해 보면 십중팔구 밀입국일 것이다.

사실 배 안에서 가짜 여권과 비자를 받기는 했지만 정상적으로 세관을 통과하지는 않았다.

배 안에서의 기억도 애매해서 정신이 들어 보니 영어를 할수 있게 된 것도 아마 모종의 마술의 영향이리라.

그런 상태로 미국 서해안에 내팽개쳐진 아야카는 지급받은 몇 푼 안 되는 금전을 밑천으로 스노필드로 향하게 되었다.

'네 안에 새겨진 빨간 두건이라는 걸 없애 주겠다'는 말.

그런 애매한 말에서 희망을 찾아 이런 장소까지 오고 만 것도 혹시 암시의 일종이었을까.

어쩌면 '도망치면 저주가 너의 목숨을 집어삼킬 거다'라는, 저주치고는 너무도 단순한 협박에 겁을 먹은 것뿐일지도 모르지만.

'아야카.'

'나는, 사조… 아야카.'

영어로 말하자면 아야카 사조구나, 라고 생각을 고치고서 몇 번이나 '아야카'라는 이름을 되뇌었다.

'대학에 다니면서… 세미나 맨션에서….'

'대학…?'

'어느 대학?'

기억이 흐릿해진다.

날 때부터 지금까지의 모든 기억이 짙은 안개 속에 파묻힌 듯한 착각에 사로잡힌다.

아니, 착각이 아니다.

실제로 그녀의 기억은 조금씩 애매해져 가고 있었다.

'아야카.'

'사조… 아야카….'

'나는, 아야카야.'

자아라는 것이 달 앞의 별처럼 흐려져 가고 있는 그녀에게는….

그 이름만이 자신을 유지하기 위한 암호였기에.

×　　　×

현재. 결계 안의 도시.

바람이 밀려든다.

바람이 밀려든다.

아야카의 머릿속에서 일렁이는 안개처럼 애매한 기억을, 목숨과 함께 날려 버리려 하는 죽음의 바람이.

"아…."

반응할 수가 없었다.

집채보다 커다란 개가 포크레인의 암arm 같은 발톱을 고속으로 후려, 길 위에 거친 돌풍을 일으켰다.

머리 셋 달린 마수 케르베로스가 경찰 부대를 공격하기 시작하고서 어느 정도의 시간이 흘렀을까.

불과 몇 분 정도인 것도 같고, 30분도 더 된 것도 같다.

아야카는 세이버의 지시에 따라 근처에 있던 건물 안으로 대피했지만, 마수가 공격한 여파로 그 건물 내부가 무너지기 시작했다.

그리고 허둥지둥 밖으로 탈출한 순간, 그것을 노리기라도 한 듯 케르베로스가 아야카의 앞을 가로막았다.

케르베로스의 발톱은 하나하나가 날카롭게 벼린 대검을 연상케 했다.

저것이 닿으면, 자신은 죽으리라.

아야카가 그 사실을 실감했을 즈음에는 이미 발톱이 몇 미터 앞까지 다가와 있었다.

이제 와서 어떻게 움직인들 피할 수 없을 것이다.

'어라.'

'나, 지금 무슨 생각을….'

자신의 이름이 사조 아야카라고 머릿속으로 되뇌고 있었던 것은… 어쩌면 자신이라는 존재가 사라질 것을 알아챈 두뇌가 주마등을 보게 한 것일지 모른다.

기억이 애매해진 현재, 주마등 대신 떠오른 것은 자신의 이름뿐이었다.

"……."

몸이 경직된다.

하지만 그런 그녀의 앞에….

과거의 기억이 아닌 엄연한 '현재'가 나타나, 육박해 오는 절망을 떨쳐 냈다.

충격음이 퍼지더니 대검과도 같은 발톱이 중간에서 부러져 허공을 날았다.

"세이버!"

"괜찮아, 아야카?"

세이버는 핼버드와 비슷하게 생긴 한 자루의 무기를 손에 들고 있었다.

그것은 척 보아도 심상치 않은 광채를 내뿜고 있어서, 일반인인 아야카가 보아도 평범한 무기가 아니라는 것을 알 수 있을 정도였다.

하지만 세이버가 본래 가지고 있던 검은 아니다.

애초에 세이버의 장식검은 경찰에 압수되었고, 서양식 저택에서 손에 넣은 장식검도 금빛 서번트와의 전투에서 잃은 뒤였다.

"아… 내 거잖아?!"

약간 떨어진 곳에 있던 쇼트 아프로 헤어의 남성 경찰이 그렇게 외쳤다.

눈이 휘둥그레져서 자신의 손과 세이버가 들고 있는 무기를 번갈아 보고 있는 것을 통해, 아무래도 세이버가 그 경찰에게서 무기를 슬쩍한 모양이라고 아야카는 생각했다.

"미안! 잠깐 빌렸어! 긴급사태이니 그냥 넘어가 주면 고맙겠어!"

세이버는 그렇게 말하더니 무기를 가볍게 던져 경찰에게 돌려주었다.

허둥지둥 그것을 받아 든 경찰은 잠시 세이버를 노려보았다.

하지만 이어서 무사한 아야카를 보더니 그 이상 아무 말도 하지 않고 자신의 무기를 다시 겨누었다.

"이번만이다. 또 그러면 절도죄로 체포한다."

"그것 참 무서운걸! 교수형은 사양하고 싶거든!"

웃으며 세이버는 발치에 널브러진 마수의 발톱을 집어 들었다.

"어? 뭘 하려는….."

아야카가 입을 떼기 무섭게, 세이버는 아무렇지 않게 들어 올린 그 발톱의 끝을 움켜쥐더니 야구 배트처럼 치켜들고서 휘둘렀다.

"'영원히 머나먼… 승리의 검, 엑스칼리버'…!"

집어 든 마수의 발톱은 그 순간 눈부시게 빛나더니, 빛줄기를 내쏘았다.

빛의 참격은 도시의 대로를 가르며 교차점에 진을 친 마수에게로 날아들었다.

그 참격이 마수의 옆구리에 꽂히자, 마수는 검은 피를 흩뿌리며 그 거대한 몸을 휘청거렸다.

"해치운 건가?!"

"…아니, 별로 효과가 없는 것 같군요."

존의 말에 벨라가 냉정하게 답했다.

크기뿐만이 아니다.

내구성, 발톱의 예리함, 몸에 두른 죽음의 기운의 농도, 모든 것이 병원 앞에서 봤을 때와는 비교도 되지 않을 정도로 고조되어 있다.

마치 이 세계야말로 이 마수의 본래 홈그라운드라는 점을 그 몸에 두른 힘으로 증명하고 있는 듯했다.

주변에 있던 경찰들과 아야카는 그대로 세이버가 추가 공격을 할 것으로 예측했지만, 그는 마수의 발톱을 쥔 채 그것을 대지에 꽂더니, 낭랑한 목소리로 **마수에게 물었다**.

"끝없이 깊은 굴의 수호자인 파수견이여! 지혜가 있다면 들어라! 그리고 나의 물음에 답하라!"

"어?"

"……?!"

아야카가 얼빠진 목소리를 냈고, 벨라와 존을 비롯한 경찰들도 눈이 둥그레져서 세이버 쪽을 쳐다보았다.

세이버는 그런 주변의 반응은 개의치 않고 전장에서 마주한 적장과 통성명을 하는 무장처럼 소리쳤다.

"우리는 명부에 등을 돌리고 심판과 안식에 저항하는 영혼이 아니다! 우리는 올바른 길을 간 끝에 이윽고 죽음으로 향하는 길을 걸을 산 자이다! 영령의 몸인 나를 죽음에서 달아나려는 영혼으로 판별하겠다면 이의는 없다! 하지만 다른 자들은 산 자가 틀림없다! 그대가 명부의 왕에게 충성을 맹세한 충복이라면, 그의 뜻을 올바르게 행할 것을 청하고 싶다!"

너무도 당당한 모습이었다.

아야카조차도 당황하여 순간적으로 그 연설에 넋이 나갈 뻔했다.

그토록 당당한 행동거지였다. 한 소녀를 죽일지 말지를 논하던 때나 아야카를 지키겠다고 맹세했던 때와는 다른 얼굴이었다.

굳이 말하자면 순찰차 위에서 연설을 할 때와 비슷해 보이기는 했지만 이 위기 상황에서, 심지어 말이 통할지 어떨지도 모를 마수 그 자체를 상대로 하는 연설은 누구의 눈에도 이상해 보였다.

그러나 세이버의 너무도 늠름한 행동에 아야카와 경찰 부대는 '저것이야말로 유일한 정답'이라는 착각에 빠질 뻔했다.

"…………."

당사자인 케르베로스는 의아한 눈으로 세이버를 응시하더니 천천히 얼굴을 들이댔다.

"이봐, 공격을 멈췄잖아?"

"설마, 정말로 말이 통하는 건가?"

존 일행이 속삭이며 상황을 지켜보는 가운데, 케르베로스는 세 개의 얼굴을 세이버에게 가져다 대고서 킁킁 냄새를 맡기 시작했다.

 소도 한입에 삼킬 듯한 거대한 아가리가 세 방향에서 다가오는데도 세이버는 꼼짝도 않고 그 자리에 서 있었다.

 이윽고 케르베로스는 세 개의 머리를 움직여, 서로 눈빛을 주고받는가 싶더니… 다음 순간, 그 거구를 뒤로 젖혀 세 개의 머리를 하늘로 치켜든 채 동시에 울음소리를 퍼뜨렸다.

 "Grrrrrrrooooooooooooaaaaaa……."

 화염을 뿜고 있는 듯한 열량이 느껴지는 포효가 삼중주로 울렸다.

 아야카는 자신도 모르게 몸을 움찔했지만 희한하게도 '이곳에서 도망쳐야 한다'는 생각은 들지 않았다.

 어쩌면 그녀는 본능적으로 느낀 것일지도 모른다.

 이 결계세계에서 가장 안전한 장소는, 가장 큰 '전력'이 모인 이 교차점이라는 것을.

 하지만 불안감 자체가 사라진 것은 아니다.

 사라지기는커녕 그 직후 눈앞에 떠오른 광경을 본 그녀는 순수한 공포에 사로잡힐 뻔했다.

포효가 울려 주변의 공간을 뒤흔들었다.

그러자 그 진동에 동조하기라도 하듯 도시 곳곳에 있던 '그림자'가 꿈틀대기 시작했다.

해가 비치지 않는 뒷골목, 주차된 차의 아래, 맨홀 아래에 펼쳐진 지하 공간.

온갖 장소에서 검은 아지랑이 같은 것이 솟구쳐 교차점 주변에 무수히 많은 덩어리가 되어 실체를 띠기 시작했다.

이윽고 그것들은 몇 군데에 모여 각각이 이미 자리한 케르베로스와 같은 존재로서 현현했다.

"이건···."

존이 식은땀을 흘리며 주변을 둘러보았다.

조금 전까지는 한 마리였던 머리 셋 달린 마수가 셀 수 없을 정도로 증식해 건물 위며 길 앞뒤에 위치해 경찰 부대와 리처드 일행을 완전히 에워쌌다.

불과 몇 분 전까지만 해도 고요했던 거리가 순식간에 죽음의 기척으로 뒤덮였다.

마수의 무리는 날뛰지 않고 그저 깊은 암흑을 머금은 눈으로 조용히 이쪽을 바라보고 있었다.

곧이어 그 무리의 발치에 생겨난 '그림자'가 꿈틀대더니, 새로운 아지랑이가 되어 주변을 파리 떼처럼 뒤덮었다.

"······."   "z······."   "r······."   "······오."

"······."   "······z······아."

"……."　　　"…………."　　　"z."　"…g…."　　　"……."

날갯소리 같은 노이즈가 교차로에 울려 퍼졌다.

　검은 아지랑이는 소리를 통해 자신은 파리 떼라는 듯한 인상을 모두에게 주며, 더욱 짙은 죽음의 공기를 세계에 퍼뜨렸다.

　그리고 다음 순간.

　노이즈가 의미를 지닌 '목소리'로 변해 포위된 이들의 고막을 뒤흔들었다.

【산 자】　　　【산 자였던 자들】
　　　　　【고한다】
　　　　　　　　　【그대들의 몸에】【생명은 없다】

그리고.

'그림자'는 온 도시로 퍼지기 시작했다.

이 세계의 진정한 모습을 보여 주기라도 하듯.

혹은 '누군가'에게 세계의 진실을 감추기라도 하듯.

　　　　　　　×　　　　×

"아아, 좋은데? 보기 좋게 섞이기 시작했어…."

　세이버 일행이 있는 교차로에서 약간 떨어진 건물 옥상에서 그 모습을 보고 있던 인물. 소년의 모습으로 변신해 있던 제스터 카르투레는 변해 가는 도시를 보고 황홀한 표정으로 중얼거렸다.

"설마 지옥의 파수견을 끌어들일 줄이야, 정말로 좋은 걸 주워 왔는걸, 츠바키의 라이더는?"

어린애 같은 말투를 쓰기는 해도 무구하다는 단어와는 거리가 먼 비뚤어진 미소를 띤 채, 제스터는 자신의 감각을 활용해서 도시의 상황을 살폈다.

"…흐음, 그쪽으로 가는구나, 어새신 누나."

등 뒤에서 느껴지는 어새신의 마력이 도시의 중심부에 위치한 건물로 향하는 것을 감지한 제스터는 섬뜩하게 입꼬리를 일그러뜨리고 날카로운 송곳니를 드러내며 웃었다.

"아직, 희망을 버리지 않았구나."

"그러면, 한 번 더 찔러 보고 올까?"

×   ×

결계 안에 있는 도시. 쿠루오카 저택.

"누구예요? 어디에 있어요?"

츠바키의 목소리에 답하기라도 하듯, 집 안 어딘가에서 중성적인 목소리가 들렸다.

「후후후, 찾아보려무나, 아가씨.」

그 목소리에 홀리기라도 한 듯, 츠바키는 오종종 걸으며 집 안을 둘러보기 시작했다.

「그도 그럴 게, 찾아 주지 않으면 난감해지거든.」

"?"

「현세에서 무슨 일이 일어나고 있지? 세계에 의해 녹아 없어졌을 나의 의식이 떠오르다니, 보통 일이 아니로군. 정은… 황천이나 선향仙鄕에 있을 테니, 나를 아는 이는 이제 아무도 없으려나.」

목소리는 츠바키에게 말을 한다기보다는 혼잣말을 하듯 현재의 상황을 분석하는 듯한 문장을 늘어놓았다.

「아니… 신대와 같은 기적이 **여럿** 느껴지는군…. 하늘에 있는 것은… 아아, 나의 조상이자 타인이자 계루係累인 '파수꾼'의 화신인가. 또 하나는 서방의 신인가? 자연신… 아니, 그 분신…? 머나먼 서쪽에서 터무니없이 많은 물의 기운도 다가오고 있는데, 모든 것은 우연인가? 아니면 필연인가?」

"??"

「나를 시험하는 것인가? 좋다, 인리에 뒤덮인 세계여. 불완전하면서도 금구무결金甌無缺* 같은 인간 세상이여, 그 도전, 받아들이마! 초조해하지 마라, 나! 지지 마라, 나! 모든 삼라만상

※금구무결 : 흠집이 전혀 없는 황금 단지라는 뜻으로, 국력이 강하여 외침을 받지 않음을 표현하는 말.

이여, 강이 흐르는 소리처럼 우아하여라, 풍아風雅하여라….」

"??? 으음… 모르겠어요, 죄송해요."

츠바키가 영문을 모르겠다는 듯 고개를 갸웃하자 '목소리'는 당황한 듯 침묵하더니 말을 이었다.

「어이쿠, 미안하구나. ……. …곤경에 처했으니, 좀 도와주겠니?」

"도와?"

「숨바꼭질을 하자! 나를 찾아내면, 네가 이기는 거다?」

"숨바꼭질!"

「자아, 하나, 두울, 셋, 네엣… 다 숨었다. 나를 찾으면, 아주 아주 달콤한 물엿을 주마, 응?」

"! …응!"

평범하게 생각하자면 몹시 수상한 유괴범 같은 말이었다.

츠바키가 아무리 세상물정을 모른다 해도 보통은 겁을 먹고 부모를 부르러 갔을 테지만, 어째서인지 그녀는 그 '목소리'에 따랐다.

여전히 츠바키는 그 목소리를 '자기편'이라고 확신하고 있다.

그것은 매우 다정한, 자신을 감싸 안는 듯한 목소리였기 때문이다.

마치 그녀가 지금껏 애타게 바랐던 부모의 목소리 같았기 때문이다.

츠바키는 무언가에 홀리기라도 한 듯 집 안을 걸어 다니다가 어떤 벽 앞에 섰다.

"? 이쪽에서 들리는데…."

목소리의 주인공의 '기척'을 느꼈지만, 목소리가 그쪽에서 들린다고 착각한 츠바키는 그 앞에서 난감한 얼굴로 멈춰 섰고….

「아아, 괜찮아…. 벽에 부탁해 보렴. 지나가게 해 주세요, 라고.」

"어? 으음…."

「괜찮아. 아빠랑 엄마는 마술을 쓸 수 있잖니? 너도 쓸 수 있을 거야.」

"! 응!"

츠바키는 힘차게 고개를 끄덕이고서 '벽'에 대고 부탁했다.

"으음… 부탁드릴게요. 열려라, 참깨!"

최근 며칠 동안 읽은 먼 나라의 **옛날이야기**에 나온 말을 중얼거렸다.

그러자 츠바키는 몸속이 따뜻해지는 것을 느꼈다.

예전에 아버지와 어머니가 '실험'이라면서 무언가를 했을 때 격렬한 고통이 등줄기를 타고 흐르던 장소다. 츠바키는 순간적으로 움찔했지만 고통이 퍼지기는커녕 부드러운 햇빛 같은 온기가 몸을 조용히 순환했다.

본인은 그것이 마술회로의 반응이란 것을 몰랐지만, 츠바키의 몸에서 매끄럽게 마력이 흘러나와 벽 안으로 스며들었다.

　다음 순간, 벽이 마치 살아 있는 생물처럼 꿈틀대며 입을 벌려, 지하와 이어진 계단을 집 안에 출현시켰다.

　"와아…."

　신기한 광경 앞에서 츠바키는 눈을 빛냈다.

　「자아, 나를 찾을 수 있을까, 공주님?」

　츠바키는 또다시 그 목소리를 따라 천천히 계단을 내려갔다.

　그리고 마찬가지로 자동적으로 해제된, 몇 개의 결계를 지난 곳에는… 수많은 서적과 마술예장, 온갖 실험기구들로 가득한 마술사의 공방이 있었다.

　"아…."

　움찔. 츠바키는 몸을 떨었다.

　'싫어.'

　이 장소는, 기억이 난다.

　'여기, 는.'

　언제나 방 안에서 '심부름'을 했었다.

'안 돼, 안 돼.'

아버지와 어머니가 시켰던 '실험'이라는 '심부름'을.
고통의 기억이 또다시 그녀의 머릿속에 떠올랐다.

"히익….'

'참아야, 해.'
'착하게 굴어야 해, 안 그러면….'
'아빠랑 엄마는, 웃어 주지 않아.'

그것은 마치 과거로 끌려 들어가는 것 같았다.
요 며칠 동안 체험한, 어릴 적부터 꿈꿔 왔던 '행복한 시간'.
그 행복한 체험이 있었기에 잊을 수 있었던 고통이, 어린 소
녀의 마음속에 되살아났다.
봇물이 터진 듯 어두운 기억과 감정이 흘러나와, 츠바키는
눈물이 날 뻔했지만.
"여어."
목소리가.
과거의 트라우마에 잠식되려는 방 안에, 그 목소리가 울렸다.
단 한마디였다.
하지만 그것만으로 츠바키의 마음속에 흘러넘치던 공포가

안개처럼 흩어졌다.

목소리는 방금 전까지 츠바키의 머릿속에서만 울렸다.

하지만 지금은 그렇지 않다.

그 맑은 목소리는 분명 방 안의 공기를 진동시키고 있었다.

"들키고 말았구나. 자아, 물엿을 주마."

그렇게 말하며 츠바키에게 내민 부드러운 손에는 두 장의 조개껍데기 안에 든 꿀 같은 것이 들려 있었다.

그 손의 주인은, 아름다운 존재였다.

여성인지 남성인지 분명하지 않은 중성적인 외모다.

만약 츠바키가 엘키두를 보았다면 비슷한 인상을 받았을지도 모른다.

하지만 이 존재는 소박한 옷차림을 한 엘키두와는 달리, 독특한 화장과 고상한 붉은 복장이 자아내는 호사스러운 분위기라서, 츠바키는 보자마자 어느 나라의 왕이나 여왕님이 아닐까 생각했다.

"어어, 으음… 높은 사람이에요?"

너무도 그 장소와 어울리지 않는 화려한 존재가 앞에 나타나자 츠바키는 엉겁결에 그렇게 물었다.

그 말을 들은 미인은 답했다.

"아까운걸. 내가 높은 지위에 있었던 건 옛날 일이고, 사람도 아니거든. 아니, 높으니 낮으니 하는 가치관과도 인연이 없는 장소에 있었지만…."

"?"

"아아, 또 어려운 이야기를 하고 말았군. 미안하다. 인간과 대화를 하는 건 이천 하고도 수백 년 만이거든. 아니, 나는 잔향 같은 것이니 정확히는 그렇지만도 않지만. ……. 아아, 또 알아듣지 못할 어려운 말을! 이래서 나는 사람과 섞이지 못하고, 결국 꿈에서도 물에서도 쫓겨나 바싹 말라붙고 만 것이야…!"

미인은 방구석에서 연기라도 하듯 흐흐흑, 하고 흐느껴 울었다.

"저, 저기, 괜찮, 아요?"

자신이 겁에 질려 있었던 사실도 잊고 츠바키는 미인에게 달려갔다.

"고맙구나, 인간의 아이야. 너는 다정하구나."

차분함을 되찾은 미인은 조용히 호흡을 가다듬으며 츠바키에게 말했다.

"아아, 하지만 그렇게 걱정할 것은 없어. 내가 너와 이야기를 할 수 있는 것은 아주 잠깐뿐이니. 그렇기에 자신이 무엇을 위해 이곳에 왔는지를 알고 싶었던 것뿐이란다. 하지만 내가 인연을 맺을 수 있는 것은 이 세계의 주인인 너뿐인데…."

"세계의, 주인?"

"동화의 주인공… 같은 것이지. …아아, 틀렸나. '죽음'의 덩어리가 활성화됐어…."

츠바키는 괴로운 표정을 짓는 미인을 걱정스러운 눈으로 바라보며 상대의 등을 문질러 주었다.

그런 소녀에게 미인은 억지로 미소를 지어 보이며 방의 한 부분을 가리켰다.

"괜찮다, 네가, 저것을 가지고 있어 주면 돼."

그 손가락 끝에 있는 것을 본 츠바키는 고개를 갸웃했다.

츠바키는 그것이 무엇을 하는 물건인지 알지 못했다.

그림책에 나오는 활이라는 것과 비슷하게 생긴 것 같기는 하다.

하지만 훨씬 복잡한 형태를 하고 있었는데, '빨간 두건' 그림책에 나온, 마지막에 늑대를 쓰러뜨리는 사냥꾼이 비슷한 것을 가지고 있었던 것도 같았다.

"그것은 말이지, '신을 죽이는 노궁'이라 불리는 물건이란다. 옛날에 높은 임금님… 아니, 임금님 중의 임금님, 처음으로 '황제'를 자칭했던 별난 인간이 가지고 있던 아주아주 무서운 무기지."

"무기. …이걸로, 나쁜 놈을 해치웠어?"

"맞은 것은 나였지만…. 당시 인간들의 가치관으로 말하자면 그렇게 되겠지."

미인은 눈을 빛내며 묻는 츠바키에게서 눈을 돌리며 거북한 듯 답하고는, 얼버무리듯 말을 이었다.

"뭐, 그건 됐고. 네가 그걸 가지고 있어 다오. 늘 곁에 두고 있으면, 사라질 때까지만이라도 나는 네게 힘을 빌려줄 수 있을 터이니. 나는 그저 무슨 일이 일어나고 있는지 알고 싶은 것뿐이야. 밖으로 옮겨 주면, 답례로 네 소원을 이루어 주마."

"…응!"

무슨 말인지 전부 알아들은 것은 아니지만 츠바키는 '가족처럼 안도감을 주는 신기한 사람이 소원을 이루어 준다'고 말한 것이라고 이해했다.

머릿속으로 신데렐라 그림책을 떠올리며 츠바키는 순진하게 그 노궁을 들어 올리려 했지만… 보기보다 무거워 비틀대다가 그대로 엉덩방아를 찧고 말았다.

"오오, 저런, 저런! 다치지는 않았니?!"

"…응."

츠바키는 조금 아픈 듯 말했다.

그대로 아무렇지 않게 일어나려 했지만 츠바키는 같은 또래 중에서도 몸집이 작아, 노궁을 질질 끌며 옮기는 것이 고작일 듯했다.

"가지고 다니는 것은 무리인가…? 큭… 인간의 무력함을 계산하지 못했군… 정 이놈, 나를 쏘기 위해 예장이니 장식이니 하는 것을 너무 많이 달지 않았느냐! 과잉전력이 따로 없군! 녀석, 장성長城도 그렇고 짓다 만 아방궁도 그렇고, 뭐든 크고 화려할수록 좋다고 생각하는 것인가?"

미인은 어딘가에 있는 누군가에 대한 비난을 쏟아 내더니 문득 생각난 듯 말했다.

"가만. 이 세계에서는 네가 '주인'이니… 네가 가볍다고 믿으면, 가뿐히 들 수 있을 터…. 아니 혹, 이 아이는 아직 이것이 꿈이라는 것을 인식하지 못한 것인가…?"

말의 후반부는 츠바키의 귀에 들리지 않도록 미인은 작은 목소리로 중얼거렸다.

"그렇군, 누구든, 도와줄 사람을 부르거라. 네 아버지든 어머니든 좋아. 부탁하면 분명 도와줄 테니 말이야."

"그럴까…?"

"자, 누가 왔구나. 어서 그 사람에게 부탁해 보거라."

계단 쪽에서 나는 발소리를 들은 미인이 그렇게 제안했다.

"응… 앗."

아버지나 어머니라고 생각한 츠바키는 최근 며칠 내내 매우 다정했던 두 사람에게 부탁해 보려 했지만, 계단에서 나타난 자는 아버지도 어머니도 아니었다.

"이런 곳에 있었군. …이곳은, 너희 집의 공방이야…?"

검은 옷차림을 한 용병, 시그마는 우선 츠바키를 본 후.

"……! 누구냐?"

그 뒤에 있던 미인을 발견하고 경계 자세를 취했지만, 그 붉은 옷을 본 뒤 상대에게 적의가 없음을 확인하고서 의아한 투로 중얼거렸다.

"종교재판…?"

×　　　×

결계 안의 도시. 크리스털 힐. 최상층.

"아, 여보세요, 교수님! 저예요, 글쎄, 저라니까요?"

[플랫이냐?! 이 반응은… 뭐냐, 대체 어디서 전화를 걸고 있는 거지?!]

즉석 '제단' 위에 놓인 한 대의 휴대전화.

스피커 모드로 전환한 그 기체에서는 안도감과 당혹감이 뒤섞인 남자의 목소리가 흘러나왔다.

"아, 선생님! 연락이 늦어져서 죄송해요. 그게, 뭐라고 해야 하나, 꼭 꿈속에 있는 것 같은 느낌이라고 해야 할지…."

[…뭐? 설마 너, 정말로 퍼질러 자느라 연락을 게을리했던 거냐?!]

"와와, 무슨 말씀이세요?! 아니에요! 그런 뜻이 아니라, 그게, 결계, 맞아, 결계 안이에요! 웨일즈 묘지에서 선생님이랑 그레이짱 일행이 갇혔던 '과거의 재현'에 가깝다고 해야 할지, 그것의 '현재의 재현' 버전이라고 해야 할지…."

[……? 잠깐, 잠깐 기다려라! 차분하게 처음부터 상황을 설

명해라.]

학생을 혼내는 평소의 목소리로 돌아온 남자, 로드 엘멜로이 2세의 말에 플랫은 즐거운 듯 웃었다.

그는 알고 있기 때문이다.

이런 상황이라 해도… 아니, 이러한 상황이기에 최고의 상태로 엘멜로이 교실의 '강의'를 들을 수 있으리라는 것을.

그리고 강의 끝에는 반드시 현재 상황에 대한 타개책이 나올 것이라 믿었다.

뭐, 그 타개책을 성공시킬 수 있을지 어떨지는 플랫에게 달린 일이지만.

이야기를 끝까지 들은 후, 시계탑의 로드는 이상한 단어를 입 밖에 냈다.

[명계…로군.]

엘멜로이 2세의 말에 플랫은 고개를 갸웃했다.

"자, 잠깐만요, 선생님! 그 말은, 우린 다 죽었다는 뜻이에요?!"

[좋아, 플랫 너는 잠깐 조용히 해라. 그리고… 당신들은, 탈출에 협력해 주는 것으로 알아도 되겠나, 감독관?]

"그래. 진영 간의 싸움에는 간섭하지 않을 거지만. 게다가 당신들에게는 성당교회 측도 빚이 좀 있었지. 나와는 악연인

일루미아 수녀를 구해 준 일도 있고, 더불어…."

[아니, **개인으로서의** 빚을 말하자면, 나도 칼라보 님에게 도움을 받았네. 하지만 그것을 조직 차원의 이야기로 끌고 가는 것은 서로에게 불편한 일이지. 이번 일은 순수하게 감독관이라는 입장에서 나의 학생을 도와주면 충분해. 위험을 무릅써 달라고 말할 생각은 없어.]

그 말을 들은 한자는 쓴웃음을 지으며 고개를 가로저었다.

"플랫, 네 스승은 듣던 대로 마술사와는 거리가 먼 인품을 지녔군. 저런 성격으로 시계탑이라는 복마전에서 살아남은 것이 용할 정도인걸."

[…행운과 인복이 따랐던 것뿐이야. 내 능력이 부족하다는 것은 굳이 말하지 않아도 알아.]

"실례, 모욕한 것은 아니야. 칭찬한 거지. 당신이 그런 성격이기에 나의 동료와 선배들도 당신에게 힘을 빌려줬겠지. 당신이 아무리 부정해도 빚은 빚이야. 내가 개인적으로 갚을 수 있는 만큼은 갚도록 하지. 설령 당신이 흡혈종이 된다 해도 악행을 하지 않는 한은 못 본 척 정도는 해 주겠어."

[…당신도 성당교회의 신부로서는 다소 특이한 것 같군. 물론 내겐 흡혈종이 될 예정도 실력도 없지만.]

어이가 없다는 듯 말한 후, 2세는 설명을 재개했다.

[명부라 말한 것은 물론 정말로 너희가 죽었다는 뜻이 아니다. 그 결계 안의 성질을 말한 것이지.]

"무슨 뜻이에요? 딱히 지옥 같다거나 천국 같다거나 그런 느낌은 없는데요."

[플랫, 네가 수업을 제대로 안 들었다는 건 잘 알겠다. 그 일반인 같은 고정관념은 냉큼 버리도록. 추측이 섞인 전제하의 이야기지만, 아마도 그 장소는 쿠루오카 츠바키라는 소녀의 마술회로와 정신을 기점으로 한 곳일 거다. 신부가 멀리서 보았다는 마수… 아니, 신수인가? 그 케르베로스가 그 세계에서 활성화되어 있었다면, 아마도 그곳은 명계의【상相】을 지녔을 거다.]

"대응하는 관계라는 뜻인가요?"

[아까 플랫 네가 '꿈속 같다'고 표현한 것은 정답이라 할 수 있지. 마술적인 의미에서 꿈을 사후세계로 보는 경우도 있으니. 그 서번트는 쿠루오카 츠바키라는 혼수상태에 있는 소녀의 꿈을 촉매로 유사적인 명부를 만들어 낸 거다…. 물론 다른 가설도 세울 수 있겠지만, 너희의 이야기와 내가 독자적으로 입수한 정보를 조합해 보면, 그럴 가능성이 높다 할 수 있겠지.]

그러자 그때까지 가만히 있던 한자가 물었다.

"흠… 내 입장에서는 '사후세계'의 다양성에 관해 논할 수 없지만, 다시 말해서… 실제 도시를 거울상처럼 복제한 명계라는 건가?"

[현실과 유사한 명계는 얼마든지 있지. 그도 그럴 게 파라오

나 황제 등의 분묘는 그 자체가 하나의 도시를 명계로 가져가기 위한 의식이니까. 이를테면 사후 완전히 같은 장소에서, 완전히 같은 생활을 하고 있는 선조를 보았다거나… 그런 기록도 세계에는 무수히 존재하고. 그리고 산 자가 살고 있던 장소와 완전히 동일한 세계를 형성한 것을 보면, 그 결계세계를 만들어 낸 건 서번트라고는 해도 꽤나 시스템적인 존재인 듯하군. 더불어 케르베로스를 세계 안에 끌어들였다는 것은 현재까지도 진화를 계속하고 있다는 뜻일지도 몰라.]

"진화한다고요? 그게 무슨 뜻이에요, 선생님?"

[그 영령은 아마도 【죽음】이라는 개념 그 자체일 거다. 명계의 구현화. 하데스나 헤라, 네르갈, 에레쉬키갈 같은 명계신 그 자체… 아니, 아무리 그래도 그 수준의 영기靈基를 소환할 수는 없을 터…. 게다가 명계의 관리자인 존재라면 그 결계세계는 각 명계와 유사한 형태가 되었겠지. 아마도 명계신이라기보다는… 죽음이라는 개념 그 자체에 가까운 무언가일 거다.]

2세는 그렇게 말하더니 마치 처음부터 칠판에 적어 둔 결론을 읽기라도 하듯, 유창하게 자신이 보지 못한 결계세계를 해체해 나갔다.

[아마도 그 서번트의 인격은, 소환된 시점부터 마스터인 쿠루오카 츠바키의 반응에 대처하는 형태로 학습을 계속했을 거다. 소환될 때마다 완전히 다른 존재가 될 가능성도 있지만, 경계기록대—고스트라이너를 소환하는 상황 자체가 희귀한

이상, 비교할 방법이 없군. 하지만 너희가 새로운 이물질로서 세계에 들어간 이상, 다른 종류의 학습을 할 가능성이 있다.]

"근데 선생님, 어째서 저희는 세뇌되지 않은 걸까요?"

플랫이 질문을 날렸다.

이 건물에 오는 동안에도 온 도시에서 세뇌된 듯 보이는 사람과 마주쳤다.

플랫과 한자 일행은 그들을 경계해서 방어 대책을 준비했지만, 이쪽에 세뇌 술식을 걸 낌새는 아직 없었다.

[뭔가 차이가 있을 거다. 세뇌 방법은 무수히 많아서 추측할 방법이 없지만, 왜 그렇게 하지 않았는가 하는 관점에서라면 어느 정도 추측해 볼 수 있지.]

"네! whydunit* 말씀이시죠?! 선생님의 대표적인 대사인!"

"호오, '왜 그렇게 했는가—whydunit(와이더닛)'을 따져야 한다는 것인가. 확실히 '누가 했는가—whodunit(후더닛)'은 이미 알고 있고, 마술이 개입한 이상 '어떻게 하였는가—howdunit(하우더닛)'도 의미는 없지. 그나저나 그게 대표적인 대사라니, 마술사라기보다는 탐정 같군."

2세는 한자의 말에 잠시 주춤하더니 헛기침을 하고서 말을 이었다.

[그만하게. 과거에 얻은 지식을 사용해 분석하고 있는 것뿐

※whydunit : why done it의 준말. 범행에 이른 동기의 해명을 중시한 추리소설. 혹은 그러한 추리 기법.

이니. 탐정 같은 통찰력과 번뜩임이 있었다면 나의 인생도 조금은 바뀌었겠지. …어쨌든, 너희가 세뇌되지 않은 이유는, 이 세계에 끌려온 이유에 있을 듯하군.]

2세는 그 후, '도시 밖으로 나간 인간들이 기묘한 언동을 하며 도시로 돌아오는' 현상과 동물들에게 퍼진 기이한 병 등에 관해 지적했다.

플뤼라는 아는 마술사에게 얻은 정보에 의하면 개인차는 있지만 인간과 동물들, 양쪽 모두에서 내출혈이 일어난 듯한 증상이 발견되었다고 한다.

그 정보를 통해 2세는 '병과 같은 저주에 감염됨으로써 정신만 이쪽 세계로 끌려 들어와 재구축된 자와, 육체와 함께 억지로 결계 안으로 끌려온 자로 구분될 것'이라고 추측했다.

[후자는 적으로 취급한 결과일 가능성이 크군. 전자도 적대적 행동으로 보이기는 하지만… 육체적인 손상도 없고, 조종한 이를 성배전쟁에 이용한 듯한 낌새도 없어. 아마도 수단이 이상할 뿐 적의는 없을 가능성이 높아.]

"아아, 시계탑 사람들 중에도 꽤 있죠. 좋은 일이겠거니 생각하고 행동하는데 주변에서 보기에는 엄청 민폐인 사람들."

[네놈이 그런 소리를 하니 고함을 지르고 싶은 참이지만, 지금은 그만두도록 하지. 어쨌든 그 세계에서 나올 방법은 몇 가지 있을 듯하지만… 마력이 바닥나기를 기다리는 것은 현실적이지 않을 것 같군. 상황으로 미루어 볼 때 서번트와 마스터를

쓰러뜨리는 것이 가장 빠른 길일 거다. 하지만 마스터인 소녀를 보호한다는 조건으로 경찰과 동맹을 맺은 이상, 마스터에게 위해를 가하는 수단은 쓸 수 없지.]

'동맹 같은 게 아니라도 뭔가 이유를 갖다 붙여서 그 방법은 배제하지 않았을까?'

잭과 한자는 2세의 말을 듣고 그렇게 생각했지만 지적해 봐야 얼버무릴 것이 뻔할 것 같아 어깨를 으쓱하며 잠자코 이야기를 들었다. 뭐, 수녀 중 절반은 '왜 마스터를 제거하지 않는 거지?'라는, 2세보다 훨씬 합리적인 생각으로 고개를 갸웃했지만.

[마스터를 해하지 않고 츠바키라는 소녀와 교섭해서 스스로 바깥으로의 길을 열게 하는 방법도 있지만… 자신이 마스터라는 인식이 있는지 어떤지가 문제로군. 암시 같은 것으로 강요하면 서번트가 적대 행동으로 받아들여 지금보다 훨씬 능동적으로 너희를 배제하려 들 가능성도 있어.]

"서번트 쪽과 교섭하는 방법은요?"

[말했을 텐데. 명확한 인격이 있다기보다는 시스템에 가까운 존재일 가능성이 크다고. 어떠한 존재인지, 그 결과를 확인하기 전에 접촉하는 것은 피하는 게 좋아. 물론 전투도 마찬가지고. 서번트가 얼마나 무시무시한지는 어젯밤에 충분히 보았을 테니 말 안 해도 알겠지.]

괜한 짓을 하지 않도록 못을 박은 후, 2세는 현재 플랫 일행이 있는 공간을 지배하고 있는 존재에게 현장에 있는 이들보다 훨씬 강한 경계심을 표출했다.

어쨌든 그는 일찍이 자신과 함께 싸웠던 영령이 지닌 '고유 결계' 안에 동반한 적이 있어서, 그것이 얼마나 무시무시한지를 눈으로 똑똑히 보았기 때문이다.

[그 세계가 명계와 유사하고 서번트가 그와 관련된 존재라면, 적어도 그 결계 안에서 도망칠 수 있는 장소는 없다. 죽음은 황천뿐 아니라 어디에나 있으니까. 마술적으로는 공기와 물, 바위와 흙에조차 죽음이라는 개념이 존재하니 말이야. 그 방 안도 마찬가지다.]

2세는 다시 한번 못을 박듯 거듭 무거운 투로 단언해, 플랫 일행의 경계심을 고조시켰다.

[다시 말해서 그곳은 애초부터 영령의 배 속이다. 너희는 고래에 삼켜진 피노키오나 다름없어.]

"고래 배 속이라~ 멋지네요, 그거!"

[대체 뭐가?!]

플랫의 얼빠진 소리에 2세는 소리를 질렀지만, 그는 눈을 빛내며 말했다.

"지난번에 수업에서 영웅의 사지에서의 생환은, 일종의 태내 귀환이었다는 이야기를 했었잖아요. 사람들이 전위典位, 그러니까 프라이드가 되었을 때 하는 죽음과 재생을 모티프로 한 의식이라든지. 거대한 물고기에 삼켜졌다가 뱉어져, 신앙심에 눈뜬 슈퍼 히어로가 되어 도시를 구한 사람의 이야기 같은 거요….”

[설마 예언자 요나와 레비아탄의 이야기를 말하는 거냐? 확실히 거대한 물고기와 미궁, 죽은 자의 나라 등이 등장하는 영웅담을 태내 회귀와 동일시하는 경우가 흔하기는 하다만… 설마 그렇게 조잡한 의견을 리포트로 제출할 생각은 아니겠지?! 뭐, 됐다. 그에 관한 보강은 나중에 하도록 하지.]

2세는 어이가 없다는 듯 말하더니 그대로 탈출의 구체적인 예로 화제를 옮겼다.

[그 장소가 바깥과 연결되었다는 것은, 아마도 현실 세계에서 같은 위치에 해당하는 장소에 그 세계와 융화성이 높은 무언가가 있다는 뜻이겠지. 가장 가능성이 높은 것은 시체지만, 평범한 시체로 결계 내에까지 영향을 미칠 수 있을 것 같지는 않군. 모종의 마술적인 영향하에 있는 시체… 혹은 이 세계를 만들어 낸 서번트와 융화성이 높은 조건을 갖춘 무언가가 있을 거다. 공방 같다고 했는데, 어떤 특징이 있지?]

“으음, 메소포타미아스러운 장식 같은 게 잔뜩 있어요.”

[…윽! 과연. 가령 **그 영령**이 속한 진영의 공방이라면 경찰서장에게 협력을 구해 공식적으로 움직여 달라고 하는 것은 죽으러 가라고 하는 꼴이 되겠군…. 그렇다면 안쪽에서 영령의 특징을 살피는 게 좋겠어. 미끼로 쓰는 것 같아 꺼림칙하기는 하지만, 도시에서 케르베로스와 다른 진영의 영웅이 교전하고

있다면 그 사이에 소녀가 입원해 있었다는 병실이나 쿠루오카
라는 마술사의 집을….]

스피커에서 거기까지 말이 흘러나온 참에 사방을 지키고 있
던 수녀 중 한 명이 소리쳤다.

"한자!"

"왜 그러지?"

"밑에서 뭔가가 올라오고 있어! 아마 서번트일 거야!"

다음 순간.

유리로 된 벽 중 하나가 산산이 깨지더니 밖에서 그림자 하
나가 방 안으로 미끄러져 들어왔다.

"우와왁?!"

[무슨 일이냐, 플랫?! 무슨 일이 일어난 거냐!]

스피커에서 당황한 목소리가 흘러나왔다.

한자는 흩날리는 유리를, 두 팔을 빠르게 휘둘러 완벽하게
떨쳐 낸 후 창문에서 나타난 그림자를 향해 말했다.

"어이쿠… 너도 이곳에 와 있었군."

"관리의 소굴에서 보았던 얼굴이군. …이방異邦의 사제인가."

어새신은 한자를 노려본 후, 그는 나중에 상대하겠다는 듯
주변을 둘러보더니 오른손에 영주 같은 것이 깃들어 있는 플
랫에게로 시선을 돌렸다.

"묻겠다."

"어, 아, 네! 아, 혹시 서번트세요? 끝내준다!"

"네놈도, 성배를 원하는 마술사 중 한 명이냐…?"

물음을 받은 플랫은 순간 맹한 표정을 짓더니 잠시 생각한 후에 답했다.

"으음~ 글쎄요. 처음에는 멋있으니까 갖고 싶었지만, 지금은… 제 서번트께서 곤란해하고 있으니 우선은 그걸 성배로 해결할 수 있으면 좋겠어요. 그러고 나면 어쩌면 좋을까요? 귀중한 물건이라면 역시 박물관 같은 데 기부하는 편이 좋을까요?"

거꾸로 질문을 받은 어새신은 눈을 가늘게 뜨고서 플랫의 표정을 살폈다.

"……."

거짓말을 하거나 자신을 도발하는 듯한 낌새는 없다.

선뜻 믿기지는 않지만 아무래도 진짜로 박물관에 기부해야 할지를 고민하고 있는 듯했다.

"마술사…인가?"

처리해야 할지 말지 모르겠다는 얼굴로 어새신은 플랫을 잠시 노려보았다.

그런 상황에 구원의 손을 뻗기라도 하듯 한자가 짝짝, 손뼉을 쳐서 모두가 자신에게 집중하도록 했다.

"아마도 다른 가르침의 길을 걷고 있는 구도자여. 나는 성배전쟁의 감독관으로 이곳에 있지만, 지금은 저들에게 싸울 의지는 없는 것 같다. 적어도 이 결계세계에서 탈출할 때까지는 말이지. 물론 감독관으로서 조정을 위해 전달했을 뿐, 너의 행동을 제한할 뜻은 없어."

한자는 어깨를 으쓱하며 말했다.

아마도 진짜로 어새신이 자신을 죽이러 왔다면 살아남을 방법은 없을 것이다. 흡혈종이 상대라면 상성으로 맞설 수 있지만, 무투파 영령이 상대라면 반대로 상성이 좋지 않다.

그래도 그는 슬금슬금 숨지 않고 사부의 명령에 따라 '감독관'으로서의 소임을 다하기 위해 어새신에게 당당하게 말했다.

"……."

어새신은 그런 한자를 경계심 어린 눈으로 쳐다보았지만 적개심은 느껴지지 않았다.

플랫과 한자에게 다행이었던 것은 현재의 그녀가 '사악한 마물의 마력으로 현현했다'는 데에 꺼림칙함을 느끼고 있다는 것과 동포가 아닌 세이버, **그것도 하필이면** '사자심왕'과 협정을 맺은 상태라 첫째 날에 비해 다른 이를 바라보는 기준이 관대해졌다는 점이다.

하지만 그럼에도 그녀에게는 그녀 나름대로 물러설 수 없는 선이 있었다.

"…한 가지, 묻겠다. 어떠한 방법으로 바깥으로 나가는 길을 열 셈이냐?"

무거운 목소리로 물음을 내뱉었다.

제아무리 플랫이라도 '아, 이건 대답 잘못하면 사망 플래그 서겠다'라는 느낌에 순간적으로 대답을 망설일 수밖에 없었고….

그러던 중에 스피커 모드로 전환된 채 방치되어 있던 제단 위의 휴대전화가 그녀의 물음에 답했다.

[되도록 험한 일은 피하기로 방침을 굳힌 참이다. 네가 소녀를 해하면서까지 바깥으로 나가겠다면 우리는 그것을 막을 수단이 없겠지만, 다른 방법이 있으니 들어 주었으면 하는군.]

"…누구냐?"

[그곳에 있는 청년의 후견인 같은 것이다. 그 자리에 없는 내 언동을 믿으라는 것은 내가 생각해도 너무 뻔뻔한 짓 같지만….]

"…….."

잠시 생각한 끝에 어새신은 경계심을 완전히는 풀지 않은 채로 물었다.

"목숨을 구할 수 있는 길이 있다면, 그것은 위대한 분의 뜻이겠지. 이야기를 들어는 보지."

어새신이 일단 이야기를 들어 볼 자세를 취하자 플랫과 손목시계 형태가 된 버서커는 안심했다.

하지만 그런 분위기를 깨부수기라도 하듯 앳된 구석이 남은 목소리가 미적지근한 바람과 함께 방 안에 들이닥쳤다.

"…무리야, 누나."

"!"

일동이 목소리가 난 방향으로 시선을 돌렸다.

그러자 그곳에는 검은 아지랑이 같은 연기가 있었고, 그것이 서서히 여러 가지 색으로 물들며 한 사람의 인간의 모습을 이루어 나갔다.

"그런 '길'은, 이 **츠바키가 만든 세계에는** 존재하지 않거든."

아직 작은, 앳된 구석이 남은 소년.

하지만 그 몸에 두른 흉흉한 마력이, 그가 겉모습으로 판단해도 될 존재가 아님을 말해 주고 있었다.

그 모습을 본 한자는 들으라는 듯이 혀를 차고서 입꼬리를 치올렸다.

"이거, 이거. 호텔에 있을 때처럼 마력을 숨기지 않아도 되는 건가? 제 발로 나타나 정체를 밝히다니, 여유가 넘치는군."

"아까 누가 보는 낌새를 느꼈거든. 나는 너를 경계하고 있어, 대행자. 두 번이나 같은 수법이 통할 거라고는 생각하지 않는 데다…."

소년은 쿡쿡, 징그러운 미소를 지은 채 시선을 한자에게서 어새신에게 옮기며 황홀한 표정으로 말을 자아냈다.

"빨리 어새신 누나의 여러 가지 감정을 보고 싶었거든…?"

그가 그렇게 말한 순간, 어새신은 이미 움직이고 있었다.

두르고 있는 마력과 표정을 보고, 그것이 자신을 소환한 흡혈종 제스터 카르투레라는 것을 알아챈 것이다.

검은 외투가 바닥을 훑듯 질주하더니 그 안에서 뻗어 나온 손날이 소년의 목을 포착했다.

칼날 같은 손가락은 분명 제스터의 몸을 꿰뚫었지만, 아무런 반응도 느껴지지 않았다.

"?!"

안개가 되어 허공에 흩어진 소년의 몸이 조금 떨어진 장소에서 재구성되었다.

하지만 재구성되었을 때는 이미 소년의 모습이 아닌, 경찰 부대와 병원 앞에 나타났던 청년 흡혈종의 모습이 되어 있었다.

"하하하하하! 설마 적인 그대 앞에 멍청하게 본체로 나타날 줄 안 건가? 귀엽군, 어새신. 물론 나도 본체로 오고 싶었지! 정답이야! 마음이 통한다고 해도 될 것 같지만 그건 둘째 치고, 그 기대를 배신해 미안하군, 사랑스러운 어새신이여! 하지만 이쪽도 애통한 심정으로 가짜 몸을 보낸 것이야. 이해해 주겠나?"

제스터는 황홀함과 슬픔이 섞인 목소리로, 자아도취에 빠져 발언을 계속했다.

아마도 도발이 아니라 진심이리라고 생각하는 한자의 뒤에

서, 전화로 연결되어 있는 2세의 당황스러운 목소리가 들려왔
다.

　[이봐라, 플랫. 내가 지금, 무슨 소릴 듣고 있는 거냐?!]

　"잘은 모르겠지만… 사랑 고백 같아요!"

　그런 사제의 대화는 들리지도 않는다는 듯, 제스터는 어새신
을 의식하며 깨진 창문을 등진 채 즐거운 듯 두 팔을 펼쳤다.

　마치 공연을 시작하기 전에 관객에게 인사를 하는 지휘자 같
은 동작으로 제스터가 깊숙이 고개를 숙이는가 싶더니….

　그의 등 뒤에서, **세계가 뒤틀렸다.**

×　　　×

폐쇄된 세계. 중앙교차로.

"무슨 일이지?!"

　세이버와 경찰들은 케르베로스와 검은 이형들에게 사방으로
포위된 채 교착상태에 빠져 있었다.

　으스스한 영창 같은 말을 거듭하는 마수와 일진일퇴의 공
방을 펼치고 있었지만, 세이버가 질문을 던진 이후부터 상대
는 이쪽을 적극적으로 공격할 낌새를 보이지 않고, 이쪽이 교

차로에서 이동하지 못하게 하려는 듯한 움직임을 취하고 있었다.

하지만 수십 초 전부터 그 상태에 변화가 발생했다.

상황이 변했다는 수준이 아니라, 세계 그 자체가 변화를 시작한 듯한 느낌이었다.

새것 같은 콘크리트 건물들의 모든 틈새에서 쥐 떼가 쏟아지고, 검은 모래먼지 같은 색으로 물든 바람이 건물 사이로 부는 것이 보였다.

까마귀 떼가 주변에 난무하고, 죽음을 상기시키는 것이 교차로뿐만 아니라 눈에 보이는 도시 전체를 뒤덮기 시작했다.

동시에 마수들의 공세가 거세졌고….

도시의 모든 그림자에서 영창처럼 들려오던 말의 무리는, 이제 외침이 되어 아야카 일행의 고막을 찢을 듯 울렸다.

그것은 마치 이 세계 자체가 지르는 고통의 비명 같았다.

동시에… 갓난아기의 첫 울음소리 같기도 했다.

【이곳은】【죽음의 길이다】

【명부다】【황천길이다】

【그것은 심판】【그것은 복음】

【영원한 안녕이다】【괴로움이다】

×   ×

폐쇄된 세계. 상공.

쿠루오카 츠바키와 관계된 결계세계.

도시라는 범위로 폐쇄된 한정 공간이기는 하지만 그 하늘에도 한계가 있었다.

푸른 하늘은 현실 세계의 모습을 결계의 경계면에 투영하고 있을 뿐, 만약 지상에서 비행기나 헬리콥터로 탈출을 시도한다 해도, 도보로 도시 밖으로 향했을 때와 마찬가지로 뒤틀린 공간 안에서 제자리로 돌아오게 될 터였다.

하지만 그 '하늘'이 지금, 조용히 침식되고 있었다.

낡은 집의 천장에 비가 새어 얼룩이 퍼지듯 조금씩, 하지만 확실하게 그 '변이'는 퍼져 나갔다.

그리고 이윽고 하늘의 일부가 갈라지더니….

그곳에서 손을 맞잡은 한 쌍의 남녀가 나타나, 그대로 자유낙하를 개시했다.

"아아! 조금 늦었나? 빨리 가자, 빨리~!"

"그래, 그래! 축제가 벌써 시작된 모양이야!"

모습을 드러낸 두 인물, 진 캐스터 진영인 프란체스카와 프랑수아는 연인 사이처럼 손을 잡은 채 거꾸로 뒤집힌 자세로 떨어졌다.

두 사람의 눈에 거울상처럼 재현된 스노필드가 비쳤다.

하지만 그 세계는 이제 완전히 스노필드와 괴리되어 가고 있었다.

도시 중앙 근처에서 색이 점차 사라지더니, 칠흑빛 어둠이 확산을 개시했다.

지상에서 일어난 검은 그림자는 검은 구름이 되어 도시의 하늘을 뒤덮기 시작했다.

솟구치고 있는 칠흑의 적란운 안으로 돌입한 두 프렐라티는 즐거운 듯, 신이 난 듯 그 구름 속에서 웃어 댔다.

천둥소리 대신 울리는, 이 결계세계 그 자체의 외침을 들으며.

　【평온하라】
　【고통에 몸부림쳐라】
　【황천길은 나의 종이 되어】
　【나의 주인을 지키리라】
【성배를】
　【성배를】
【나의 주인의】
　【나의 벗의 손에】
　　【성배를】

"멋져, 멋져~! 속이는 맛이 있는 세계일 것 같아!"

이 상황에서 프란체스카는 눈을 반짝반짝 빛내며 검은 구름 속에서 외쳤다.

이윽고 두 사람의 낙하 속도가 급격히 줄어들더니, 최종적으로 공중에 두둥실 떠올랐다.

영령이 행사할 수 있는 최고 수준의 환술을 사용해, 세계의 물리법칙을 속이는 반칙에 가까운 수법이었다.

"아하하! 쉬운걸! 이 세계를 속이는 거! 아무래도 꿈이 기반이라 그런 것 같지만!"

프렐라티의 말에 프란체스카가 생글생글 웃으며 충고했다.

"하지만 조심해야 해. 꿈이 기반이라는 건, 그걸 꾸고 있는 아이의 마음에 따라 얼마든지 변화할 수 있다는 뜻이니까~"

구름 밑바닥을 뚫고 밤처럼 깜깜해진 세계를 눈 아래로 바라보며, 프란체스카는 이벤트가 시작되기를 기대하는 어린애 같은 얼굴로 웃었다.

"아직 살아 있었으면 좋겠다, 사자심왕! 아서왕의 열성 팬 군!"

그리고 마지막 대사는 호흡을 맞춰 둘이 동시에 내뱉었다.

"네가 절망할지, 아니면 분노에 사로잡힐지… 벌써부터 기대돼 죽을 것 같아!"

×   ×

폐쇄된 도시. 크리스털 힐. 최상층.

【나는 검】【나는 짐승】【나는 갈증】【나는 기아】
　　【나는 죽음을 옮기는 자】【나는 죽음을 연주하는 자】
　　　　【나는 죽음】【나는 죽음】【죽음】【죽음】【죽음】

감정 없는 외침이 최상층의 주변 공간을 가득 메웠다.

세계 그 자체가 하나의 생명체가 된 듯 외치며 도시를 검게 물들여 나간다.

어새신은 눈이 휘둥그레졌고, 플랫은 눈을 빛내며 손목시계 며 휴대전화에 대고 뭐라 외치고 있었으며, 한자는 수녀들에게 손짓으로 진형을 구축하라고 지시하며 무거운 투로 중얼거렸다.

"저 표현… 설마 그럴 리는 없겠지만….."

한자는 입장상 어느 예언서의 한 구절을 떠올리지 않을 수 없었다.

어쩌면 그에 가까운 일화를 지닌 역사상의 인물일 가능성도 있겠지만, 좀 전에 엘멜로이 2세가 이야기했던 【개념】이라는 단어가 머리를 스쳐 한 가지 추측에 도달했다.

"죽음의 구현화… 종말의 네 기사인 죽음의 청기사*—페일라이더인가…?"

한편 어새신은 이 상황에서 즐거운 미소를 짓고 있는 제스터의 분신에게 외쳤다.

"무슨 짓을 했지…?"

"음? 아아, 이건 내가 한 짓이 아니야. 이미 알 테지? 이 세계는 내가 만들어 낸 것이 아니야. 그렇다면 이 아름다운 변화를 일으키고 있는 자도…."

"그런 것을 묻고 있는 것이 아니다!"

제스터가 말하려 하는 바를 어새신은 이미 알고 있다.

그리고 그는 자신이 이곳에 있다는 사실을 알면서도 굳이 찾아와 도발하고 있는 것이다.

하지만 도발이라는 것을 알면서도 어새신은 분노를 쏟아 내지 않을 수 없었다.

"그 소녀에게 무슨 짓을 한 거냐!"

분노로 가득한 외침을 들은 제스터는 가슴에 손을 얹고서 어새신에게 황홀한 눈빛을 보내며 공손하게 고개를 숙였다.

"아아, 고맙군…. 정말이지 너무도 기뻐! 증오가 되었든 무

※죽음의 청기사 : '묵시록'에는 Pale Rider of Death, 죽음의 청기사, 혹은 창백한 말의 기수라고 표현되어 있음.

엇이 되었든, 그대의 감정이, 인간으로서의 본심이 느껴지는
외침이었어. 그대는 지금 똑바로 나를 보고 있지. 쿠루오카 츠
바키에게 정신이 팔려 있는 듯하지만, 그것도 곧 끝날 테니 되
었어."

"무슨 짓을 한 거냐고 물었다!"

"딱히 아무것도?"

입가를 비열하게 일그러뜨리며 제스터는 어새신에게 말했
다.

그야말로 사랑의 고백이라도 하듯 감정을 담아, 상대의 일거
수일투족을 살피며.

"나는 그저 그 아이의 등을 떠밀어 준 것뿐이야."

"이이가 아이답게, 장대한 꿈을 좇을 수 있도록."

Fate strange Fake

막간
『미인과 바다, 소녀와 용병』

10분 전. 폐쇄된 도시. 쿠루오카 저택.

시그마는 당황스러웠다.

일단 츠바키와 이야기를 해 보고자 찾아갔지만, 언제 낮잠에서 깨어났는지 거실에서 사라진 뒤였다.

아버지인 유카쿠가 2층으로 찾으러 간 동안 시그마는 1층을 찾고 있었는데, 문득 열려 있는 마술적인 비밀문이 보이기에 그대로 안에 들어갔다.

그 결과 지하공방 안에서 츠바키의 모습을 발견하기는 했지만, 묘한 존재가 츠바키와 같은 방에 있는 것이 아닌가.

붉은 옷을 걸친, 명백하게 현대 미국의 분위기와 동떨어져 있는 존재였다.

"…종교재판?"

혹시 이것이 '새까망 씨'라는 것의 진정한 모습일까 싶었지만 너무도 분위기가 달라, 붉은 옷을 보고 떠오른 단어를 엉겁결에 말하고 말았다.

말한 직후, 시그마의 머릿속에 어릴 적 동포의 얼굴이 떠올랐다.

'람다.'

자신을 두고 '절친한 친구'라고 말했던 그를 죽인 후에 본 것이 그 종교재판을 다룬 코미디 영화였다는 사실을 떠올린 시그마는 마음속에 모래가 섞인 듯한 위화감을 느끼며 자신의 오른팔에 장착한 마술예장을 손가락으로 훑었다.

"…누구냐?"

"이런, 너는 '사로잡히지' 않았구나. 한 가지 확인을 하마. 너는 이 소녀의 적이냐? 아니면 아군? 물론 음과 양으로 명확하게 나눌 수 있는 것도 아니거니와 상황에 따라 달라질지도 모르겠지만…. 내가 만약 폭도일 경우, 너는 이 아이를 지킬 것이냐를 묻는 것이야."

"…현재로서는, 지킬 생각이다."

시그마는 경계심을 유지한 채 솔직하게 답했다.

어새신과의 원활한 동맹을 위한 일이라고 마음속으로 재확인한 후, 츠바키를 보호할 수 있는 위치로 천천히 이동했다.

그러자 그 붉은 옷을 입은 미인은 안심한 투로 말했다.

"아아, 다행이구나! 뭐라고 해야 할지, 너는 굳이 말하자면 지배자를 지킨다기보다는 죽이는 쪽 같은 눈을 하고 있어서 불안했는데, 그렇다면 안심이구나! 나도 이 아이의 편이니 안심하거라. 큰 배에 올라탔다 생각하고 마음 푹 놓거라. 오히려 나는 배를 가라앉히는 쪽의 존재였지만, 신경 쓰지 말고! 가라앉은 곳이 해신의 보금자리일 때도 있었으니. 요즘 식으로 말하면 용궁인가?"

코미디언이라도 된 것처럼 마구 말을 쏟아 내는 미인의 모습에 시그마는 어째서인지 친근감을 느꼈다.

'평소와 같은 임무였다면 만일을 위해 처리하거나 도망쳤겠

지만….'

'지금은 자유롭게 움직이는 것이 임무였지.'

그렇게 생각한 시그마는 완전히 경계심을 풀지는 않고 이야기를 들어 보기로 했다.

자유롭게 움직이기 위해서는 보다 많은 정보가 필요하다고 생각했기 때문이다.

"이야기를 들어 보지. 당신은 뭐지?"

"아아, 네가 현명해서 다행이구나! 하지만 유감이군, 나는 슬슬 **다시 가라앉을 테니.**"

"?"

"마물이 이쪽으로 올 거다. 녀석이 오면 자동적으로 병마의 화신도 츠바키를 주시할 테지. 그렇게 되면 나의 존재를 완전히 숨길 수 없어."

시그마는 이상한 소리를 해 대는 미인에게 무슨 뜻이냐고 물으려 했지만, 그 모습이 마치 신기루처럼 엷어지기 시작했다는 사실을 알아채고 숨을 죽였다.

"왜 그래?!"

츠바키가 놀란 얼굴을 하자 미인은 포근한 미소를 지은 채 말했다.

"아아, 괜찮다. 또 잠시 숨바꼭질을 하려는 것뿐이니."

소녀를 안심시키고자 그런 소리를 한 후, 미인은 다시 시그마를 쳐다보며 츠바키가 끌어안은 노궁을 가리킨 채 말을 이었다.

"그 노궁, 너나 늘 츠바키와 함께 있을 듯한 이에게 전해 다오. 츠바키에게서 떨어뜨려서는 아니 돼. 나는… '교鮫'라고 불러 다오. 그 노궁이 있으면, 이 세계 안에서라면 그 소녀를 지키는 데 어떻게든 힘을 빌려줄 수 있을지도 몰라."

"무슨 소린지 모르겠는데. 당신 대체 뭐야?"

"이야기하자면 길지만, 간단히 말하자면…. ……? 가만, 너에게서 어째서 '그것'의 기척이 희미하게 느껴지는 것이지? 혹 **바깥세계의 하늘을 날고 있는 '그것'과 인연이 있는 건가?**"

"!"

시그마는 다시 한번 숨을 죽였다.

'아는 건가…? '워처'를….'

"아아. 이런, 한계구나. 그 노궁을 총명한 마술사에게라도 보여 주거라. 그렇게 하면 나에… 관해…. 아아, 아아, 꼭 좀 부탁하마! 츠바키를 지킨다는 이 소망을……."

결국 말을 끝맺지 못한 채 자신을 '교'라고 소개한 미인의 모습은 흔적도 없이 사라지고 말았다.

츠바키가 멍하니 주변을 두리번두리번 둘러보는 가운데, 시그마는 복잡한 얼굴을 하고 생각했다.

'대체 뭐였지? '워처'가 무엇인지 알고 있는 것 같았는데….'

시그마 본인도 잘 알지 못하는 자신의 서번트에 관한 중요한 정보를 캐낼 수 있을 듯했지만, 사라져 버린 것을 어쩌겠는가.

'우선 이 노궁은 가지고 있도록 할까….'

시그마는 츠바키에게 억지웃음을 지어 보이고는 "내가 들게."라고 말하고 그 노궁을 받아 들었다.

그는 알지 못했다.

그것이, 바로 그것이 쿠루오카 가문이 성배전쟁을 위해 준비한 '촉매'인 동시에, 마술사들의 의도에서 크게 벗어나는 모양새로 츠바키의 영령을 부르는 마중물 중 하나가 된 존재라는 것을.

여러 존재가 밀집된 현재의 스노필드에서 운명은 복잡하게, 때로는 직접적으로 얽히고 있었다.

"어라?"

좋은 운명과, **나쁜 운명**을 가리지 않고.

"츠바키, 그 형, 누구야?"

천진한 목소리가 계단 쪽에서 들려왔다.

뒤를 돌아보니 그곳에는 한 소년이 있었다.

'?'

'누구지? 정신지배를 당하고 있는 낌새가….'

긴장감을 유지한 채 시그마는 소년을 관찰했다.

이 세계에서 정신지배를 받고 있지 않다는 것만으로도 경계할 이유는 충분했기 때문이다.

259

그런 시그마와 대조적으로 츠바키는 안심한 듯 말했다.

"아, 제스터 군! 와 있었구나!"

오싹.

마술사용자로서 쌓아 온 경험이, 기억을 불러일으키기도 전에 시그마의 온몸을 전율케 했다.

한 박자 늦게 시그마의 머릿속에 목소리가 울렸다.

어젯밤 이 결계도시에 끌려오기 직전 들었던 목소리가.

'내 이름은 제스터야, 제스터 카르투레!'

목소리도 겉모습도 달랐지만 우연이라고 치부할 수 있을 정도로 시그마는 낙관적인 성격이 아니었다.

어새신에게 자신의 이름을 밝히던 모습을 떠올린 순간, 소년은 이미 시그마의 곁에 있었다.

'운이 좋았는걸. 츠바키 앞에서 너를 죽일 수는 없거든.'

시그마에게만 들릴 정도의 목소리로 제스터는 미소를 띤 채 중얼거렸다.

'조용히 있어. 나는 저 아이의 '친구'거든. 나를 공격하면 '새까망 씨'가 곧바로 너를 제거할 테고, 나도 무슨 짓을 할지 몰라.'

츠바키가 "시그마 오빠야!"라고 자초지종을 설명하는 것을 미소를 띤 채 들으며, 소년 제스터는 시그마에게 경고했다.

"……."

시그마는 침묵한 채 온몸에서 땀을 흘렸다.

소년의 모습으로 변할 수 있다는 정보는 워처를 통해 사전에 들었다.

하지만 실제로 보니 상상했던 것보다 훨씬 훌륭한 '변신'이어서, 츠바키가 이름을 부르지 않았다면 바로 연결 짓지 못했을 것이다.

그것만으로도 눈앞에 있는 소년이 자신보다 훨씬 수준 높은 존재라는 사실을 실감할 수 있었다.

'이 녀석… 목적이 뭐지?'

상대의 의도를 도통 알 수가 없는 시그마의 앞에서 소년의 모습을 한 제스터는 상쾌한 미소를 지은 채 주변 광경을 둘러보았다.

"헤에, 여기 굉장하다. 뭔가 비밀기지 같아."

"으, 응. 아빠랑 엄마 방이야."

수줍어하며 답하는 츠바키를 보고 시그마는 고개를 갸웃했다.

'공방에 관한 이야기는 비밀로 하라는 암시를 걸지 않은 건가?'

'혼수상태가 되어 해제된 건지, 아니면 다른 요인 때문인지.'

약간 논점이 어긋난 생각을 하고 있다는 자각은 있었지만, 할 수 있는 것이 그런 생각밖에 없어 한심스러울 따름이었다.

임무의 성패와는 상관이 없지만 자신이 생존할 가능성에는 큰 영향을 끼칠 상황이다.

수면과 식사, 다시 말해서 쾌적한 생존을 바라는 시그마로서는, 이곳에서 처참하게 흡혈종에게 살해당하는 일은 피하고 싶었다.

그럼에도 상대의 목적조차 모르는 현재로서는 움직일 방법이 없다고 생각했지만.

흡혈종이 취한 행동은 지극히 단순했다.
츠바키와 이야기했다.
결과만 보면 그저 그뿐이었다.

그리고 그 단순한 행동의 결과가, 이 세계를 하나의 종말로 이끌게 되었다.

×   ×

시그마 오빠, 왜 아무 말도 안 할까.
아까 봤던 예쁜 사람은, 어디에 숨은 걸까?
맞아, 나중에 제스터 군이랑 같이 찾아봐야지!

"있잖아, 츠바키."
"왜, 제스터 군?"

"우리 아빠한테 들은 얘기인데. 너네 아빠랑 엄마가, 엄청 높은 마술사래."

"!"

어떡해.

어쩌면 좋아.

그러고 보니, 마술사라는 건 비밀이라고 했는데.

"괜찮아, 다른 사람들한테는 비밀이라는 거 아니까. 그래, 나랑 츠바키만의 비밀이야!"

"…정말로?"

"그럼, 정말이지. 거기 있는 형도 괜찮아, 마술을 아는 사람이거든."

"그렇구나!"

시그마 오빠가 응, 이라고 말했어.

그렇구나, 그래서 아빠랑 사이가 좋아 보인 거였어.

시그마 오빠도 '마술사'였구나.

그나저나 역시 제스터 군은 다정해.

태어나서 처음으로, 내 친구가 되어 줬잖아.

혹시 제스터 군도 마술사인 걸까?

"있잖아, 츠바키."

"왜애?"

"츠바키는, 아빠랑 엄마의 일을 돕고 싶은 거지?"

"응!"

"어떻게 하면 츠바키네 아빠랑 엄마가 기뻐해 줄까?"

"!"

"사랑받고 싶으면, 착한 아이가 되어야 하잖아."

맞아.

나는, 엄마랑 아빠의 일을 도와야 하는데.

맨날맨날 잠만 자도, 되는 걸까?

그림책을 읽어 주거나, 맛있는 케이크를 만들어 주거나 했는데.

나도, 제대로 해야 해. 제대로, 제대로 해야 해. 나, 나는.

"같이 생각해 보자. 츠바키네 아빠랑 엄마는, 평소에 뭐라고 했어?"

"으음…."

'우리는 언젠가…….'

'그래, 츠바키. 그게 우리의 대망大望이란다.'

'암, 그 보석옹 같은 ………가….'

'아무리 그래도 그건 비현실적이야. 이미 그 자리는 남아 있지 않다는 게 정설이잖아?'

'무얼, 언령言靈에는 힘이 있다고. 불가능하다 해도 그걸 목표로 할 수는 있잖아.'

'암시 같은 거구나.'

'그래, 맞아. 츠바키, 이건 네게 거는 첫 번째 암시다.'

'쿠루오카 가문이 언젠가 ………를 배출하게 되기를, 아빠와 엄마는 바라고 있단다.'

뭘까.

아빠랑 엄마가, 어려운 소릴 했었는데.

하지만….

맞아, 기억났어!

마술사보다, 굉장한 사람!

신데렐라를 공주님으로 만든, 그 사람!

"맞아! 이제 알겠어!"

"어라, 벌써 알아낸 거야? 츠바키 너 정말 굉장하다."

"응, 나는 있지…."

"아빠랑 엄마를 위해서, **마법사가 되고 싶어!**"

"그렇구나, 그거 멋지다, 분명 다들 기뻐할 거야."

와아, 제스터 군도 기뻐 보여.
다행이다. 이게 맞았구나!

"나, 열심히 해서 마법사가 될래!"
"그래, 분명 될 수 있을 거야. '새까망 씨'도 도와줄 테니까."
"응!"

…어라?
왜 저러지?
시그마 오빠… 어쩐지 무서운 표정을 짓고 있어.

×　　　　×

그것은 의지를 지니지 않은 하나의 시스템이었다.

자신의 소망은 없고, 그저 마스터를 위해 자신의 능력을 행사하는 기계.

도구로서는 올바른 존재방식이지만, 사역마로서는 의견이 갈릴 영령.

하지만 자신의 의지를 지니지 않고, 세계의 섭리의 일부를 구현화한 것이기에 강력한 힘을 행사할 수 있는 【그것】은, 지금 이 순간 마스터의 소원을 정식으로 수락했다.

'마법사가 되고 싶어.'

츠바키를 지키는 영령은 확실히 그렇게 인식했다.

그것이, 그것이야말로 자신의 마스터인 쿠루오카 츠바키의 장기적인 소원이라고.

아버지, 어머니와 사이좋게 지내고 싶다.

동물과 살고 싶다.

도시에서 다른 사람들이 나가지 않게끔 하고 싶다.

화재에 휩말려 든 사람들을 대피시키고 싶다.

그러한 단기적인 '소원'은 모두 영령 자체의 힘으로 대응할 수 있었다.

하지만 '마법사가 된다'는 것은 자신의 시스템에 갖춰진 능력을 훌쩍 뛰어넘는 소원이다.

마술이라면 가능하지만 마법은 그렇지가 않다.

평범한 사역마라면 아무리 지혜가 있다 해도 '불가능하다'라고 답했을 것이다.

하지만 츠바키의 서번트이자 수호자인 영령 페일라이더는 달랐다.

영령으로서 지식을 부여받았기에 가능성을 가지고 있었던

것이다.

'성배'라는 가능성을.

그것도 확실한 길은 아니다.

그러나 아무리 확률이 낮다 해도 '죽음'의 개념인 서번트, 페일라이더는 그 길을 제시한다.

대성배의 작성과 함께 세계에서 소실된 제3마법.

마법이란 이치의 바깥에 있는 것이기에 이치의 내부에 있는 원망기를 사용한다 해도 재현이 불가능하다.

하지만 그 자체가 성배와 이어져 있는 제3마법만은… 가능성이 있다.

그 성배를 자신을 통해 츠바키에게 이식함으로써 이치를 순환시킨다.

대성배의 설계도가 된 '그릇'의 마술회로 그 자체를 재현할 수 있다면, 어쩌면….

가능성은 한없이 낮다.

헛소리에 가까운 이야기다.

하지만 페일라이더는 그것을 인식했다.

마스터인 쿠루오카 츠바키의 '꿈'으로서.

그리고 이 순간부터, 페일라이더는 자신의 역량을 최대한 활용하여 자신과 융합시킨 '츠바키의 꿈'을 근간으로 하는 세계를 재구성한다.

목적을 달성하기 위한 수단을 위해.

성배전쟁에 승리하여 대성배를 손에 넣기 위해.

가장 빨리 스노필드에 강림한 그 영령이….

이 순간, 드디어 참전을 결정한 것이다.

온 세계를, '죽음'의 기운으로 뒤덮으며.

Fate strange Fake

20장
『몽환은 현실이 되어』

프란체스카 프렐라티가 성배전쟁과 관계를 맺게 된 이유는 제2차 세계대전 도중에 미국 조직에게 의뢰받은 해석 때문이었다.

본래 시계탑에 잠복시켰던 디오란도 가문의 인간이 참전하여 패배하기는 했으나, 그 성배전쟁이라는 의식이 극동의 지방 의식이라고 하기에는 너무도 특이한 것이라는 분석 결과가 보고된 터였다. 그와는 별개로 국가의 마술적 발전을 위해 접수한 토지에 도시 하나를 만드는 계획이 진행되고 있었는데, 제3차 성배전쟁의 보고로 인해 '그 땅에서 같은 일을 재현해 보자'라는 방향으로의 이행이 결정되었다.

그를 위한 구체적인 조사를 위해 시계탑과는 인연이 없으면서도 유능한 마술사들이 소집되었고, 프란체스카는 질긴 인연으로 엮여 있던 인간의 추천이라는 형태로 협력하게 되었다.

'후유키에 공폭까지 해서 조사했구나. 호들갑스럽기는. 왜 그렇게까지 했담?'

처음에만 해도 프란체스카는 그다지 내키지 않았지만 실제로 후유키의 성배전쟁을 관측한 이후부터 그녀(당시에는 그)의 태도는 돌변했다.

제4차 성배전쟁.

시계탑의 로드가 참살되고 마술세계와는 인연이 없던 전투기 등도 소실되는 사태로 인해 의식을 은폐하느라 성당교회가 유독 고생을 했다는 사연이 있는 사건이다.

프란체스카는 각지에 심어 둔 정보망을 통해 특이한 일이 일어날 듯한 장소를 관측하고, 그 정보를 다른 장소에서 일어나고 있는 사건에 던져 넣어 혼란을 일으키는 일을 '취미'로 삼고 있었는데, 그녀(육체에 따라서는 그)가 오랜 세월 동안 모으고 있던 것 중, 그 극동의 의식에 관한 정보는 유독 이상했다.

차례로 관측되는 경계기록대―고스트라이너.

마술사들과 마술사용자, 그리고 성당교회까지 엮인 음모.

그리고 두 명의 '낯익은 이'의 존재.

한 명은 자신의 마술 스승인 정령들이 사랑하고, 스승의 스승인 몽마 계열 남자가 이끌었다고 전해지는 '왕'이다. 프란체스카와는 전혀 관계가 없었지만 스승들의 수견水見의 속삭임으로 그 모습만은 본 적이 있었다.

하지만 그쪽은 프란체스카에게 그다지 흥미롭다 할 만한 존재가 아니었다.

'별의 성검 사용자까지 불러낼 수 있는 의식인가' 싶어서 놀라기는 했지만, 의식이 끝나면 사라지고 마는 존재이기 때문에 정말로 인격까지 재현된 것인지 어떤지까지 확인할 수가 없었기 때문이다.

하지만 **또 한 명의 지인의 모습**, '부르타뉴의 귀족 기사'인 질 드 레의 모습을 망원 술식으로 확인했을 때, 프란체스카는 넋이 나가서 옷만 대충 걸쳐 입고 남극에서 일본으로의 여행길에 올랐다.

그때 진행하고 있던 다른 작업을 모두 내동댕이쳐 가면서까지 달려갔지만… 준비가 부족했기 때문에 개입을 해 보기도 전에 성배가 파괴된 모양이라, 프란체스카는 결국 자신의 맹우와 한 번도 얼굴을 마주치지 못했다.

벌레를 부리는 마키리 당주의 실력을 얕보았던 탓도 있으리라.

아마도 사역마의 존재는 그냥 못 본 척해 준 것이었던 모양이다. 도시로 가는 길에 수없이 많은 벌레가 배치되어 있었던데다, 끝내는 노인의 모습을 한 마인에게 직접 격퇴당하는 바람에 프란체스카는 그때 사용하던 육체를 파기할 수밖에 없었다.

'벌레한테는 환술이 잘 안 먹히니까~'

'준비만 더 했어도 토지를 통째로 속여서 숨어들 수 있었을 텐데….'

'아아, 질, 질, 전쟁은 재미있게 즐겼을까아?'

그리고 그렇게 투덜대던 모습이, 시계탑으로 향하기 전의 팔데우스에게 목격되었다.

제5차에는 반드시 개입할 생각이었지만, 몇 가지 요소가 겹쳐 그러지 못했다.

한 가지 이유는 4차 당시 방해를 했던 마토 조켄이 외부자용

결계를 강화했기 때문에 관측 그 자체를 할 수 없었다는 것이다.

또 다른 이유는 성당교회 신부의 외적에 대한 대처가 매우 좋았다는 것이다.

그리고 또 다른 이유는 준비 기간 중에 후유키를 조사하고자 하던 참에, '일곱 개 이상의 마안이 같은 선상에 있는 듯한 기묘한 기척'이 느껴져 섣불리 도시에 접근할 수가 없었다는 것이다.

그러한 이유들로 인해 토지에 대한 접근을 최소한으로 줄일 수밖에 없었다.

거기에 쐐기를 박은 이유 중 하나는 아오자키 토우코라는 관위冠位, 즉 그랜드의 마술사에게 육체를 계속해서 살해당하는 도중이었다는 것이다.

때문에 프란체스카는 제5차 성배전쟁의 결말을 모른다.

결과에 관한 소문만은 언뜻 들었지만 구체적으로 후유키라는 토지 안에서 어떠한 '전쟁'이 일어났고, 어느 진영이 어떠한 결말을 맞이하였는가를 그녀는 파악할 수가 없었다.

하지만 그거면 충분했다.

프란체스카는 참을성 있게 성배의 구조를 관찰했고, 5차 성배전쟁이 개최될 때까지 간신히 손에 넣은 대성배의 마력의 파편이며 제4차 성배전쟁 때 일어난 '후유키 대재해'의 터에서 발굴한 '진흙' 등, 여러 가지 요소를 조합해서 스노필드에 가짜 성배를 만들어 냈다.

하지만 가짜는 가짜다.

유스티차라는 성배전쟁의 조상, 그 마술회로를 온전한 형태로 소재로 쓰지 않는 이상 대성배를 완전히 재현하는 것은 불가능하다. 아무리 완성도를 높여도 가짜에 불과하다.

하지만 영령, 서번트, 경계기록대―고스트라이너.

기적인지 신의 변덕인지, 가짜 성배전쟁의 토대가 된 토지는 그 여러 이름으로 불리는 '힘'을 현현시키는 단계까지 도달하고 말았다.

그렇다면. 프란체스카는 생각했다.

앞으로는 그냥, 우연에 기대어 시행착오를 반복하게 될 것이라고.

인류가 멸망할 때까지 수천 번, 수만 번을 반복하면 언젠가는 고용주가 바라는 결과에 도달해, 자신의 소원이기도 한 '인류의 기술발전에 의한 마법의 소멸'에도 도달할 수 있을지 모른다.

프란체스카 프렐라티라는 마술사는 마술사라기보다는 이치에 따르지 않는 마물 같은 것이라 할 수 있었다.

그렇기에 그녀는 생각했다.

영령을 부를 수 있다면, 그 영령들로 최고로 재미를 봐야겠다고.

그리고 현재, 그녀는 가슴이 뛰고 있었다.

전설의 성검 사용자는 어째서인지 후유키의 성배전쟁에 몇 번이나 현현했다고 한다.

이 가짜 성배전쟁에 그 대신 나타난 것은, 그 영웅을 동경했던 한 사람의 왕이었다.

그 때문에 프란체스카 프렐라티는 그 '동경'을 더럽히고 싶어 죽을 지경이었다.

빛나는 자에게서 빛을 빼앗으면, 과연 그 자리에는 무엇이 남을까.

오로지 그것을 확인하기 위해 프렐라티'들'은 꿈속에서, 계속해서 낙하했다.

나타나는 것이 아무리 추악하고, 애처롭고, 가엾어도…….

자신들만은 그것을 인간의 형태로 사랑하리라고 굳게 다짐하며.

×   ×

과거. 1189년. 프랑스 서부.

"그 뭣이냐, 너는 정말로 아서왕을 좋아하는구나."

주변의 분위기와 맞지 않는 차림새를 한 남자가 기묘한 자동 주행 수레 아래로 들어가 달그락달그락 무언가를 만지며 그렇게 물었다.

그러자 물음을 받은 리처드는 소년 같은 미소를 지으며 답했다.

"그렇지 않아, 생제르맹! 아서왕뿐만이 아니라고. 원탁의 기사도 좋아하고, 샤를마뉴의 전설도 엄청 좋아하지! 베오울프왕의 그렌델 퇴치 이야기를 들으면 가슴이 뛰고, 그림자의 나라에서 수행하고 싶다고 생각한 적도 한두 번이 아니라고!"

"알렉산더 대왕도 좋지. 아마 너와는 전장에서 웃으며 치고받을 수 있을걸."

"정말이야?! 그거 영광인걸! …뭐, 하지만 확실히 내가 주로 충성을 맹세하는 전설이 있다면, 마음의 시조왕인 아서왕의 개가凱歌라는 것은 부정할 수 없지."

"마지막에 가서는 가족에게 배신당해 죽었는데?"

비아냥거리듯 말하며 수레 아래에서 얼굴을 내민 남자, 생제르맹에게 리처드는 당연하다는 듯이 답했다.

"물론이지. 나는 모드레드 경도 엄청 좋아한다고. 그 엄청난 아서왕을 친 대단한 기사니까. 전설을 끝나게 한 자 역시 전설이라 할 수 있을 테고 말이야."

"아아, 그렇군. 그렇긴 하지."

생제르맹은 주변을 둘러보며 쓴웃음을 지은 채 고개를 끄덕였다.

많은 기사와 보병이 정렬한 가운데, 궁정마술사 비슷한 위치에 있는 한 사기꾼이 리처드에게 들리지 않을 정도의 목소리로 중얼거렸다.

"너도 이제… 친아버지를 치러 갈 거니 말이야."

사자심왕 리처드 1세의 인생은 아서왕에 대한 동경과 함께였다.

전설에 대한 집착을 말해 주는 에피소드는 일일이 헤아릴 수조차 없고, 그의 자유분방한 성격은 둘째 치고 기사도 정신과 같은 규범은 그러한 여러 전설 속에서 배양된 것이라 해도 과언이 아니다.

직접 영웅들의 유물을 수집하러 다니는 일도 많았는데, 글라스톤베리에서 발견했다는 엑스칼리버가 과연 진짜였는지, 아니면 전설에 대한 집착이 보게 한 환상이었는지는 이제 알 방도가 없다.

다만 수백 년 후의 프랑스 궁정에서 왕후 귀족들을 앞에 두고, 검 자체는 둘째 치고 '칼집'만은 정말로 발견했다고 말한 이가 있었다.

성검을 세계의 침식으로부터 지키던 그 위대한 칼집에 경의를 표하며, 직접 최고의 봉인처리를 해서 아서왕과 관계된 땅에 바쳤다고.

그리고 그것도 한낱 소문일 것이라는 세간의 평가 속에서 수백 년이 더 경과하여….

×   ×

현재. 폐쇄된 도시. 중앙교차로.

"이봐… 뭔가 눈빛이 변했는데, 이 녀석들?"

경찰 부대 중 한 명이 식은땀을 흘리며 말했다.

"진정하세요. 수비를 굳힌 채 돌파구를 찾는다는 방침에는 변함이 없습니다."

냉정한 얼굴을 하고는 있었지만, 그들의 지휘를 맡은 벨라도 상황이 심각하다는 것은 알았다.

"돌파구라고 한들…."

다른 경찰이 벨라의 걱정을 그녀 대신 말로 옮겼다.

"도망칠 곳이… 있긴 한 거야?"

이제 시야 안에 보이는 도시 전체가 검은 그림자에 침식되었고, 대지에는 쥐 떼가 쉬지 않고 돌아다녔으며 하늘은 검은 바람과 까마귀로 가득했다.

그리고 그때까지 소극적이었던 케르베로스들의 움직임이 공세로 전환되었다.

격렬한 공격 속에서 경찰들이 아직 무사한 이유는 존이 아직 캐스터에게 받은 '힘'을 행사할 수 있어서, 맨손임에도 간신히 견제를 할 수 있기도 하거니와 케르베로스를 비롯한 마수들이 그들을 거들떠보지도 않았기 때문일 것이다.

마수들은 영령인 세이버를 중점적으로 노리고 있는 듯했는데, 지금까지는 감정이 느껴지지 않았던 공격 속에서 명백한 살의 같은 것이 느껴졌다.

"무슨 일이 있었던 모양이야! 그 여자애가 무사하면 좋겠는데!"

사방에서 날아드는 검은 이형들의 공격을, 세이버는 케르베로스의 발톱으로 떨쳐 냈다.

그리고 마수의 아가리가 그 틈을 찌르는 모양새로 날아들었다.

자신의 키보다 훨씬 크게 벌어진 아가리가 빠른 속도로 닫혔지만 세이버는 그것을 종이 한 장 차이로 피했다.

하지만 케르베로스의 머리는 셋이다.

죽음의 기요틴이 세 번 연속으로 떨어진다.

세이버는 통나무를 걷어차듯 두꺼운 이빨을 박차 두 번째 공격을 피했고, 이어서 날아든 세 번째 머리를 공중에서 방향을 틀어 흘려보냈다.

하지만 등 뒤에서 다른 개체가 그 타이밍을 노리고 달려들어, 발톱에 의한 참격으로 세이버의 몸을 날려 버렸다.

"...큭!"

그대로 세이버의 몸이 검은 아지랑이에 뒤덮인 건물에 처박혀, 유리와 콘크리트 파편이 주변에 날렸다.

"세이버!"

날아가는 세이버를 보고 아야카가 외쳤다.

'달라.'

'평소의 세이버에 비해, **움직임이 둔했어!**'

'역시 어젯밤에 입은 상처가 아직…!'

아야카는 자신의 어리석음을 저주했다.

세이버는 머신 건의 탄환처럼 날아드는 금빛 영령의 보구조차도 계속해서 피했지만, 현재 그의 움직임은 그때보다 명백하게 거북해 보였다.

치유 마술로 회복했다고는 했지만 역시 한 번 죽을 뻔한 상처이다 보니 완치가 되지는 않았던 모양이다.

아야카는 마술이라는 것에 어두웠기 때문에 '잘 모르겠지만 마술을 썼다면 이제 완전히 회복됐겠지'라고 믿고 말았던 것이다.

생각해 보니 좀 전에 '여차하면 자신이 더러운 일을 하겠다'는 세이버답지 않은 발언을 아야카에게 한 이유는, 자신이 오래 살아남을 수 없다는 사실을 깨달았기 때문이 아닐까 싶었다.

아야카는 그런 부정적인 생각을 쉼 없이 하며, 세이버가 처박혀 흙먼지가 피어오르고 있는 건물로 달려갔다.

하지만 세이버 다음으로 케르베로스들이… 아니, 이 '세계'가 주목한 것은 세이버의 마력 공급원. 다시 말해 아야카였다.

"어…."

마수 중 한 마리가 아야카에게 달려들었다.

하지만 그 아가리를, 사이에 끼어든 경찰 부대가 대형 방패며 핼버드 보구를 사용해 막아 냈다.

"멈추지 말고 가!"

"어째서…."

정전停戰 중이라고는 해도 어째서 본래는 적의 진영인 자신을 목숨 걸고 구한 것일까.

그런 눈으로 바라보는 아야카에게 경찰 중 한 명이 말했다.

"이런 게, 진짜 우리 일이니까."

"…고마워요!"

아야카는 간신히 목소리를 쥐어짜내고서 그대로 건물 안으로 뛰어들었다.

등 뒤를 흘끔 쳐다보자, 그곳에서는 경찰들이 마수의 공격에 쓸려 나가고 있었다.

그 뒤에는 깊은 부상을 입고 땅바닥에 쓰러져 있는 경찰들의 모습도 보였다.

세이버가 사라지고 불과 몇 초 만에 완전히 균형이 무너진 것이다.

존과 벨라가 건투하고는 있지만 이대로 가면 몇 분도 안 되어 전멸하리라.

그런 광경을 보고 만 아야카는 눈물을 흘리며, 세이버가 처박힌 것으로 짐작되는 층을 향해 깜깜한 실내의 계단을 뛰어올랐다.

'왜, 나 같은 걸….'

'난 아무것도 못 하는데.'

'나는, 마스터조차 아닌데.'

'마스터 같은 게….'

'아니. 아니아니아니.'

'나는 되지 못한 게 아니야. 되지 않은 거지.'

'또 도망친 거야, 나는.'

'이제 갈 곳도 없는데!'

겁 많은 자기 자신에게 화를 내며 아야카는 다리의 근육이 끊어질 것 같음에도 하염없이 달렸다.

영령과 마술사들에 비하면 자신은 약자에 불과하다는 사실을 아야카는 안다.

그리고 설령 같은 인간들과 비교한다 해도 자신이 약하다는 사실도, 그 이유도 알았다.

성별도 나이도 상관없다.

여기서 말하는 강함에 그런 차이는 무의미하다는 것을 아야카는 알았다.

자신이 약한 이유는 단순하다.

'나는 애초에… 강해지려 하지 않았어. **강해지고 싶지 않았어…**'

'도망치는 편이 훨씬 편했으니까.'

그리고 세이버가 있을 것으로 추측되는 층에 도달하려던 찰나, 계단 위에 선 붉은 그림자가 보였다.

아야카는 숨을 죽였다.

이곳은 평범한 건물이다.

당연히 엘리베이터가 있다.

눈앞에 나타난, 환각인지 망령인지도 모를 '빨간 두건'을 앞에 둔 아야카의 온몸이 전율했다.

'무서워.'

'무서워, 무서워, 무서워무서워무서워무서워. 싫어싫어싫어싫어싫어.'

뼈가 삐걱대고 배 속이 타는 듯 뒤틀리고 목 안쪽에서 구역질이 났다.

하지만.

그럼에도 다리를 멈추지 않았다.

"…비켜."

한계에 달한 다리로 한 계단 한 계단, 관절과 근섬유에 채찍

질을 하며 아야카는 계단을 올랐다.

그녀는 눈물을 흘리며 시선을 위로 올려 '빨간 두건'을 노려보았다.

"나를 죽여도 좋아, 저주해도 좋아. 분명 너한테는, 그럴 권리가 있을 테니까."

이 결계 안의 세계는, 순식간에 구석구석까지 죽음으로 가득해졌다.

결과적으로 그 과도한 죽음의 냄새가, 죽음에서 계속해서 도망쳐 온 아야카의 공포심을 마비시킨 것일지도 모른다.

"나는 네가 무서워, 하지만…."

"……."

붉은 후드의 그림자 아래로 간신히 보이는 얼굴의 일부, 다시 말해 빨간 두건의 입이 벌어져 아야카에게 뭐라 말하려 했다.

하지만 아야카는 개의치 않고 걸음을 옮겨, 빨간 두건의 옆을 지나치려 했다.

"지금은, 세이버에게서 도망치는 게 더 무서워."

순간.

빨간 두건의 입가가 움직여, 아야카에게만 들릴 정도의 목소리로 속삭였다.

"…■ ■ ■ ■ ■."

"뭐…?"

그 말을 듣고 엉겁결에 고개를 돌렸지만, 이미 그곳에 빨간 두건의 모습은 없었다.

잠시 당황한 후, 아야카는 두 손으로 자신의 얼굴을 찰싹 때리고서 세이버를 찾기 위해 부서진 벽을 향해 걸어 나갔다.

"아아… 뭐야, 여기까지 온 거야, 아야카?"

세이버는 그곳에 있었다.

처음 오페라하우스에서 만났던 때처럼, 당당한 모습으로 서 있었다.

하지만 그때와 달리 그는 피범벅이 되어 있었다.

교회가 무너졌을 때처럼 쓰러져 있지는 않았지만 케르베로스의 발톱에 찢긴 것인지 갑옷 중 일부가 깨져, 그곳에서 선혈이 뚝뚝 흘렀다.

"세이버…!"

"그런 표정 짓지 말아 줘, 이 정도 상처는 아무것도….."

"그 말은 벌써 세 번째인지 네 번째인지 모르겠지만, 나도 각오를 굳혔으니까 닥치고 들어!"

"네."

진지한 아야카의 표정에, 세이버는 자신이 부상을 당했다는 것도 잊고 얼떨결에 고개를 끄덕였다.

"세이버… 너, 내 마력을 쓰지 않으려고 힘을 억제하고 있지?"

"……."

"나는 이미 너한테서도, '성배전쟁'에서도 도망칠 수 없어. 너와 함께 싸우기로 결심했다고! 언제 결의했느냐 하면, 방금 전이지만! 그건 미안해!"

"아, 응. …네."

화를 내며 솔직하게 사과한다는 신기한 짓을 하는 아야카에게 세이버는 반사적으로 고개를 끄덕였다.

최근 며칠 동안 생각한 끝에, 아야카는 깨달은 것이다.

모든 것을 겁내고 도망친 끝에 무엇이 있을까.

자신이 처한 상황은, 그런 문답이 성립하기 이전의 문제지만… 바로 이곳이 그렇게 도망친 끝에 도달한 곳이다.

도망쳐 온 곳에 무언가가 있다면, 이곳에서 찾아내는 수밖에 없다.

"내가 마력을 모두 빨려서 죽는다면, 그래도 좋아! 아니, 좋지는 않지만, 이런 곳에서, 무슨 일이 일어나고 있는 건지도 모른 채 세이버랑 같이 죽는 것보다는 훨씬 나아! 그러니까, 나는 내가 할 수 있는 일을 할래!"

밖에서 들려오는 전투로 인한 소리를 들으며 아야카는 세이버의 손을 잡고서 자신의 몸에 새겨진 영주 같은 것 중 하나에 가져다 댔다.

"만약 세이버가, 나한테서 마력을 받는 것에 대한 대가를 주겠다면… 내게 싸우는 법을 알려 줬으면 해. 돌을 던지는 법이

든 뭐든 좋아. 그게 거치적거린다면 마력을 늘리는 방법이나 사용하는 방법 같은 거라도 좋아!"

아야카가 진지한 얼굴로 말하자 세이버는 순간적으로 눈을 내리깐 후, 역시나 진지한 얼굴을 하고서 아야카에게 답했다.

"네 마음은 기쁘고, 너는 강해. 하지만⋯ 지금의 나는, 네게 답을 줄 수 없어."

"?"

"너는 싸울 결심까지 해 줬는데, 나는 아직 목숨과 기사도를 걸고, 타인의 소원을 짓밟아 가면서까지 성배를 바랄 이유를 찾지 못했어. 그렇다면 나의 목숨은 전쟁에서 승리하기 위해서가 아니라, 너를 지키는 데 사용해야겠지. 어제까지는 내 호기심과 양립할 수 있을지도 모른다고 착각했었지만⋯ 그 금번쩍이 녀석 덕분에 착각이란 걸 뼈저리게 깨달았어."

그 말을 듣고 아야카는 생각했다.

역시 세이버는 부상을 입었다.

육체적인 상처뿐이 아니다. 황금빛 영령과의 전투는 그 자신의 마음에도 못을 박은 것이다.

세이버는 타인을 두려워하지 않는다. 결코 황금빛 영웅에게 진 일로 그 남자에게 살해당할지도 모른다고 겁을 먹은 것은 아니었다.

그것은 아야카도 이해할 수 있었고, 지금도 그러할 것이다.

하지만 '성배에 빌 소원'을 가지고 있지 않은 지금의 세이버

에게는 두려움도 없지만, 사자와도 같은 마음을 성배전쟁에
쏟을 목적도 없었다.

때문에 전투에 마음을 불태우지 못하고 있는 것이리라.

알고 지낸 지 며칠밖에 되지 않았지만 아야카는 세이버의
그러한 기질을 지긋지긋할 정도로 알게 되었다.

"그러니, 내가 사라지는 것은 상관없어. 하지만 휘말려 든
너를 살리는 게 최우선 목표야. 너의 안전을 확보한 후, 남은
마력으로 그 금빛 왕에게 재도전할 수 있다면 최고겠지만."

"소원 같은 건 뭐든 상관없어! 성배를 팔아 돈으로 바꾸고 싶
다 해도 나는 뭐라고 안 할 거야! 왜, 음악을 '좌座'인지 천국인
지로 가지고 돌아가겠다고 했잖아. 그런 어린애 같은 소원이라
도 괜찮다고!"

아야카의 말에 세이버는 다시 한번 눈을 내리깔고서 쓴웃음
을 지었다.

"…좌는 둘째 치고, 나는 천국에 없어."

"?"

"나는 영령, 결국은 세계에 새겨진 그림자니 실제로 어떨지
는 모르겠지만…. 천국이 있다면 내 영혼은… 인류가 멸망하는
그날까지 연옥에서 계속 불탈 거야."

"……?"

그게 무슨 뜻이냐고 물으려던 참에 건물의 벽이 또다시 무너
졌다.

"!"

두 사람이 시선을 돌려보니 그곳에 마수의 입 세 개가 나란히 있었다.

케르베로스는 어느샌가 더욱 거대해져서, 마치 특촬 영화의 머리 셋 달린 마수를 연상케 하는 모습이 되어 있었다.

침이 바닥에 뚝뚝 떨어지자, 거기에서 순식간에 독초가 자라났다.

【죽어라―잠에 들어라.】

세 개의 머리가 동시에 말하며 건물에 위치한 방을 통째로 물어뜯으려던 그 순간,

세이버와 아야카가 움직이기도 전에 작은 조각 하나가 두 사람과 마수 사이를 굴러갔다.

"?"

아야카가 고개를 갸웃했다.

갑자기 케르베로스의 머리 셋이 모두 멈췄기 때문이다.

세 개의 마수의 머리에 자리한 여섯 개의 눈은, 모두 바닥을 굴러간 작은 덩어리를 쳐다보고 있었다.

그것이 무엇인지, 생명의 위기를 느끼던 좀 전의 상황과는 너무도 어울리지 않는 그것의 정체를 알아챈 아야카가 엉겁결에 중얼거렸다.

"…쿠키…?"

그것은 달콤한 벌꿀 향이 나는, 어느 슈퍼에 가도 팔고 있을 듯한 쿠키 하나였다.

케르베로스를 비롯한 모든 존재가 침묵한 공간.

그곳에, 역시나 상황에 어울리지 않게 밝은 분위기를 띤 목소리가 울렸다.

"케르베로스를 끌어들인 건 재미있지만 실수란 말이지~"

"이렇게나 약점이 유명한데 말이야!"

소년과 소녀의 목소리는 실로 즐거운 듯해서, 마치 위기에 처한 아야카 일행의 모습을 슬래셔 무비의 한 장면으로 보는 관객들 같았다.

실제로 그 두 사람은 팝콘을 옆에 끼고 시판품인 구운 과자며 초콜릿을 먹으며 현장에 나타났다.

천장에 구멍이 뻥 뚫리더니 그곳에서 우산을 펼친 채 영화 속 캐릭터처럼 두 사람이 내려섰다.

"안녕, 만나서 반갑다고 해야 하나? 사자심왕 군하고… 잘은 모르겠지만 마력이 엄청난 여자애!"

고스로리풍 드레스를 입은 소녀가 방긋 웃으며 우산을 돌렸다.

펼쳐진 채 빙글빙글 도는 우산 옆에서 매우 비슷한 얼굴의 소년이 공손하게 고개를 숙였다.

"…묻고 싶은 건 많지만…."

당황한 아야카의 심정을 대변하기라도 하듯 세이버가 의아하다는 얼굴로 두 사람에게 물었다.

"어째서, 건물 안에서 우산을 쓰고 있는 거지?"

"아니, 그건 아무래도 좋잖아."

전혀 자신의 심정을 대변하지 못한 물음에 아야카가 자신도 모르게 눈살을 찌푸렸다.

하지만 우산을 돌리던 소녀는 눈을 빛내며 가슴을 편 채 말했다.

"잘 물어봐 주셨습니다! 역시 멋진걸, 너? 그런 식으로 반응해 주는 사람이 난 너무 좋더라!"

그런 소녀의 말을 이어받는 모양새로 소년이 두 팔을 펼치며 말했다.

"답은 간단해."

"지금부터 이곳에, 비가 내릴 거거든!"

다음 순간. **건물 안에 대량의 쿠키와 사탕 봉지가 쏟아지기 시작해**, 잿빛이었던 바닥을 화려한 빛깔로 물들여 나갔다.

동화나 만화 속에나 나올 듯한, 현실에서는 있을 수 없는 광경이다.

조금 전까지 죽음으로 가득했던 분위기와는 전혀 다른 의미에서 비현실적인 공간으로 변화한 풍경 속에서, 아야카는 이번에야말로 말문이 막혔다.

심지어는 서서히 그 빗방울 대신 떨어지던 과자 봉지가 커지기 시작해, 마치 자동차 처리장에 쌓인 폐차더미처럼 과자 봉지가 천장이 높은 실내에 쌓여 나갔다.

무엇보다도 그녀를 놀라게 한 것은….

움직임을 멈췄던 케르베로스가 다시 코를 킁킁거리는가 싶더니, 그 거대화한 과자를 봉지째 먹어치우기 시작한 것이었다.

"너희는, 대체…."

상황이 이해되지 않아서 아야카는 세이버의 옆에서 소년과 소녀에게 물음을 던졌다.

그러자 소녀가 우산으로 과자 비를 튕겨 내며 입을 열었다.

"묻고 싶은 건 난데 말이야~? 필리아는, 어디서 너 같은 애를 찾아낸 걸까…?"

"아! 그 사람을 알아?! 그 사람, 지금 어디 있어?!"

자신을 이 도시로 억지로 이끈 하얀 여자.

상대가 그 지인이라는 사실을 안 아야카는 경계도를 높이며 물었지만, 이번에도 의미를 알 수 없는 말만 돌아왔다.

"아하하하! 이제 어디에도 없을걸? 몸은 남아 있지만 말야! 엉겁결에 말 걸지 않도록 조심해야 해? 불경하다거나 볼품없다는 이유로 보석으로 바꿔 버릴지도 모르거든!"

"?"

"뭐, 됐어. 내 이름은 프란체스카. 여기 있는 애는 프랑수아야. 이 성배전쟁에서 진짜 캐스터 진영이랑 흑막이랑 물주랑 트러블메이커를 총괄하고 있다고… 말하면 대충 알아들으려나? 알아듣겠지?"

"???"

더더욱 당혹스러워하는 아야카의 옆에서 세이버가 고개를 끄덕였다.

"그래, 전혀 모르겠지만 도와줘서 고맙군. 전승을 통해 케르베로스는 꿀로 버무린 밀가루에 사족을 못 쓴다는 것을 알고는 있었지만 수중에 없었거든."

"굉장하지 않아? 과자를 주면 죄인을 못 본 척해 주는 파수견의 이야기가 현대까지 전해 내려오고 있다니 말야."

프란체스카는 깔깔대며 웃고서 밖을 보았다.

아야카는 퍼뜩 정신이 들어 과자에 정신이 팔린 케르베로스를 경계하며 바깥으로 시선을 돌렸다.

그러자, 밖에도 마찬가지로 과자로 된 비가 내리는 광경이 펼쳐져 있었고, 케르베로스들은 하나같이 산더미처럼 쌓인 쿠키에 홀려 있었다.

"아아, 참참. 감사 인사를 할 필요는 없어."

"우리는 너희를 더럽히러 온 거거든."

의문의 두 사람은 생긋 미소를 지으며 말했다.

"뭐?"

아야카는 눈살을 찌푸리고서 상대가 어떻게 나올지를 관찰했다.

그러자 거꾸로 그런 아야카를 관찰하며 프란체스카가 말했다.

"헤에? 카슐라 군한테 살해당할 뻔했던 첫 번째 날에 비해 꽤 강해졌네에?"

"…카슐라… 설마, 오페라하우스에 있던 녀석의 동료?!"

"맞아, 맞아. 그때는 살아 있기도 귀찮다~ 싶은 얼굴을 하고 있었는데. 영웅인 사자심왕 군에게 이끌려서 너 자신도 강해진 거야? 아니면 강한 사람 옆에 붙자마자 당당하게 구는 여우였던 거야? 어느 쪽이야?"

"뭐…?"

갑자기 그런 소리를 하는 바람에 아야카는 후자가 아니라고 단언하지 못하고 머뭇거렸다.

하지만 그 대신 세이버가 자연스럽게 솔직한 의견을 말했다.

"무슨 소릴 하는 거야? 아야카는 애초부터 강했고, 강하든 말든 믿을 수 있는 녀석이 옆에 있으면 든든하다고 느끼는 건 당연한 일이잖아. 그리고 아야카는 확실히 여우처럼 늠름한 눈을 하고 있지만, 정원이나 농원을 헤집거나 고양이인 척을 해서 사람을 속이지도 않아."

"진심으로 그런 소릴 하다니, 멋져라! 역시 멋진걸, 너~!"

"아하. 과연, 확실히 이거 좋은 임금님인걸! 순간순간을 자신의 이치만으로 움직이고 있어!"

프란체스카의 비아냥거림이 통하지 않았지만 두 사람은 어째서인지 만족스럽게 말했다.

두 사람은 다시 한번 아야카를 쳐다보더니 빙글빙글 춤을 추듯 움직이며 말했다.

"좋은걸. 부러워어. 아야카라고 했던가?"

"너는 좋은 임금님을 만났어! 강해질 만도 하고, 믿을 만도 하겠지!"

"그렇기에 미리 너희에게 사과해 둘게? 미안, 미안!"

"뭐, 용서해 주지 않아도 돼. 용서해 주겠다면 친하게 지내자! 뭐, 너희의 몸을 상처 입히겠다는 뜻은 아니니까 안심해도 돼! 괜찮지?!"

두 사람이 자신들을 도발하는 듯한 소리를 계속하자 결국 울컥한 아야카가 뭐라고 한마디 하려 했다.

"잠깐, 그게 대체 무슨 소리…."

하지만 다음 순간.

"지금부터 살짝, **임금님의 동경을 짓밟아 주려는 것뿐이야.**"

프란체스카가 우산을 번뜩이자, 세계가 휙 뒤집어졌다.

그것은 아름다운 성이었다.

관광지처럼 정비되지는 않았지만 주변에 있는 문과 안에 보이는 정원에는 공들여 손질을 한 흔적이 남아 있었고, 낡은 돌벽 등도 오히려 장엄한 분위기를 자아내어 깊은 숲이라는 장소와 환상적인 조화를 이루고 있었다.

"…어, 어라?"

아야카의 떨리는 입술에서 뒤틀린 목소리가 새어 나왔다.

몇 초 전까지 자신들은 분명 건물 안에 있었다.

하지만 지금은 무기질적인 콘크리트도 유리 조각도, 무엇보다 산더미처럼 쌓인 과자와 그것을 먹어치우는 마수의 모습마저도 완전히 사라져 있었다.

마치 애초부터 그런 것은 세계에 존재하지 않았다는 듯이.

하지만 아야카의 목소리가 뒤틀린 이유는 세계의 광경이 뒤바뀌어서가 아니었다.

세계가 뒤집히는 광경이라면 이미 얼마 전에 보았기 때문이다.

그녀의 심장 고동이 빨라지고 온몸에서 땀이 배어나기 시작한 이유.

그 이유는… 그녀가 이 광경을 본 적이 있기 때문이다.

"말도 안 돼…. 이건… **후유키에 있는 성**…."

"후유키?"

옆에서 목소리가 들려와, 아야카는 놀라 시선을 돌렸다.

그러자 좀 전과 같은 위치에 세이버가 있었다.

"앗! …다행이야! 너, 무사했구나?!"

"그래, 깜짝 놀라기는 했지만. 이건… 생제르맹 녀석이 보여 줬던 '프로젝션 맵핑'이라는 것보다 굉장한걸. 환술이야. 풍경 뿐 아니라 바람의 냄새와 흙의 온도를 비롯한 모든 것이 완벽하게 우리의 인식을 속이고 있어."

"환술…? 순간이동 같은 게 아니라?"

"그래, 아마도 우리는 어디로도 이동하지 않았을 거야. 경찰들도 없는 것을 보면 속이고 있는 것은 공간이 아니라 우리의 오감 쪽인 것 같아. 내 동료 마술사가 이런 거에 빠삭하거든."

「헤에, 흥미로운걸. 그 친구 마술사라는 사람.」

자신을 프랑수아라고 소개한 소년의 목소리가 들려 아야카는 주변을 둘러보았다.

하지만 목소리는 나도 모습이 보이지 않는 가운데, 이번에는 프란체스카의 도발적인 목소리가 들려왔다.

「체엣. 순간이동이라고 믿게 해서 놀려 주려고 했는데, 시시해애.」

"아니, 대단해. 이 정도로 정교한 환술은 생전에도 본 적이 없어. 대단한걸. 내 궁정마술사가 되지 않겠어? 본래 그 역할을 맡았던 생제르맹 녀석은 불러도 답이 없거든. 귀하게 쓸게."

「…있지, 잘못 들은 것 같기는 한데, 아까부터 종종 불쾌한 이름이 나오는데?」

「그러게. 아아, 하지만 이 임금님은 그 변태 얼간이 사기꾼 만나러 갈 법하긴 하니까.」

프란체스카 일행이 조금 전까지 신이 나 있던 목소리의 톤을 노골적으로 낮춘 것을 들은 후 세이버는 담담하게 말을 이어 나갔다.

"아니, 변태 얼간이 사기꾼은 너무하지 않아? 그 녀석은 기껏해야 그랜드 이상야릇 무용지물 귀족이라고."

"그게 더 심한 말 아니야?"

꿈속에서 그 '생제르맹'을 본 아야카는 그 이상 딴죽을 걸지는 않았다. 그리고 어느 정도 긴장이 풀린 아야카는 냉정하게 생각했다.

"그래… 내 고향의 환상을 보여 줘서, 뭘 어쩌려는 건데?"

「어? 아아, 너 후유키 출신이구나?」

"뭐?"

필리아 일행을 아는 듯했기에 자신을 표적으로 한 환술이라고 생각했지만, 아무래도 아닌 모양이다.

그렇다면 어째서 후유키의 풍경을 보여 준 것일까?

그렇게 생각한 아야카의 등 뒤에서 변화가 일어났다.

무언가 거대한 물체가 날아드는 소리가 들려오는가 싶더니, 아야카 일행의 옆을 스쳐 지나는 모양새로 천둥소리를 내며 '그것'이 숲의 대지를 유린했다.

그대로 성 안으로 이어지는 문으로 향한 것은 커다란 소가 끄는 한 대의 마차였다.

아야카로서는 '마차'라고밖에 표현할 수 없었지만, 리처드는 그것이 무엇인지 한눈에 알아보았다.

"방금 그건… 전차… 채리엇인가? 번개를 두른 소… 설마, 비제뇌우飛蹄雷牛―갓 불?! 그렇다면 저건 고르디아스의 왕, 아니….."

수많은 영웅들의 전승을 탐닉했던 세이버는 그것이 무엇인지, 그리고 그것을 모는 이가 누구였는지를 순식간에 알아챘다.

고대 전장을 질주하는 전차에는 두 명의 남자가 타고 있었다.

한 명은 붉은 수염을 보기 좋게 기른 거한에 척 보아도 호방뇌락豪放磊落한 분위기를 두르고 있었다.

"이것 참… 진짜는 전승과 달리 거구라고 듣기는 했지만, 생제르맹 녀석이 이야기를 부풀린 게 아니었군…!"

"아는 사람이야?"

"그래… 내 예상이 맞다면… 저건, 마케도니아를 기점으로 대륙을 유린했던 패자, **알렉산더 대왕이야**…!"

'알렉산더 대왕? 들어 본 적이 있는 것 같은데….'

아야카는 영웅전설에 어두워서 사자심왕과 마찬가지로 '이름은 들어 본 적 있다' 정도의 인식밖에 없었지만 어린애처럼 눈을 빛내고 있는 세이버를 보니, 그것이 역사상의 인물… 그것도 세이버보다 과거에 존재했던 영웅이라는 것은 알 수 있었다.

'그럼 저것도 서번트일까…?'

그녀는 심상치 않은 분위기를 느꼈지만, 그 붉은 머리 남자의 옆에서 비명을 지르고 있던 청년의 모습이 떠올라 아주 약간 안심했다.

검은 머리에 동안인 그 청년에게 아야카는 자신과 마찬가지로 '마술사답지 않은 존재'라는 점에서 동질감을 느낀 것 같았다.

×　　　×

폐쇄된 도시. 크리스털 힐. 최상층.

[과자 봉지가 비처럼 쏟아지고 있다고…?]

당혹스러운 엘멜로이 2세의 목소리가 휴대전화 스피커에서 메아리쳤다.

플랫을 통해 주변 상황을 전해 들은 2세는 곧바로 상황을 파악하고서 견해를 내놓았다.

[그렇군… 베일에 가려진 명계에서도 이질적인 존재였던 케르베로스의 특성을 이용한 것인가…. 하지만 어떠한 계통의 마술이 되었든 광범위하게 그런 바보 같은 상황을 일으킬 수 있는 것은 상당히 수준 높은 마술사뿐일 터… 서번트일 가능성이 크다.]

그런 냉정한 말이 들려오는 가운데 제스터의 분신은 얼굴을 찌푸리며 짜증스럽게 외쳤다.

"치잇! 환술사인가! 쓸데없는 짓을 하다니!"

'실제로 죽은 자를 여럿 끌어들이면 저 신수는 더더욱 본연의 힘에 가까워질 수 있을 터….'

'이 의식이 행해지고 있는 토지가 준비할 수 있는 마력 자원에 따라 달라지기야 하겠지만, 잘만 하면 상위 클래스 서번트와 동등한 전력이 될 수 있었을 텐데….'

제스터는 흠, 하고 생각을 하더니 다시 입꼬리를 올렸다.

"기껏 지금까지 준비한 것이 아까우니. 조금은 도움을 주도록 하지."

"네놈, 무슨 짓을…!"

창문으로 들이친 이형의 존재를 베며 어새신이 외쳤다.

"간단해. 일단 교차로에 있는 경찰들을 몰살시켜 과자 대신 케르베로스의 위장에 억지로 처넣을 거야. 단지 그뿐이지."

"그런 짓을… 큭…."

어새신이 달려 나갔지만 검은 연기 같은 이형의 존재가 그녀를 방해하려는 듯 무수히 솟아나 앞을 가로막았다.

"아아, 이 녀석들은… 아니, 이제 이 세계는 서번트를 우선적으로 노리고 있는 것 같으니 조심하라고. 거기 계신 그 유명한 살인귀 공도 말이야."

제스터가 플랫이 장착한 손목시계를 바라보며 말했다. 그 말에는 어쩐지 경애심 같은 감정도 담겨 있는 듯했지만, 그 사실을 알아챈 것은 당사자인 잭뿐이었다.

「…충고에는 감사하도록 하지.」

자신의 존재를 간파당했다는 사실에 속으로 혀를 차며 잭은 염화로 플랫에게 말했다.

(어쩔 건가, 플랫. 할 수 있겠나?)

(음~ **조금만 더 하면** 돼요.)

버서커 진영이 그런 대화를 나누고 있다는 사실도 모른 채, 제스터는 황홀한 얼굴로 어새신을 계속해서 도발하고 있었다.

"후후, 내가 저 경찰 부대를 죽이는 것이 신경 쓰이나? 그대도 경찰서에서 녀석들과 살육전을 벌였을 텐데. 그런데 내가 저들의 목숨을 가지고 노는 것을 막으려는 이유는 무엇이지? 케르베로스가 파워 업하는 것이 싫어서 그러는 것으로는 안 보이는데."

"…네놈이 활개를 치게 두고 싶지 않은 것뿐이다."

"아니, 아니지! 그대는 저 경찰 부대가 쿠루오카 츠바키를 구하려 한다는 사실을 알고, 적이기는 해도 나름의 경의를 표하게 된 것이지? 그래, 알다마다. 그대에 관해서라면 뭐든 알 수 있지. 하지만 그대는 아직 마술사들이라는 족속을 잘 몰라."

"닥쳐라!"

숨기고 있던 대거를 투척했지만 조금 전과 마찬가지로 제스터의 몸을 통과할 뿐이어서, 이 자리에 제스터의 본체가 없다는 사실만 재확인하게 되었다.

"마술사는 궁극의 합리주의자지. 끝내는 쿠루오카 츠바키를 죽이는 길을 선택할 거야. 하지만 그게 정답이라고, 어새신. 이 결계세계의 폭주는 곧 결계 밖… 현실의 스노필드에도 미칠 테니까! 그렇게 되면 인류사에 이름을 남긴 영웅이라면, 신속하게 가장 희생이 적은 길을 택하겠지! 단 한 명의 소녀만 희생하면 팔십만 명… 아니, 경우에 따라서는 전 인류가 구원을 얻을 수 있어!"

그렇게 말하고도 부족한지 제스터의 분신은 아주 즐겁게 말을 이었다.

"아아, 그대가 아끼던 그 남자 용병이 누구보다도 먼저 츠바키를 죽여 버릴지도 모르지! 그건 그것대로 나쁘지 않겠어! 신뢰했던 남자에게 배신당해, 분노와 절망의 구렁텅이로 떨어지는 그대를 보고 싶군!"

"……"

분노라면 이미 내보이고 있다.

그렇게 말하듯 살기를 실은 시선을 보내며 어새신은 자신에게 들러붙어 있던 이형異形 중 마지막 하나를 깨진 창문으로 내

동댕이쳤다.

분노와 침묵을 두른 어새신과, 황홀한 얼굴로 수다스럽게 떠들어 대는 흡혈종이 대치했다.

하지만 그렇게 두 사람만의 세계에 빠져들려던 참에, 그때까지 침묵을 지키고 있던 한자가 분위기를 깨듯 입을 열었다.

"이봐, 시체."

"…뭐냐, 대행자. 방해하지 마라. 지금 한창 좋을 때란 말이다."

제스터는 짜증스러운 투로 대꾸했지만 한자는 개의치 않고 말을 이었다.

"너는 이전에 경찰서에서 인리를 부정한다고 말했었지? 사도는 인류사를 모욕하기 위해 존재한다고."

"음? 뭐냐? 그런 당연한 사실은 대행자인 네놈이라면 말 안 해도 알고 있었을 텐데."

"인류사의 일부인, 그 어새신은 부정하지 않는 거냐? 확실히 모욕하고는 있지만… 그건 부정에서 비롯된 멸시가 아니지. 너는 그녀에게 매료되었기에, 부정할 수 없었기에 그 일그러진 욕망으로 어새신을 철저하게 모욕하려 하고 있지. 타락시키려 하고 있는 거다. 내 말 틀렸나?"

"…무슨 소리가 하고 싶은 거냐."

표정을 거두고 던진 제스터의 물음에 답하지 않고 한자는 담담하게 다음 말을 꺼냈다.

"그런데 네놈들처럼 높은 수준의 사도를 쓰러뜨리려면 성별聖別한 무기나 특이점 소유자, 혹은 높은 수준의 마술사가 필요하다… 라고 말했던 것은 기억하나?"

"그게 뭐 어쨌다는 거냐? 이 시간벌이에 무슨 의미가 있지? 오히려 시간이 부족한 것은 네놈들…."

제스터의 분신을, 흑건 하나가 통과했다.

그것이 그의 등 뒤에 위치한 벽에 꽂힘과 동시에 한자는 말했다.

"내가 성별한 무기로는, 이 자리에 없는 네놈의 본체에 닿지 않겠지만…."

"?"

"다행히… 높은 수준의 마술사로부터 협력을 얻어내서 말이지, **도로테아.**"

"………………."

순간, 제스터의 시간이 멈췄다.

그 짧은 공백을 찌르는 모양새로 플랫이 마술을 발동시켰다.

"간섭 개시!"

그러자 다음 순간, 마력이 방의 사방으로 퍼지더니 흩어져 몸을 숨기고 있던 수녀들이 지닌 예장에 반사되어 간소화된 마력의 흐름을 형성했다.

그리고 끝으로 한자가 던진 흑건에 집약되는 모양새로 하나
의 마술이 발동했다.

"크헉?! …무슨… 크아아!"

순간, 분신에 불과했던 제스터가 온몸을 파르르 떨며 괴로운
얼굴로 신음소리를 흘렸다.

"?!"

어새신은 당황했다.

마술 그 자체나 제스터에게 유효한 대미지를 입히고 있다는
사실 때문이 아니었다.

신부가 제스터를 '도로테아'라고 부른 순간, 흡혈종의 눈이
노골적으로 휘둥그레지고, 어새신에게서 완전히 의식을 떼었
기 때문이다.

제스터는 바닥에 무릎을 꿇고 핏발 선 눈으로 한자를 노려보
았다.

"네놈들… 무슨 짓을…."

"아… 플랫, 설명해 주도록."

"네! 분신이라고 하기에, 그 마력의 흐름을 더듬어서, 지금
본체 쪽을 공격했어요!"

플랫이 아무렇지도 않게 말하자 제스터는 괴로운 표정을 지
은 채 말했다.

"그럴 수가, 내 것은 평범한 분신이…."

"네! 알아요, 알아! 영혼이라고 해야 할지, 개념의 핵을 각각

따로 준비해서 예장으로 본체에 둘러 변신하고 있는 거죠? 그래서 각 분신도 생각을 하고 자유롭게 움직일 수 있는 거죠? 그리고 그걸 복잡하게 전환하며 위장하고 있는 거라고 해야 할지, 저글링 묘기 같은 짓을 해서 이쪽을 혼란시키고 있는 거라고 해야 할지…. 이야아, 그 패턴을 간파하는 데 시간이 걸려서 아주 혼났어요! 하지만 재미있었어요!"

"간파를… 해? 이 짧은 시간에 말이냐…?"

제스터의 얼굴에 떠오른 표정에서 놀라움이 괴로움을 앞서기 시작했다.

"네놈… 정체가 뭐냐? 일개 마술사가 할 수 있는 일이…. 아아, 젠장, 내가 변신했다는 사실을 어째서인지 **알고 있던** 그 용병도 그렇고… 과연 성배전쟁이군, 그리 호락호락하지 않다는 말인가…."

분신이 이렇게 괴로워하고 있는 것을 보면, 본체 쪽은 지금쯤 움직일 수 없게 되었을지도 모른다.

그렇게 판단한 한자는 플랫이 어떠한 마술을 본체에게 행사한 것인지 궁금했지만, 그건 지금 물을 일이 아니라고 생각을 고치고는 침묵하며 상황을 지켜보았다.

제스터가 그런 한자에게로 시선을 돌렸다.

"하지만 그런 것은 아무래도 좋아…. 지금 중요한 것은 네놈이다, 신부."

"내가 뭔가 했던가? 이름을 부른 것뿐인데 그렇게나 놀라 주니 고맙군. 아아, 지금이라면 인정해 주마. 너, 조금 방심하고 있지 않았나?"

"시치미 떼지 마라! 네놈… 어떻게, 그 이름을…!"

증오와 놀라움이 마구 뒤섞인 목소리로 제스터가 소리치자, 한자는 난감하게 됐다는 듯 한숨을 내쉬며 말했다.

"맞는 정보였나. 이거 정식으로 답례를 할 필요가 있겠는데…. 내 입장상 들통나면 여러모로 좋지 않기야 하겠지만."

"……?"

제스터가 의아해하던 참에, 다른 목소리가 방 안에 울렸다.

[답례는 필요 없네. **우리의 원수에 해당하는 자여.**]

그 목소리는, 한자가 입은 신부복의 주머니에서 들려왔다.

그가 거기에서 꺼내 든 것은 한 대의 휴대전화였다.

시계탑의 로드와 연결된 것과는 다른 그 전화는, 한자의 것이었다.

처음부터 스피커 모드로 되어 있었던 듯한 그 전화에서, 지금까지 계속 침묵하고 있던 것으로 추측되는 통화 상대의 목소리가 울렸다.

우아한, 그러면서도 터무니없는 깊이감이 느껴지는 그 목소리의 주인공은 자신이 한자에게 협력한 이유를 말했다.

[자네가 아니라, 오래된 전우의 후예에게 투자를 했을 뿐이

니.]

"그… 목소리는….”

제스터의 표정이 빠르게 바뀌었다.

혼란, 동요, 분노… 그리고, 절망.

[대가로 폐기물의 처리를 의뢰하려 하네. 그것으로 충분해. 답례를 받을 이유가 없지.]

이쪽의 상황은 전혀 개의치 않는 듯한 그 '목소리'를 들은 제스터는, 내심 식은땀을 흘리며 중얼거렸다.

"어째서….”

그 중얼거림에 한자가 담담하게 추가타를 가했다.

"소개하도록 하지. '협력해 준, 높은 수준의 마술사'다.”

"말도 안 돼…. 어째서 당신이, 이런 짓을…!”

온몸에 퍼진 고통 탓인지 너무나 혼란스러운 얼굴로 제스터가 중얼거리자, 플랫이 긴장감이라고는 느껴지지 않는 얼굴로 말했다.

"아아, 이유를 말씀드리자면 간단해요!”

"뭐라고…?”

"당신만큼 강한 흡혈종이라면 분명 다른 흡혈종들 사이에서도 유명할 것 같아서, 지인에게 물어보기로 했거든요!”

"…뭐?”

제스터는 너무도 무사태평한 말 앞에서 고통조차 잊고, 얼빠진 얼굴로 말했다.

"그리고 흡혈종 지인 중 제가 전화번호를 교환한 사람은, 한 명뿐이었고요."

플랫은 자신의 예상이 맞았다는 사실을 기뻐하는 동시에 엄지를 세워 보이며 통화 상대의 이름을 말했다.

"그랬더니 빙고더라고요! 역시 당신을 알던데요?! 반 펨 씨는!"

×   ×

같은 시각. 후유키 시(환술).

"응? …뭐지? 뭔가 기분 나쁜 낌새가 느껴진 것 같은데."

"기분 탓 아냐?"

고개를 갸웃한 프란체스카 옆에서 프렐라티가 과자를 먹으며 말했다.

쿠루오카 츠바키의 결계세계에서 보구 '나인성螺湮城은 존재하지 않으며, 따라서 세상의 광기에는 끝이 없도다―그랜드 일루전'으로 발동시킨 환술은 두 가지다.

하나는 세이버 일행을 격리 공간에 가두기 위해 이 결계세계 자체를 속이는 환술.

또 하나는 세이버와 아야카의 오감을 속이는 모양새로 행사한 환술이었다.

지금 세이버 일행은 온몸에 VR장치를 장착한 것처럼 후유키 시의 광경을 보고 느끼고 있었다.

프렐라티 일행은 제3자로서 거울을 통해 후유키 시 안에 있는 세이버 일행의 모습을 보며 즐거운 듯 말을 걸었다.

"자아, 자! 너희는 영화를 볼 때 팝콘이랑 추로스 중 뭘 먹니? 준비하려면 지금 해! 도넛이나 핫도그라도 괜찮고! 프랑수아—나도 그렇게 생각하지?"

"와아, 프란체스카—내가 나를 상대로 주도권을 잡으려 하네. 내가 죽었을 때는 그런 게 없었다는 걸 알면서."

"팝콘은 우리가 태어나기 훨씬 전부터 있었다는데~? 이 대륙에는 말야."

"어, 정말? 그럼 어쩌면 신대에도 있었을지도 모르겠네?! 팝콘 끝내준다! 갓god콘이야!"

"굉장한데, 팝콘이라는 거…. 그렇게 역사가 오래된 요리라니, 먹어 보고 싶어."

배에 난 상처를 '동료'의 치유 마술로 치유하며 세이버가 군침을 삼켰다.

"얼마든지 사 줄게. 여기서 나가면 말야."

아야카는 이제 세이버에게 딴죽을 걸지도 않고 스스로 주변 상황을 관찰하고 있었다.

성 안으로 돌진한 붉은 머리의 거한과 그 마스터로 보이는 검은 머리 청년은 아직 파괴된 문 안에서 나올 낌새가 없었다.

주변에 피어난 꽃들이 흔들리지도 않는 것을 보면, 프란체스카나 프랑수아라고 자신을 소개한 이들이 '환술'의 재생을 멈춘 것이리라.

그런 생각을 하던 참에 머리 위에서 또다시 목소리가 울리기 시작했다.

「뭐, 아무렴 어때. 아무것도 안 먹고 집중하는 편이 좋을지도 몰라! 어쨌든 네가 살아 있는 동안에는 절대로 보지 못했을 최고의 쇼를 볼 수 있을 테니까!」

"호오, 그것 참 기대되는걸! 환술이라고 했는데, 저 알렉산더 대왕과 나를 싸우게 하려는 건가?"

「그건 그것대로 재미있을 것 같지만, 이게 환술이란 걸 알아챈 이상 효과도 반감되거든~ 하지만 뭐, 그것보다 훨씬 더 재미있는 거라는 건 보장할게. 네가 본 적도 없는 것을 보여 주겠단 말이야.」

프란체스카가 그렇게 말함과 동시에, 멈췄던 풍경이 다시 움직이기 시작했다.

다소 시간이 흐른 후, 파괴된 대문 안에서 커다란 나무통을 짊어진 붉은 머리의 거한이 고개를 내밀었다.

그리고 역시나 어쩐지 겁에 질린 듯한 소년에 이어 다른 인물이 성 안에서 나타났다.

"저건… 필리아?! 아니, 자세히 보니 다른데….”

아야카가 엉겁결에 그렇게 말했다.

한 사람은 필리아와 같은, 눈처럼 아름다운 은발을 나부끼는 미녀였다.

그 옆에 있는 자는 그 여성보다 몸집이 작은, **푸른 옷 위에 은빛 플레이트 메일을 걸친, 늠름한 얼굴의 여성**이었다.

"응? 누구지…? 영령 같기는 한데… 여자인데 기사… 잔 다르크?”

자신의 기억 밑바닥에서 끌어올린 이름을 입 밖으로 내어, 옆에 선 세이버에게 그렇게 물은 순간….

"어…?”

아야카는 자신도 모르게 숨을 죽였다.

세이버의 얼굴에서 평소의 여유로운 미소가 사라지고, 세상의 종말이나 시작을 목도하기라도 한 듯, 기쁨이나 슬픔과 같은 감정조차 섞이지 않은 순수한 놀라움이 가득했기 때문이다.

"…이건… 꿈인가?”

"아니, 글쎄 환술이라고… 어? 아는 사람…이야?”

'혹시 부인이나 여동생이나 딸인가…?'

가까운 사이일지도 모른다는 생각에 아야카가 긴장한 가운데, 세이버는 시선을 그 여성에게 고정한 채 살며시 고개를 가로저었다.

"아니, 처음 보는 얼굴이야."

"??? 무슨 소리야?"

아야카가 당황하자 세이버는 망연자실한 투로 답했다.

"기다려 줘…. 내 동료에게도, 지금, 확인을…. 아아… 이럴 수가, 아아… 아아…."

세이버는 그 자리에 선 채 주먹을 움켜쥐고서 옆에 있는 아야카에게 말했다.

"내가 무릎을 꿇지 않고 지금 이렇게 계속 서 있는 데에는 두 가지 이유가 있어."

"무릎을 꿇어…?"

"하나는 내가 어쨌든 왕이기 때문이야. 간단히 무릎을 꿇는 건, 나를 칭송해 준 백성들에게 못 할 짓이니까."

냉정한 것인지 그렇지 않은 것인지 알 수가 없는 세이버의 말이 아야카는 당황스러웠지만, 다음 말을 들은 아야카는 '세이버는 냉정하지 않다'고 확신할 수밖에 없었다.

"또 하나는… 평생 동안 쫓아다녔던 전설을, 1초라도 오랫동안 이 눈에 새겨 두기 위해서야."

무릎을 꿇는 동안 땅을 쳐다보는 시간조차도 아깝다.

그렇게 말하는 듯한 세이버를 보자 아야카도 창은蒼銀의 장구를 갖춘 소녀가 누구인지를 알 수 있었다.

알아채기는 했지만 그 즉시 납득할 수는 없었다.

그녀조차도 이름을 아는 그 영웅은, 그녀의 기억에 의하면 남성이었기 때문이다.

하지만 그 이외의 답은 끝내 떠오르지 않아서 아야카는 그 이름을 말했다.

"설마… **아서왕**…?"

꿈속에서 리처드의 어머니가 이런저런 전승을 말해 주었고, 세이버 본인도 '위대한 시조왕'이라고 말했던, 원탁 전승의 주인공에 해당하는 영웅.

아야카는 선뜻 믿기지 않았지만 확실히 그 여성에게서는 위풍당당한 행동거지가 느껴졌고, 눈앞을 걷는 거구의 알렉산더 대왕과 비교해도 뒤지지 않을 정도의 풍격 같은 것이 배어나고 있었다.

"어, 하지만, 여자… 어째서?"

아야카의 의문에 답하기라도 하듯, 하늘에서 그녀와 리처드에게만 들리는 목소리가 울렸다.

「알트리아 펜드래건. 그게 아서왕의 본명이야. 역사 시험에서 답으로 적으면 오답처리 될 테니 조심하라고.」

"이건, 설마…."

「맞아, 후유키에서 일어난 성배전쟁의 일부야. 지금으로부터 15년 정도 전이지만~ 이야~ 얼마나 운이 좋았는지 몰라! 이

때 마침 성의 결계가 저 번개 전차 때문에 파괴되었거든. 덕분에 임금님이 셋이나 모인 장면을 볼 수 있었어!」

"세 명?"

왕이 한 명 더 왔다는 뜻일까.

그런 생각을 한 것도 잠시뿐, 그 마지막 한 명이 언짢은 얼굴을 한 채 아서왕과 알렉산더 대왕 앞에 나타났다.

"으…!"

그것은 교회에서 세이버를 쓰러뜨린 금빛 영웅이었다.

아야카가 경계하자 프란체스카가 웃으며 말했다.

「아하하! 무서워할 것 없어! 내 사역마가 관측한 광경을 재현하고 있는 것뿐이니까!」

"뭐야… 대체 목적이 뭐야?!"

소년과 소녀는 하늘을 노려보는 아야카에게 대꾸했다.

「우린 그냥 보여 주고 싶은 것뿐이야.」

「맞아, 맞아! 우리는 그 후에 임금님이 보일 반응을 보고 싶어! 말하자면 50:50! WinWin 관계라는 거지!」

「민중에게 큰 인기를 끌었던 사자심왕에게 경의를 표하는 의미에서 알려 줄게. 그런 사자심왕 님보다 유명하고, 무엇보다도 사자심왕 님 본인이 기사도의 초석으로 마음의 지주 삼아 왔던 '아서왕' 폐하의 **진실된 모습을!**」

순간, 세계에 노이즈가 일었다.

치직, 치직, 환청이 들려올 듯한 풍경이 흔들리더니, 순식간에 세계가 전환되었다.

아니.

쉬지 않고 전환되었다.

후유키 대교의 풍경이 있었다.

항구에서 창병과 싸우는 아서왕의 모습이 있었다.

강에서 거대한 괴물과 싸우는 영웅들의 모습이며 전투기와 융합한 이상한 기사의 모습이 있었다.

휠체어에 탄 남자를 총으로 휘갈기는 마술사의 모습이 있었다.

무너지는 호텔의 모습이 있었다.

아야카에게 눈에 익은 장소에서 행해지는, 현실감 없는 풍경들이 초 단위로 전환되었다.

하지만 주변에 나타나는 인간과 영령, 그 어느 쪽도 아야카와 리처드의 존재를 알아채지 못했다. 게다가 당당하게 통과해 지나간 인물도 있었다.

아마도 자신들은 정말로 한낱 '방관자'에 불과하기 때문에 간섭을 하지도, 받지도 못하는 것이리라.

어지럽게 바뀌어 가는 풍경은 아야카의 마음을 계속해서 불안하게 만들었다.

그러한 풍경 중에는 그녀가 보고 싶지 않았던 쿠로키자카ㅎ 木坂 주변의 풍경도 있었기 때문이다.

세미나 맨션이 아주 잠시 시야 끄트머리에 비쳤고, 아야카는 그것만으로 심장이 옥죄어 오는 착각에 사로잡혀 자연스럽게 호흡이 거칠어졌다.

자신도 모르게 시선을 내린 참에 프란체스카의 목소리가 들렸다.

「여기까지는 예고편이야! 설레지 않아, 예고편이란 거?! 그러면 지금부터 너희한테 본편을 보여 줄게~! 제4차 성배전쟁의 단편적인 기록이지만… 다큐멘터리로 즐길 수 있도록 편집을 해 봤어! 뭐, 스포일러를 하자면 배드엔딩이지만!」

그리고 영상이 또다시 전환되었는데, 이번에는 몇 초 만에 끝나지 않았다.

필리아를 닮은 여성과 그를 수행하는 검은 양복 차림의 아서왕이 공항에 내려섰다.

마치 영화의 오프닝 장면 같은 광경 속, 공중에 아야카에게 잘 보이게끔 문자가 떠올랐다.

일본어와 영어로 【편집 : 프란체스카 프렐라티】라고 병기된 깜찍한 로고가.

아야카는 그 악취미스러운 연출에 뺨을 실룩거리다가 흘끔 옆을 쳐다보았다. 그러자 세이버는 무표정한 얼굴로 진지한 눈을 한 채 그 광경을 지켜보고 있었다.

'세이버….'

'정말로 저 여자가, 네가 존경했던 아서왕이야…?'

세이버를 따라 긴장감을 되찾은 아야카는, 그 환술세계에서 눈을 돌리지 않기로 했다.

「모쪼록 즐겨 줘. 네가 존경하는 아서왕의 정체와….」

관객이 준비가 되었다는 사실을 확인했는지, 프랑수아가 짓궂은 목소리로 그렇게 말하며 작위적인 개막 종소리를 환각 속에 삽입했다.

「그녀가 마스터에게 배신당해, 소원을 짓밟히는 순간을 말이야.」

×   ×

폐쇄된 세계. 크리스털 힐. 최상층.

[흥미롭게 들었네, 플랫.]

한자가 지닌 휴대전화의 스피커에서 울린 목소리에 플랫은 안도의 한숨을 내쉬었다.

"다행이에요! 스피커 모드로 했는데 아무 말도 안 해서, 혹시 지루한가 싶었는데…."

[우연히 시계탑 로드의 강의까지 들을 수 있었으니, 손해 없는 거래라 할 수 있겠지.]

그러자 제단 위에 놓여 있던 휴대전화에서 그 시계탑 로드의 목소리가 울렸다.

[잠깐, 플랫… 방금 그 목소리는 누구냐? 내가 잘못 들은 게 아니라면 네 고향 이야기를 할 때 가끔씩 등장하던 이름이 나온 것 같다만…. 설마 나보다 먼저 전화를 연결해 뒀던 거냐?!]

"죄, 죄송해요, 선생님! 번갈아 가며 걸기는 했는데, 런던보다 모나코 쪽 통신이 더 빨리 안정돼서…."

[좋은 강의였네, 로드. 자네의 교실에 속한 학생들과는, **이래저래** 인연이 있군.]

[…지난번에는 신세가 많았습니다.]

간신히 그 말만 하고 침묵한 2세는 아랑곳 않고, 한자의 휴대전화로 연결된 남자는 깊이감이 느껴지는 목소리로 과거를 그리워하듯 플랫에게 말했다.

[그나저나… 80년 정도 전, 라디오로 처음 오디오 드라마를 들었던 때가 기억나는군. 그 드라마의 주제가 몬테크리스토 백작이었던가. 그에 비하면 악역이 너무도 진부하기는 하지만 말이야.]

"…큭!"

제스터는 목소리만으로 마지막 한마디가 자신을 향한 것임을 알아챘다.

말의 맥락을 생각해 보면 확실히 그렇게 될 테지만, 그와는 별개로 제스터는 그 상대의 시선을 명확하게 느끼고 있었다.

실제로 보고 있는 것은 아닐지 모르지만 저쪽은 이쪽에서 일어나고 있는 일을, 손바닥을 들여다보듯 파악할 수 있을 것이다. 상대가 그 정도의 존재라는 사실을 제스터는 알았다.

그런 상대가 담담한 투로, 마치 호텔에 모닝커피라도 주문하듯이 한 가지 의뢰를 말했다.

[플랫. 좋은 기회니, 겸사겸사 **그것**을 처리해 주게.]

"…윽!"

제스터의 신경이 얼어붙었다.

전화를 통해 들은 '그것'이라는 말이 무엇을 가리키는지, 그 즉시 알아챘기 때문이다.

그 바람에 놀라움과 경외심에 사로잡혀 있던 마음이 녹아내려, 그제야 그는 전화 너머에 있는 상대에게 말했다.

"저를… 저를 방해하시려는 겁니까…! 반델슈텀 공!"

[…….]

그 대화를 들은 잭은 조용히 가볍게 놀랐다.

'그렇군.'

'플랫의 말을 의심했던 것은 아니지만… 확실히 거물 흡혈종인 것 같군.'

'온화한 노신사 같은 목소리지만, 그 이면에 깔린 위압감은 마치 강대한 왕과 같군.'

발레리 페르난도 반델슈텀.

통칭 '반 펨'.

그는 플랫이 버서커와의 대화 중에 가끔씩 언급했던 '아는 흡혈종'이었는데, 잭이 상상했던 것보다 훨씬 거물로서 세계의 이면에 군림하고 있는 존재인 듯했다.

한자의 말에 의하면 약 서른 명으로 지정되는 특수한 상급 사도 중 한 명으로, 세계에서 손꼽히는 기업의 수장이라는 '인간으로서의 면모'도 가진 남자라는 모양이다.

흡혈종이나 사도로서의 능력이 아니라 경제력과 권력으로 인간 사회에 강대한 커넥션을 쌓아 올린 특수한 존재로, 사도와 인간 쌍방의 힘을 겸비한 무시무시한 흡혈종이다.

뭐, 플랫은 '고향에 있는 호화 객선에서 카지노를 운영하는, 엄청나게 돈 많고 엄청나게 강한 흡혈종' 정도로 단순하게 인식하고 있는 듯했지만.

그런 【마왕】이라 분류되어야 할 듯한 사도는 잠시 침묵하더니….

제스터의 말에 답을 한다기보다는 마치 혼잣말을 하듯, 스피커를 통해 말했다.

[사도란 인류사를 부정하는 존재, 라….]

실제로 그는 이미 제스터와 대화하는 것이 가치 없는 일이라고 판단한 것일지도 모른다.

플랫과 한자 일행에게 이야기하듯, 그는 담담하게 말을 이어 나갔다.

[과연, 옳은 말이지. **그렇기에 추악하군**. 인간 세계를 부정

한다고 해 놓고서, 지금은 인류사의 극치라 할 수 있는 경계기록대―고스트라이너… 영웅을 사랑하다니. 그야말로 이중 잣대라 하지 않을 수가 없겠어.]

"…큭!"

[인간을 악의로 희롱하는 것은 상관없네. 거꾸로 아름다운 신념을 지닌 광신자에게 반하는 일도 있을 테고, 개체에 따라 태도를 달리하는 것은 당연한 일이지. 하지만 사도로서의 위치… 다시 말해서 자신의 존재방식까지 상대에 따라 바꾼다면, 그것은 차라리 세계에 새겨진 불필요한 버그야.]

한자는 확신했다.

거꾸로 말하자면 이 반 펨이라는 사도는 제스터가 '인류사를 부정한다'는 소리를 하지 않고 순수하게 일그러진 욕망으로 어새신을 모독하기만 했다면 딱히 아무것도 하지 않았을 것이다.

가령 제스터가 '사랑을 위해 사도로서의 존재방식을 봉인한다'는 자세를 취했을 경우 어떻게 움직였을지 모를 일이지만, 적어도 지금은 탁상공론에 불과하기에 한자는 그러한 의구심을 일단 보류하기로 했다.

로드 엘멜로이 2세와 연락이 되기 전. 플랫이 제스터에 관해 이야기했을 때만 해도 그는, 제스터는 같은 인류 긍정파의 존재라며 우호적으로 말을 했다. 퇴폐적이고 파멸주의적인 경향

이 있기는 하지만 인류에게 동반자살을 할 정도의 가치는 있다고 판단한 사도라고.

하지만 한자가 경찰서에서 벌어진 일, 어새신을 사랑한다고 말하면서 인류사를 부정하는 힘을 행사했던 것을 이야기한 순간부터 갑자기 싸늘한 태도를 취하기 시작했다.

도로테아라는 제스터의 진명을 말한 시점도 그때였다.

그 일을 통해 알 수 있듯 이 상급 사도의 머릿속에는 스스로 정한 엄격한 규칙이 있고, 제스터는 그것을 어기고 만 것이리라.

'제스터가 그것만 어기지 않았다면, 오히려 우리의 적이 되었을 가능성도 있는 건가. 이래서 사도란 것들은 성가시다니까.'

그도 그럴 게 한자가 경애하는 매장기관埋葬機關이라 불리는 집단이 상대해야 할 거물이다.

한자는 언제 개입해 올지 모른다며 계속 경계했지만, 그런 그의 마음을 꿰뚫어 보기라도 한 듯 상급 사도가 전화 너머에서 한자에게 말했다.

[한자 군이라고 했던가. 안심하게나. 나는 시계탑의 로드와 마찬가지로 안전한 장소에서 전장을 논하는 관객에 불과하네. 자네가 걱정할 필요는 없어.]

"그것 참 감사하군요. 교회는 언제나 당신의 기부를 기다리고 있습니다."

[수표라도 괜찮다면 그러지.]

경제계의 패자는 한자의 도발에도 동요하지 않고 온화한 목소리로 말했다.

[최근 에너지 절약에 신경을 쓰는 중이라 말이지, 장시간의 통화로 에너지를 낭비하는 건 이쯤 하도록 하지.]

농담인지 진담인지 알 수 없는 소리를 한 후, 반 펨은 가벼운 작별인사를 끝으로 전화를 끊었다.

끝까지 제스터와 직접 대화를 하지 않았다는 것이 완전히 제스터와 인연을 끊기로 했다는 사실을 말해 주고 있었다.

"……."

"아~ 저기, 그게… 펨 씨, 무진장 화가 난 것 같았는데, 괜찮은 거예요? 화해하시려면 메일부터 보내고 보는 게 좋을 거예요. 전화가 착신 거부당하더라도 메일은 비서분이 전부 체크하는 것 같았거든요."

플랫이 무릎을 꿇은 채 꿈쩍도 않는 제스터에게 크리티컬한 추가타를 가했다.

한자는 이제 이 분신에게는 힘이 없다고 판단하고 수녀들에게 지시를 내렸다.

"유감이지만 메일을 보낼 여유가 있으면 교회에 참회의 메시지라도 보내 둬라. 지금부터 네 본체를 치러 갈 테니까."

'방금 그게 마물들의 수괴 중 한 명인가.'

'목소리만 들어도 무시무시한 적이라는 걸 알겠군….'

'하지만 녀석에 관한 생각은 나중으로 미루자.'

어새신도 잠시 머뭇거린 후, 분신을 상대할 시간은 없다고 판단한 것인지 그대로 깨진 창문 밖으로… 쿠루오카 츠바키가 있는 장소로 향하려 했다.

하지만 그것을 가로막는 모양새로 깨진 창문이 거대한 그림자로 뒤덮였다.

마수도 케르베로스도 아닌, 마치 연기와도 같은 순수한 '죽음'의 상징.

칠흑의 화염에 불타 탄화한 전신 골격이 나타났다.

더욱 특징적인 부분을 말하자면, 그 골격의 크기가 이 건물에 필적할 정도로 크다는 것이었다.

"우와! 거인 괴물이다?!"

플랫이 초등학생처럼 놀라는 가운데, 무릎을 꿇고 있던 제스터가 천천히 일어났다.

"우와, 흡혈귀 괴물이다?!"

플랫이 다시 한번 놀랐다.

잭이 손목시계 상태로 의아하다는 듯 말했다.

(아직 술식의 효과는 남아 있을 텐데…)

분신이라고는 하나 전혀 공격을 못 할 것이라는 보장은 없다.

주변 인물들이 경계심을 고조시킨 가운데, 아래를 본 채 침묵하고 있던 제스터가….

"…후후."

작게 웃었다.

"그렇군… 나는 사도로서 폐기된 건가."

유령처럼 창백한 얼굴을 한 채, 제스터는 광기로 가득한 미소를 지었다.

"그렇다면, **이걸로 같아졌군**, 사랑스러운 어새신이여."

"무슨… 소리지?"

불쾌감에 눈살을 찌푸린 어새신에게 제스터는 말했다.

"누구보다도 강한 신앙심을 지녔으면서 교단의 수장들에게 버림받은 그대와, 누구보다도 숭고한 사랑을 보냈기에 인류 긍정파의 주류에게 버림받은 나. 오호라, 과연! 이것이 바로 그대가 보고 있었던 광경인가! 나는 영혼으로 이해했다! 역시 우리가 서로 맺어지는 것은 운명이었던 것이야!"

"경찰에 체포돼 직장에서 잘린 스토커 같은 소리 하지 마라."

한자는 넌더리가 난다는 표정을 지었지만, 지금은 그 말을 들을 시간이 없었다.

그는 거대한 해골에게 시선을 보내더니 격퇴할지 탈출할지를 고민했다.

그때 격렬한 충격이 건물을 덮쳤다.

"?!"

무슨 일이 일어났는지는 명백했다.

거대한 해골이 팔을 치켜들고 직접 건물을 두들기기 시작한 것이다.

"오오! 설마 이렇게까지 할 줄이야! 과연 꿈과 죽음을 주춧돌 삼은 세계로군, 악몽에는 끝이 없다는 걸 보여 주는 것만 같아!"

제스터는 더욱 흥분하여 온몸을 괴롭히는 고통조차 초월해 계속해서 웃어 댔다.

"좋습니다, 반델슈텀 공! 내가 증명해 보이지! 사랑스러운 어새신과 함께 성배를 이 손에 거머쥐어, 나는 그 힘으로써 거미를 일으켜 인류를 모조리 멸망시키겠다! 마지막으로 남은 인리가 어새신 한 명이 되었을 때, 비로소 나는 본래의 인류를 긍정하는 몸으로 돌아가겠다! 그때는 축복의 연회를 열도록 하겠습니다! 반델슈텀 공!"

"뭔가 지리멸렬한 소리를 하지 않았어요, 이 사람?! 술식을 너무 세게 걸었나…."

플랫의 외침에 한자가 답했다.

"안심하도록, 애초부터 이 녀석은 이런 식이었으니."

그와 마찬가지로 제스터가 어떤 식으로 망가졌는지를 처음부터 알고 있던 어새신은 망설임 없이 해골을 물리치려 해 보았다.

순간, 거대한 해골의 입에서 흘러나온 화염이 어새신에게 육박했다.

"······!"

그녀는 그것을 자신의 보구 중 하나인 '광상섬영狂想閃影―자바니야'로 떨쳐 냈다.

꿈틀대는 머리카락 칼날로 견제했지만, 자세히 보니 건물 반대편에도 같은 크기의 거대한 뼈가 출현해 있어서, 밖으로 나가는 길은 거의 막힌 형태가 되어 버렸다.

"하하하! 이거, 이거! 이 건물을 통째로 무너뜨릴 기세로군! 뭐, 안심하도록. 이 꿈의 주인이 바라면 이 도시는 아무리 붕괴되어도 원래대로 돌아가니! 뭐, 건물에만 해당되는 이야기지만··· 아아, 가엾기도 하군. 그대가 이곳에 왔기 때문에 가련한 신부와 수녀, 마술사가 휘말려 들어 목숨을 잃게 생겼어!"

"너 이놈···!"

어새신이 앙칼지게 말하자 그 살의를 받은 제스터는 유쾌하다는 듯 눈웃음을 지었다.

"으아아. 어떡해, 어떡해, 제단이!"

거듭된 진동이 건물을 덮치자, 플랫이 쌓아 올린 간이 제단이 무너져 내렸다.

[이봐라! 플랫?! 무슨 일이···.]

로드 엘멜로이 2세의 목소리가 끊김과 동시에 건물이 요란하게 삐걱대기 시작했다.

이윽고 크리스털 힐은 크게 기울어졌고, 도시의 상징인 그

마천루는 큰 소리를 내며 무너졌다.

그리고 최상층에 있던 플랫 일행은….

×　　　　×

후유키 시(환술).

환술 속에서 후유키 하얏트 호텔이 무너지는 모습이 요란하게 비추었다.

그것은 제4차 성배전쟁 초반에 일어난 사건이었는데, 프렐라티의 편집으로 클라이맥스인 '후유키의 대화재'와 합쳐져 보다 비참하게 연출된 후 환술 영상이 끝났다.

"……."

영상이 끝나자 세계의 모습이 후유키의 숲으로 돌아왔다.
아무도 나타나지 않은 것은 물론이고, 성에서도 사람의 기척은 느껴지지 않았다.
차가운 바람이 휘몰아치는 가운데 아야카는 뭐든 말을 해야겠다고 생각했지만, 옆에 있는 세이버 쪽을 쳐다볼 수조차 없었다.

저 소년소녀가 보여 준 '환술'은 못된 장난질의 극치라 해야 할 웃기지도 않는 연출의 연속이었는데, 그것이 보는 이의 신경에 거슬리도록 계산된 것임은 그녀도 알 수 있었다.

자신은 아서왕이라는 인물을 알지 못한다.

하지만 아서왕이 아니라 그 전설을 자신의 근본으로 삼아 자란 리처드를 보면 얼마나 고결하고 용맹하게, 장엄하게 거론되어 온 인물인지 알 수 있었다.

실제로 최근 며칠 동안 리처드가 중간중간 자신의 동경에 관해 말하는 것을 들은 것만으로, 아서왕 전설을 모르는 아야카의 머릿속에도 '잘은 모르겠지만 어쨌든 굉장한 사람인가 보다'라는 이미지가 뿌리내리기 시작했을 정도였다.

하지만 그렇기에.

방금 전 환술 속에서 아서왕을 본 리처드가 어떤 얼굴을 하고 있을지, 아야카는 차마 확인할 수가 없었다.

결론만 말하자면 그것은 결코 아서왕이라는 존재를 무턱대고 중상모략하는 내용은 아니라 할 수 있었다.

아서왕이 악랄한 학살자였다고 주장하지도, 비겁한 소인배였다고 묘사하지도 않아서, 확실히 고결하고자 했던 존재였다는 것은 아야카도 이해할 수 있었다.

하지만 최종적으로 본 것은 그 고결함과 정의로운 마음으로도 어찌할 수 없는 일이 있다고 하는 현실이었다.

다른 왕들에게 자신의 길을 부정당하고, 자신의 명운을 맡긴 마스터와도 뜻이 맞지 않았다.

끝에 가서는 마스터에게 배신당하는 모양새로, 자신이 지닌 성검의 힘을 써서 성배를 박살 냈다.

그 결과 후유키에 전대미문의 대재해가 발생했다…라는 광경이 펼쳐진 것이다.

환술을 통해 불에 탄 사람들의 시체더미 중심에 서는 모양새로 마지막 광경을 보았을 때, 아야카는 견디지 못하고 시선을 떨구고 있을 수밖에 없었다.

아야카는 환술로 보았던 어떤 광경에 관해 생각했다.

세 명의 왕이 술잔을 나누었을 때, 각 왕들이 내뱉었던 말에 관해 생각했다.

금빛 영웅왕은 말했다.

'왕으로서 관철해야 할 도리가 있다면, 그것은 스스로가 정한 법 그 자체다.'

붉은 정복왕은 말했다.

'왕이란 자신의 몸을 기점으로 모든 부와 이치를 정복하고, 유린하는 것이다.'

그리고 창은의 기사왕은 말했다.

'왕이란 백성을 구제하기 위해, 올바른 이상으로 통하는 '길'에 목숨을 바쳐야 하는 존재다.'

기사왕은 이어서 성배에 바랄 소원에 관해 선언했다.

'선정의 검의 의식으로 시간을 되돌려, 나보다 자격이 있는 왕이 있다면, 그자에게 역사를 양도함으로써 브리튼의 역사를 바꿀 거다.'

리처드의 어머니가 잠자리에서 해 주었던 이야기의 초반에 있었던, 아서왕이 왕이라는 사실을 결정지었다고 알려진 선정의 검의 의식.

최종적으로 나라를 멸망시킨 자신보다 뛰어난 자가 있다면 그자가 나라를 짊어져야 옳다고 기사왕은 생각했던 듯했다.

하지만 기사왕의 말을 들은 정복왕은 조용히 화를 냈고, 금빛 왕은 우스꽝스럽다며 비웃었다.

정복왕은 '구제를 바라는 백성의 바람에 응해야 한다'는 기사왕의 말을 '무욕한 왕은 백성을 이끌지 못한다. 백성들은 올바름의 노예 따위를 동경하지 않는다'라는, 분노에 가득한 말로 부정했다.

'올바름에 목숨을 걸고 자신의 모든 것을 내버리는 것은, 인간의 삶이 아니야.'

'정복왕이여, 인간이기를 그만둔 이의 치세가

인간보다 못 할 것이라고 어찌 단정하지?'

'크크. 기사왕이여. 그러한 존재방식은 언젠가 네놈을 인간이 아니라 신의 영역으로 밀어 올릴 거다.'

'어째서 웃는 거지, 영웅왕? 그런 일이 인간의 몸으로 가능하다면, 망설일 이유가 어디에 있나?'

'그럴까? 내가 아는 여신은 백성들에게 자신의 올바름을 강요하는 부조리함의 화신이었는데 말이지.'

'이봐, 기사왕. 제우스의 자손이라 일컬어진 내 입으로 말하자니 좀 그렇지만….'
'신과 같은 올바름을 추구하다가는, **결국 백성을 선별하게 될 거다.**'

그 후에도 한동안 문답은 이어졌고, 기사왕이 끝으로 뭐라 말을 하려던 참에 습격자가 나타남으로 인해 끝났다.
실제로는 훨씬 긴 대화였지만 아야카는 그것을 전부 기억하지 못했다.
붉은 머리 왕의 박력과 금빛 왕에 대한 기묘한 공포심에 짓눌려, 정신을 차릴 수가 없었기 때문이다.

만약 습격을 받지 않았다면, 궁지에 몰렸던 기사왕은 말로써 되받아칠 수 있었을까.

아야카와 세이버의 위치에서는, **기사왕의 얼굴은 보이지 않았다.**

그녀가 어떤 표정을 짓고 있었을지는 상상으로 보충하는 수밖에 없다.

일부러 보여 주지 않았는지, 아니면 관측을 했다는 프란체스카 일행도 기사왕의 표정은 보지 못했던 것인지, 그 또한 확인할 방법이 없었다.

아야카와 마찬가지로 정복왕의 노성에 압도되었을까?

아니면 자신의 왕도王道는 옳았다며 태연자약한 표정을 짓고 있었을까?

금빛 왕은 '고뇌에 잠긴 기사왕의 얼굴이 보기 좋다'며 사디스틱한 소리를 했었는데, 정말로 고뇌에 찬 얼굴을 하고 있었을까? 그렇다면 그것은 무엇에 대한 고뇌일까?

아야카는 알 수 없었다.

세이버라면 알까?

그런 생각을 하는 동안 풍경이 전환되어, 결국 기사왕이 다른 왕들에게 뭐라 반론을 했는지 아야카는 끝까지 알 수 없었다.

하지만 백성들을 위해 살겠다는 세이버의 말은 아야카도 옳다고 느꼈기에, 그것이 다른 왕들의 분노를 사고 조롱당한 일은 제법 충격이었다.

백성은 아니지만 자신을 구해 준 사자심왕까지 부정당한 듯한 기분이 들었기 때문이다.

환술로 만들어 낸 영상은 확실히 사역마가 관찰했던 광경을 재현한 것이었다.

개중에는 큰돈을 주고 고용한 과거시過去視의 마안 사용자에게 얻은 정보로 재현한 광경도 있었다.

하지만 후유키 성배전쟁의 관리자인 마키리의 벌레에 의한 결계는 만만치 않아서 모든 것을 들여다볼 수는 없었다.

당연한 이야기지만 각 참가자가 어떠한 심정이었는지 또한 알 수 없었다.

그와는 반대로 알고는 있었지만, 의도적으로 사자심왕 일행에게는 전달하지 않은 부분도 많았다.

프란체스카는 후유키의 성배가 '진흙'에 오염되어 있다는 사실을 알았다.

파괴한 직후의 대화는 관측할 수 없었기에 프란체스카도 아서왕의 마스터가 어떠한 생각을 하고 있었는지까지는 알 수 없다.

하지만 그때 성배를 파괴한 것은 어떻게 보면 올바른 선택이었다는 것은 추측할 수 있었다.

그리고 편찬된 환술은 사자심왕 일행에게 그에 대한 실마리를 주지 않았다.

사자심왕과 아야카가 본 것은 영상뿐이다.

도시에서 멀찌감치 떨어진 곳에서 보고 있던 사역마의 눈에 비친 것은 성배가 파괴된 순간의 빛과….

그로 인해 후유키에 펼쳐진 지옥과 같은 광경이었다.

성배를 파괴하는 데 영주를 사용했다는 추측은 해설로 삽입했다.

하지만 아서왕이 스스로 성배를 파괴한다는 선택지를 택할 가능성은 없으니, 그 해설을 부정할 이유도 없었다.

그리고 그것을 본 아야카의 솔직한 감상을 말하자면….

조금 전 아서왕이 걸었던 '길'은 무시무시하도록 생생한 '전쟁'의 길이어서, 꿈속에서 리처드의 어머니가 해 주었던 '기사도 이야기'와는 거리가 멀어 보였다.

처절한 배신이 있었다.

마스터에게 부정당한 왕의 모습이 있었다.

자기 진영의 동료가 여성을 인질로 잡고, 총으로 저항하지 않는 상대를 쓸어버리는 모습이 있었다.

그리고… 빈사 상태가 된 그 마술사들의 목을 치는 왕의 모습이 있었다.

전쟁에서는 당연한 일이라고 하면 그뿐일지 모른다.

하지만 그렇다 해도 아야카가 품고 있던 '영웅들의 싸움'이라는 이미지와는 거리가 멀어서, 자신이 현재 어떠한 싸움에 휘말려 들었는지를 새삼 깨닫게 된 아야카는 공포심에서 비롯된 구역질을 필사적으로 참아야만 했다.

'저렇게 지독한 대접을 받으면서…. 나랑 비슷한 또래의 애가 싸웠다고…?'

과연 그 전장을 질주했던 아서왕은 어떤 얼굴을 하고 있었을까.

환영은 하나같이 힘든 상황에 처한 아서왕의 얼굴을 비추지 않아서, 충격을 받았을지, 아니면 아무렇지도 않았을지 아야카로서는 판별할 수가 없었다.

하지만… 둘 중 어느 쪽이었든, 리처드가 동경했던 영웅담과는 거리가 먼 것이 아니었을까.

잔혹한 운명 앞에서 망설였다면 이해할 수 있겠지만, 잔혹한 운명을 아무렇지도 않게 받아들였다면… 그것은 확실히 다른 왕들의 말대로, 인간이 아닌 기계 같은 '시스템'이라 해야 할지도 모른다.

그리고 **그렇게까지 했음에도 불구하고, 끝내는 그 마스터에게 배신당해 아무것도 손에 넣지 못했다.**

"후유키에서 이런 일이… 큰 화재가 있었다는 이야기는 들었지만…."

확실히 그것만으로도 비참한 광경이었지만 아야카는 아서왕을 마치 비참한 패배자라는 식으로 편집했다는 사실이 신경 쓰였다.

그렇기에 아야카는 치밀어 오르는 구역질을 참으며 세이버에게 뭐라 말을 하기 전에, 프렐라티 일행의 목소리가 들리는 방향을 노려보았다.

"아~ 응. 일단 너희가 최악이라는 건 잘 알겠어."

「아하하하! 그렇게 칭찬하지 마, 쑥스럽잖아아.」

"…신경 쓸 것 없어, 세이버. 환술이잖아? 분명 다 엉터리로 꾸민 걸 거야! 그 왕들이 나눈 대화도 전부 가짜일 거라고!"

「어머? 괜찮겠어? 전부 가짜면 기사왕 님이 상대에게 반박한 부분도 가짜라는 소리가 되는데?」

프란체스카의 짓궂은 소리에 아야카는 말문이 막혔다.

"그, 그건…."

「뭐, 글쎄, 뭐라고 해야 할까? 사람은 믿고 싶은 대로만 믿는다고 하지만… 애초에 너는 자기가 믿고 싶은 아서왕의 이미지라는 게 없잖아? 굳이 말하자면 너를 지켜 주고 있는 사자심왕 군이 낙담하지 않을, 완벽하고 멋지고 누구도 그 존재방식을 부정할 수 없는 기사왕 님의 이미지를 원하는 거 아냐?」

"그건…. 애초에 결과만 봐도 이상하잖아. 마스터라는 사람이 자기 손으로 성배를 부술 이유가 어디에 있냐고! 기사왕 님이 무사히 성배를 손에 넣었을지도 모르는 일이고! 애초에 그렇게 굉장한 왕이, 다른 사람을 왕으로 만들어서 역사를 바꿔 달라는 소원을 빌 리가…."

「아아, 멋져! 좋은걸, 그 반응! 성배전쟁에 관해 아무것도 모르는 외부인이 아니면 내놓을 수 없는 그 의견, 엄청 흥분돼! 근데 듣고 보니… 알트쨩이 그 성배를 손에 넣었다면 어떻게 되었을지, 그건 그것대로 궁금하네! 자칫 잘못하면 진흙이 타임 슬립을… 아니, 설마….」

이상한 소리를 중얼거리는 프란체스카를 보고 있자니 화가 치밀어서 아야카는 얼마간 입을 다물었다.

그리고 아직도 침묵을 지키고 있는 세이버의 얼굴을 보았다.

동시에 프란체스카 일행도 세이버를 도발하듯 떠들어 댔다.

「자아, 어땠어? 사자심왕 군! 네가 생전에 동경했던 왕의 영웅담을, 다른 사람도 아니고 왕 본인이 건국 당시부터 고치고 싶어 했다… 라는 사실을 알게 된 감상은? 만약 성배를 손에 넣었다면 너희의 역사를 없었던 일로 만들려 한 폭군이라는 걸 알게 됐는데, 어떻게 생각해?」

「네가 동경했던 전설의 아서왕이 싸움에서 계속 이겼음에도 불구하고, 아~무것도 손에 넣지 못한 비참한 이야기를 본 감상은 어때?! 다른 왕들에게 실컷 부정당하는 왕의 모습을 본 감상은?!」

"입 다물어! 전부 너희가 꾸며 낸 일이잖아! 세이버가 그런 거에 속을 것…."

아야카는 두려웠다.

평소 같았으면 수다스럽게 뭐라고 말을 쏟아 냈을 세이버가,

저 푸른 옷차림의 왕이 나타난 뒤로 한마디도 하지 않았다는 사실이.

감탄하거나 놀라움이 담긴 탄성조차 지르지 않아서, 옆에 세이버가 있다는 실감도 느껴지지 않았다.

아무것도 얻지 못한 왕은, 시종일관 왕임에도 마술사의 앞잡이처럼 취급되고, 죽어 가는 약자를 해하고, 끝내는 그런 짓을 해 가면서까지 이루고자 했던 소원마저 이루지 못했다.

그런 모습을 본 세이버의 마음이 어떨지를 생각한 아야카는 뭐든 말을 해 주고 싶었지만, 결국 건넬 말을 찾아내지 못했다.

하지만 그런 아야카의 옆에서 줄곧 침묵하고 있던 세이버가 입을 열었다.

"프란체스카 프렐라티."

그 목소리를 듣고 엉겁결에 고개를 돌려보니 완전히 표정이 사라진 세이버의 얼굴이 그곳에 있었는데, 그 눈에서 무언가가 빛나는 듯 보인 것은 기분 탓일까.

아야카는 혹시 너무 큰 충격을 받아 절망의 눈물을 흘린 것일까 생각했지만.

현실은 그 반대였다.

세이버는 똑바로 선 채, 이 환술의 세계에 대한 최상급의 찬사를 보냈다.

"왕을 자칭하는 자가 타인에게 감사 인사를 하는 것이 얼마나 중대한 일인지… 이 환술을 편찬한 자라면 알 테지."

"세이버…?"

당황한 눈으로 바라보는 아야카의 앞에서 세이버는 자신의 영혼에서 비롯된 말을 그대로 이야기했다.

"그러나 나는 진심 어린 감사의 말을 보내겠다. 나에게… **위대한 기사왕의, 새로운 영웅담을 전해 준 일에 대해서…!**"

그 말 속에 담긴, 서서히 솟구쳐 오르는 감정의 정체를 알아챈 아야카… 그리고 그것을 관측하고 있던 프란체스카 일행에게서도 당혹스러워하는 낌새가 느껴졌다.

그것은 압도적인 환희였다.

조금 전 눈에서 빛나던 것이 눈물이었다면, 그것은 감사와 기쁨의 감정이 벅차올라 흐른 것이리라.

"세이버… 무슨 소릴…."

"아야카는… 저 기사왕을 보고… 영웅이 아니라고 생각했어?"

"어…?"

"아야카. 나는 원탁 전설에서… 왕이 배신당한 것도, 부조리한 일을 당한 것도, 최후에 너덜너덜해져 모든 것을 잃은 것도… 모두 다 알아. 하지만 나는 그것들을 포함한 모든 것을 동경했어."

아야카가 고개를 갸웃하자 리처드는 자신이 좋아하는 야구 팀 이야기를 하는 소년 같은 얼굴로 천천히 말을 이어 갔다.

"게다가… 그 연회에서의 문답도 기사왕이 다른 두 사람에게 부정당한 것은 아니야."

"어? 하지만… 그렇게나 호통을 쳤는데…."

"잘 생각해 봐. 알렉산더 대왕은 **화를 낸 것뿐이야**. 결코 기사왕의 왕도를 부정하지는 않았어. 장식품이니 왕의 우상에 얽매어 있다느니 말하긴 했지만, 우상 그 자체를 부정한 것은 아냐. 그건 단지 '공적은 인정하지만 나는 마음에 안 든다'라고 말한 것뿐이라고."

당황하기는커녕 평소 이상으로 냉정한 세이버의 말에 아야카는 놀라며 말했다.

"그런… 거야?"

"어마마마는 내게 말씀하셨어. '왕이란 왕도를 걷는 자가 아니다. 걸은 길을 두고 백성들이 왕도라 부르는 자를 말하는 거다'. 만사의 옳고 그름은 시대와 토지, 백성과 신하들의 기분에 따라 간단히 바뀌어. 그러니 저 문답에는 애초에 정답 같은 게 없고, 무엇보다도 문답을 했던 세 사람이 가장 그 사실을 잘 알 거야. 가늠하려 한 건 도리이지, 옳고 그름 같은 게 아니었다고."

리처드는 당당하게 선 채, 농담이라도 하는 듯한 투로 아야카에게 말했다.

"그래, 우리의 기사왕이 다른 왕들에게 뒤지는 점이 하나는 있었지! 단지 **목소리가 작았다는 것 말이야**! 나는 모든 왕의 의견에 찬성하고, 부정도 할 수 있어! 나와는 다른 땅, 다른 시대를 산 왕이 각자 다른 뜻을 품는 것은 당연한 일이니까! 하지만 결국 큰 소리로 '내가 곧 정의다!'라고 외치는 녀석이 강하기 마련이야. 십자군 때 필립 녀석이 그런 느낌이었지."

그 모습을 지켜보던 프렐라티 일행의 목소리에 약간의 당혹감이 배어났다.

「아~ 그쪽으로 가는 거야? 좀 더 정색하고 다른 두 임금님을 욕하거나, 반대로 알트짱에게 절망해서 여유로운 태도가 싹 사라질 줄 알았는데~」

「…그건 그렇고, 아서왕이 여자애라는 점은 안 놀라워?」

두 사람은 목소리에서 감정을 거둬 내고 확신하는 듯한 투로 말했다.

「…역시 너, **알고 있었구나**?」

「마술이 얽혀 있는 진짜 아서왕의… 아니, 알트리아 펜드래건의 전설에, 너는 어찌어찌 도달했던 거야…. 내 말 맞지?」

리처드는 의아해하는 프렐라티 일행의 말에 개의치 않고, 그 자리에서 한껏 기지개를 켰다.

"역시 그랬군. 그쪽이 진짜 목적이었나. 내가 어디까지 기사왕의 역사를 캐냈는지를 알고 싶었던 거지? 아쉽게도 멀린이 유폐되었던 탑은 찾지 못했지만 말야."

그리고 일단 표정을 거두고서 하늘을 올려다본 채 깊은 생각에 잠겼다.

"아아… 그나저나, 정말로 굉장한걸… 알렉산더 대왕도, 저 금번쩍이도, 우리 시조왕도… 모두 내 상상 이상의 '왕'이야."

"세이버?"

움직임을 멈춘 채 혼잣말을 하는 세이버의 모습에, 역시 충격을 받은 게 아닐까 걱정이 되어 아야카가 말을 붙였다.

그러자 세이버는 천천히 고개를 숙이더니 눈을 내리깐 채 말했다.

"아야카."

"왜, 왜?"

아야카가 고개를 갸웃한 채 묻자 세이버가 말했다.

"좀 전에 말한 아야카의 결의… 역시 받아들이기로 할게."

"뭐?"

어리둥절한 아야카의 앞에서 세이버는 흠집이 난 갑옷을 내보이며 당당하게 팔을 벌렸다.

"다시 한번… 너와 처음 만났던 시간으로 돌아가게 해 줘."

리처드는 연기라도 하듯 예를 갖추고서 물 흐르듯 자연스러운 동작으로 아야카의 오른손을 잡았다.

"묻겠다."

숲속에 세워진 장엄한 성 앞에 선 왕과 소녀는 아름다운 조화를 이루며 풍경 속에 녹아들어 있었다.

그야말로 수많은 전설 속 영웅담의 한 구절처럼.

"그대가, 나의 마스터인가?"

×　　　×

폐쇄된 도시. 중앙교차로.

"정신 차려! 케르베로스는 움직이지 않아, 어떻게든 버텨!"

케르베로스가 비처럼 쏟아지는 과자 봉지에 묶여 있는 현재, 존을 비롯한 경찰들이 필사적으로 진형을 재구축하려 하고 있었다.

하지만 케르베로스를 제외한 작은 이형들은 아무리 쓰러뜨려도 도시 어디에선가 솟아나왔다.

중상을 입은 동료들에게 어떻게든 치유 마술을 걸려 하는 경찰도 있었지만, 쥐 떼가 경찰들의 상처로 몰려들어 방해를 하는 처참한 상황이 벌어지고 있었다.

거기에 치명타를 날리기라도 하듯, 대지가 흔들리는 듯한 소리가 주변을 감쌌다.

"윽! 저건…!"

벨라가 고개를 들어 그 원인을 찾아냈다.

크리스털 힐과 같은 크기의 거대한 해골이, 그 건물을 분지르다시피 억지로 무너뜨린 것이다.

건물의 파편이 쏟아져 내리자 움직일 수 있는 경찰들이 어떻게든 그것을 막으려 했지만 그것도 한계에 달했는지 한 사람, 또 한 사람 아스팔트 위에 쓰러졌다.

"젠장… 여기까지인가…."

경찰 중 한 명이 내뱉은 말에 존은 고개를 가로저었다.

"아직이야! 몸이 움직이는 동안에는 포기하지 마!"

분명 조금 전부터 이 세계에 연달아 이변이 일어나고 있기는 했다.

그렇다면 계속해서 버티면 또 뭔가 변화가 일어날지도 모른다.

현재까지 과자 봉지로 된 비를 제외하면 모조리 나쁜 방향으로 흘러가고 있다는 것이 문제였지만.

하지만 그런 존 일행의 위로, 방금 전 건물을 무너뜨린 거대한 해골의 발이 그림자를 드리우고 있었다.

"큭…."

'여기까지인가.'

분통한 마음으로 존과 경찰들은 검은 화염을 두른 칠흑색 해골을 노려보았다.

그런 그들의 머리 위로, 해골의 거대한 발이 떨어지기 시작했고….

다음 순간, 어디선가 뻗어 나온 빛줄기가 그 해골의 발을 산산이 부수어 날려 버렸다.

"?!"

빛줄기는 두 번, 세 번 연속적으로 건물 틈새에서 뻗어 나왔다.

불과 몇 초 후, 건물만큼이나 거대한 해골은 바람에 날리는 검은 뼛가루로 변해 있었다.

그리고 경찰 부대 중 몇 명은 그 빛줄기를 본 적이 있었다.

그것은 병원 앞에서 교전을 벌이고 있던 중, 교회 위에서 길가메시와 전투를 펼친 세이버의 보구가 내뿜던 빛이었다.

"…미안하군, 깜박 잠들었어."

그런 말과 함께 건물 뒤에서 세이버가 나타났다.

그의 모습을 본 존이 쓴웃음을 지으며 말했다.

"꽤나 표정이 좋은데. 무슨 좋은 꿈이라도 꿨나 보지?"

"그래, 분명 예지몽일걸."

어깨를 으쓱하며 그렇게 답한 후, 세이버는 자신을 따라오는 아야카에게 말했다.

"있잖아, **마스터.**"

"아야카라고 불러. 아무튼 왜?"

어깨를 으쓱하며 아야카가 답하자 세이버가 말했다.

"정말로 미안해. 지금부터 나는, 어린애 같은 억지를 부릴 거야."

"억지라니…?"

두 사람은 하늘을 올려다보며 대화했다.

그 시선 끝에는 과자를 먹어 치우는 케르베로스 대신 나타난, 하늘을 찌를 듯 거대한 칠흑색 해골이 있었다.

방금 전 세이버가 날려 버린 것과 같은 크기의 해골이, 놀랍게도 도시에 있는 고층 건물보다 많이 현현해서 이쪽으로 향하고 있었던 것이다.

하지만 세이버의 얼굴은 밝았고, 아야카의 얼굴도 긴장되기는 했지만 도망치려고는 하지 않고 정면에서 그 괴물의 무리를 바라보고 있었다.

"나는, 엄청나게 개인적인 일에 성배를 사용하고 싶어."

"좋아. '좌'라는 곳으로 노래를 가져가고 싶다는 거 말이지?"

"아니, 조금 달라."

고개를 가로저은 후, 세이버는 낭랑한 목소리로 말했다.

"성배의 힘으로… 노래를 전하고 싶은 장소가 있어."

존 일행은 그런 대화를 하는 세이버의 뒤를 보고 놀라서 눈이 휘둥그레졌다.

세이버와 아야카의 뒤를, 어느샌가 다섯 개의 그림자가 따르고 있었던 것이다.

그중 둘은 전에 보았던 장창의 기사와 궁병이다.

조금 전에는 어딘가에 숨어 있던 것으로 추측되는, 얼굴을 후드로 가린 사냥꾼 같은 남자도 있었다.

　그리고 무수히 많은 검을 짊어진 이상한 차림새의 기사와 그 남자의 주변에 떠오른 물구슬도 보였다.

　"뭐야… 저 녀석들은…."

　경찰 부대의 말은 아랑곳하지 않고 그들은 천천히 이형의 무리를 향해 걸어 나갔다.

　"미안, 좀 전의 공격으로 케르베로스의 이빨을 소모했는데… 검을 하나 빌릴 수 있을까?"

　세이버의 말에 무수히 많은 검을 짊어진 기사가 나른하게 어깨를 으쓱하더니, 아름답지만 상당히 많이 사용한 듯 보이는 장식검을 칼집째로 한 자루 건넸다.

　"고마워."

　그것을 받아 든 세이버는 검을 뽑으며 말했다.

　"적은 아마도 사신이고, 세력은 이 세계 그 자체라."

　세이버는 씨익 웃고서 힘차게 달려 나갔다.

　"상대로 부족함이 없군!"

　그의 말에 호응하듯, 등 뒤에 있던 기사와 궁병들도 산개했고, 후드를 쓴 남자는 어느샌가 모습을 감추었다.

　아야카의 주변에는 물구슬이 둥실둥실 떠 있었는데, 마치 그녀를 수호하고 있는 듯 보였다.

　그리고 그들의 '전쟁'이 막을 올렸다.

×　　　×

"우와아! 뭔가 엄청난 일이 벌어졌어요! 저거, 전부 다 영령 일까요?!"

(조용히 하게나. 은닉 술식을 건 의미가 없어지지 않나.)

하늘에서 세이버 일파가 싸우는 광경을 보고 있는 자들은, 크리스털 힐의 최상층에 남겨져 있었을 플랫과 잭이었다.

플랫은 기묘한 낙하산 같은 것을 장착했는데, 평범한 낙하산보다 상당히 느리게 낙하하고 있었다.

그 옆에서는 한자와 수녀들도 마찬가지로 낙하산을 타고 낙하하고 있었다. 플랫의 은닉 술식이 아니었다면 조촐한 공중쇼 같은 광경이 펼쳐졌으리라.

"그나저나 미리 방을 뒤져 두길 잘 했네, 한자."

수녀의 말에 한자가 답했다.

"그러게…. 설마 낙하산이 그렇게 잔뜩 있을 줄이야. 심지어 일반적인 시판품이 아니라, 특수한 마술식이 새겨진 예장에 가까운 물건이었지. 마력을 충전할 필요는 있었지만…. 그 공방을 사용했던 진영은 건물이 무너지는 사태까지 미리 염두에 뒀던 건가?"

그 낙하산은 현실세계의 스위트룸에 있는 물건의 복제품이었다.

일전에 '낙하산 정도는 빌려주마'라고 했던 영웅왕이, 자신이 한 말에 책임을 지기라도 하듯 방의 장식품 등과 함께 티네 일행의 인원수만큼 비치해 둔 물건이었지만, 당연히 플랫 일행이 그 사실을 알 리 없었다.

눈 아래에 펼쳐진 '죽음'의 무리와 세이버의 전투를 보며 한 자는 냉정하게 말했다.

"…휘말려 들지 않도록, 멀리 떨어진 곳에 내리는 편이 좋겠어."

그리고 하늘에서 보이는 도시의 풍경이 검게 물들고 있는 것을 확인하며 덧붙여 말했다.

"뭐, 이제 이 도시에 '안전한 장소'는 없을 것 같지만 말이지…."

×   ×

구현화한 '죽음'으로 가득한 도시를 질주하는 세이버의 마음은 환희로 가득했다.

'아서왕은 역시 전설 그대로의 인물이었어.'

마음이 너무도 떨려서 그는 조금이라도 긴장을 풀면 기쁨의 눈물을 흘릴 듯했다.

'그녀의 행동은 칭찬해 마땅해. 타인이 자신에게 맡긴 실이든 스스로 자아낸 실이든, 그녀는 그것을 몇 번이고 다시 자아

내, 나의 나라에 결코 꺾이지 않을 깃발을 내걸려 했으니.'

무의식적으로 움직여 해골처럼 생긴 이형들을 둘, 셋, 차례로 베어 나간다.

'확실히 나라면 다른 길을 택했을 테고, 나라면 다시 시작하는 길을 택하지 않았을지도 모르지.'

하나를 베어 넘길 때마다 그 움직임은 더욱 날카로워졌고, 토멸한 숫자가 열을 넘었을 즈음에는 금빛 영령과 싸웠을 때 보였던 최고속도에 도달해 있었다.

'하지만, 그게 뭐 어쨌다는 거지? 그런 건 사소한 일이야. 가치관의 차이일 뿐이라고.'

세이버의 분투에 호응하듯, 그의 동료인 기사와 궁병들도 차례로 주변에 위치한 이형들을 무너뜨려 나갔다.

"신념을 칭송하는 데 있어, 옳고 그름은 평가의 대상이 아니야!"

정신이 들어 보니 소리를 치고 있었다.

그는 넘쳐 나는 감정을 주체하지 못하고 건물을 빠른 속도로 타고 오르며 기쁨에 가득한 말로써 칭송했다.

"그렇기에 나는 칭송하겠다! 그 정복왕이 아무리 분노를 표출한다 해도! 최고最古의 영웅왕이 아무리 비웃는다 해도!"

리처드는 사실 정복왕이 분노한 이유를 알고는 있었다.

개인적으로는 그런 알렉산더에게도 호감을 느꼈지만, 그것은 아서왕의 의견을 부정한다는 뜻이 아니다.

애초에 사자심왕이 걸었던 왕도王道 또한 그 셋과는 전혀 다른 것이었기에.

그렇기에 그는 축복했다.

자신의 기사도를 형성한 기사왕이 품었던 이상을, 그 신념을.

"신민이 이룬 결과를 무無로 되돌리는 한이 있어도 자신의 이상을 자아내려 하는 그 기사도를 나는 긍정한다! 그 **포학함** 또한, 왕이라는 증거이기에!"

리처드는 기사왕의 '이념에 목숨을 건다'는 생각을 '포학하다'고 단언하고, 그렇기에 칭찬하겠노라고 선언했다.

그 말을 들은 경찰들은 의아한 표정을 지었고, 아야카는 땅이 꺼져라 한숨을 내쉰 후, '저 녀석답네' 하고 미소를 지었다.

"…하지만 위대한 아서왕이여. 당신은 한 가지 과도한 걱정에 사로잡혀 계시오."

세이버는 약간 표정을 찌푸리고서 우려하는 듯이 말했다.

그리고 이 자리에 없는 누군가에게 진언하듯, 자신의 생각을 외쳤다.

"우리 기사도의 시조왕이여! 당신은 모르시오! 원탁에서 만들어져, 원탁으로 인해 멸망한 그 나라는, 결코 다시 시작할 필요가 없소!"

"아서왕께서는, **우리를 보란 듯이 아발론***으로 인도하셨으니!"

×　　　×

"아～ 아～ 아주 제멋대로 지껄이네에. 알트짱도 죽은 후까지 자기한테 기대를 왕창 실어 대니 죽을 맛이겠어. 스승님들이 보면 뭐라고 할까."

프렐라티가 벽의 일부가 무너진 건물에서 살짝 고개를 내밀며 어이가 없다는 듯 세이버를 쳐다보았다.

"체엣, 그나저나 좀 더 추한 모습을 보여 줄 줄 알았는데, 이거 틀렸네. 저건 진짜배기야. 자기가 정말로 영웅담 속에서 살아간다고 믿는 타입이야. 저 상태로 방향성이 하나로 정해지면 잔느짱처럼 될 텐데."

그러자 그 옆에서 나타난 소녀가 우산을 빙글빙글 돌리며 즐거운 듯 말했다.

"뭐, 하지만 아무래도 좋지 않아? 난 저 임금님 마음에 들어! 앞으로 엄청 휘젓고 다녀 줄 것 같잖아! 이대로 신이니 뭐니 하는 것들한테 유린당해서, 일방적인 살육이 돼 버리면 재미없을 것 아냐! 기획자 겸 관객으로서 최고로 재미있는 난장판을 준비해 줘야지!"

※아발론(Avalon) : 아서왕 전설에서 전쟁으로 부상을 입은 아서왕이 건너가 최후를 맞은 장소. 축복의 섬, 사과(aval)의 섬으로 불리기도 하며 일반적으로는 '낙원'으로 인식되고 있다.

"싫다고 말한 적은 없어. 그렇기에 엉망진창으로 구겨진 우는 얼굴도 보고 싶었다는 거지."

"아아, 그건 동감이야!"

프란체스카는 눈을 가늘게 뜨고 악마 같은 미소를 지은 채 황홀한 얼굴로 바라보고 있었다.

"게다가…."

세이버가 아니라, 그 마스터라는 입장을 받아들인 아야카 사조를.

"이번에는 거꾸로, 저 아이 쪽을 함락시키는 것도 재미있을 것 같으니까…☆"

프렐라티는 그런 프란체스카를 보고 어깨를 으쓱한 후, 자신도 웃으며 하늘을 올려다보았다.

"그래서, 어쩔까? 뭔가 흡혈종의 기척도 약해졌는데, 숨통을 끊으러 가?"

"글쎄, 어찌 되었든 아무리 커다란 해골을 쓰러뜨려도, 이 세계에서는…."

검게 물든 세계를 바라보며 그렇게 말하던 프란체스카는, 어떤 이변을 알아채고 말을 멈췄다.

"응? 어라라?"

"어쩜. 굉장해, 대단해! 사자심왕 군, 도시 하나만큼이라고는 해도… 설마 '세계'를 이겨 버리는 거야?"

× ×

크리스털 힐 다음으로 높은 건물의 옥상까지 뛰어 올라간 세이버는 한차례 호흡을 가다듬었다.

"우리의 위대한 시조왕이여! 내가 증명하겠소!"

유달리 거대한 칠흑색 해골이 그의 앞을 가로막았다.

그 몸은 몇 마리나 되는 해골이 융합해 생겨난 것이라, 천수관음처럼 무수히 많은 뼈가 등에 어지러이 돋아나 있었다.

괴상한 모습을 한 그 괴물 앞에서 세이버는 전혀 겁을 먹지 않고 아서왕을 찬양하는 말을 계속해서 세계에 새겨 나갔다.

"당신이 걸었던 왕도는, 결코 틀리지 않았노라고!"

그리고 세이버는 옥상을 박차고 하늘 높이 뛰어올랐다.

"원탁이 남긴 왕도와 긍지가, 우리를 낳았노라고! 비극과 멸망이 영혼을 벼리었노라고! 인류의, 기사도의 영화榮花는 영원토록 스러지지 않을 것이라고, 당신과 원탁 앞에서 부르짓겠소!"

육박해 오는 칠흑의 화염을 뚫고, 세이버는 온 힘을 다해 섬광의 참격을 날렸다.

"우리는 당신이었기에 동경했던 것이오! 또한 앞으로도 계속 그러할 것이오, 시조왕 아서여!"

자신이 품은 소원을 큰 소리로, 소리 높여 부르짖으며.

"나는 이미, 그럴 자격을 잃었지만⋯."

그리고 잠시 자조 섞인 미소를 지은 후, 눈과 말에 아직 보지 못한 누군가에게 희망을 거는 듯한 광채를 머금은 채로 소리쳤다.

"언젠가 내가 아닌 누군가가, 이상향인 당신에게 도달할 것이오! 그래, 그렇고말고! 당신이 자아낸 별의 역사는, 반드시 당신에게 안녕의 바람을 전달할 것이오! 나는 그저, 그것을 축복하는 소리를 자아내고자 하오!"

"나는 성배의 힘으로써, 머나먼 이상향 아발론의 구석구석에까지 닿도록, 인간들의 개가凱歌를 노래해 보이겠소!"

막간
『용병은 자유롭다 II』

'애야, 애야. 잘 듣거라, 동포 아이야.'

'너희가 멸망시킬 것은 우리에게서 무언가를 빼앗으려 하는 자들이란다.'

시그마가 과거를 돌이켜 보려 하면 반드시 '키워 준 부모'들의 말이 먼저 떠올랐다.

세뇌를 위한 아무런 의미도 없는 말이었음을 아는 지금도 시그마는 그것을 잊지 못하고 있었다.

그 말 자체에는 증오도 슬픔도 느끼지 않았다.

'그런 말을 반복적으로 들려주었다'는 사실만이 기억에 남았다.

하지만 그것이 가장 오래된 기억임을 떠올린 순간, 시그마는 언제나 생각한다.

그 말은, 자신의 삶의 방식에 어떤 식으로든 영향을 미쳤을까.

기억을 더듬을 때마다 생각하는 것이 있다.

과연 지금의 자신에게는, 목숨 말고 빼앗길 만한 것이 있을까.

빼앗은 자를 멸해야 한다고 생각할 정도의 무언가가.

그것을 발견하지 못한 채, 시그마는 수동적인 존재로 살아가고 있다.

스스로 무대 위로 올라가려 하지도 않고, 하염없이 세계라는 이름의 막 뒤편에서 꿈틀대고 있을 뿐이다.

성배전쟁 한복판에서조차도.

×   ×

폐쇄된 도시. 쿠루오카 저택.

시간을 약간 거슬러 올라.

"제스터 군! 제스터 군! 왜 그래?!"

갑자기 쓰러진 소년 제스터를 본 츠바키가 당황해서 그에게 달려갔다.

그 모습을 본 시그마는 제스터의 몸 상태를 관찰했다.

'이건, 마술에 의한 공격인가?'

'아마도 상대의 체내에서 이질적인 마력을 폭주시켜 마술회로 자체를 어지럽히고 있는 것 같은데.'

간드 등이 날아온 낌새도 없었는데 대체 무슨 일이 일어난 걸까.

"큭… 아…."

츠바키는 괴로운 듯 신음하는 제스터를 보고 울 것 같은 얼굴로 발을 동동거리고 있었다.

'…지금이라면, 숨통을 끊을 수 있을까?'

하지만 우선은 츠바키를 이곳에서 떨어뜨리는 편이 좋을 것이다.

아이에게 처참한 현장을 보여 주고 싶지 않다기보다는 츠바키가 시그마를 살인귀로 인식할 경우, 그녀의 서번트로 추측되는 '새까망 씨'의 공격 대상이 될 가능성이 있기 때문이다.

"츠바키는 아빠랑 엄마를 불러와."

시그마가 그렇게 말하자 츠바키는 떨리는 목소리로 "으, 응!"이라고 중얼거리며 빠른 걸음으로 계단을 뛰어 올라갔다.

"……."

그녀를 배웅한 후, 시그마는 허리에서 마술도구 하나를 꺼냈다.

흡혈종과 특수한 소환수 등을 상대할 때 사용하는 한정적인 용도의 약이 든 주사기다.

성수와 같은 효과를 지닌 이 약은, 평소 같았으면 제스터 수준의 흡혈종에게 전혀 효과가 없었을 것이다.

하지만 지금과 같은 상태라면 시험해 볼 가치는 있다.

그렇게 판단한 시그마는 소년 제스터를 진찰이라도 하듯 목줄기에 손을 대었다.

"…윽… 크, 크하하, 소용없어, 형. 그걸 써 봤자, 이 아이의 개념핵이 죽을 뿐이야."

"그럴지도 모르지만 시험해 볼 가치는 있지."

"잠깐, 잠깐. 아이의 모습을 새로 손에 넣기가 귀찮아서 그

래. 강요에 의한 게 아니라… 완전한 동의를 얻어야만 장전할
수 있거든….”

괴로워하며 자신의 마술에 관해 말하고는 있지만, 마술사가
자신의 입으로 자신의 카드를 공개할 리가 없으니 아마도 엉터
리이거나 그다지 가치가 없는 정보일 것이다.

시간벌이를 하려는 것이라고 판단한 시그마는 냉정하게 주
사기를 꽂으려 했지만.

“……………….”

어린아이의 비명이 위층에서 들려왔다.

“?!”

소년 제스터는 그 짧은 빈틈을 찔러 신음하며 시그마의 배를
차올렸다.

“…큭!”

시그마가 거리를 벌린 후에도 비명소리는 계속되었다.

괴로워 보이기는 하지만 자리에서 일어난 소년 제스터를 보
고, 시그마는 현 단계에서는 처치할 수 없겠다고 판단했다.

그 즉시 행동방침을 수정한 시그마는 책상 위에 놓여 있던
노궁을 집어 들고 그대로 계단 위로 도약했다.

‘여차할 때 써먹을 수 있을까?’

노궁은 잘 손질되어 있지만 바로 쏠 수 있을지 어떨지는 모

를 일이다.

그래도 그 묘한 붉은 옷을 입은 미인이 굳이 맡긴 것을 보면, 모종의 판단 재료는 될 것이라는 생각에 그대로 가지고 가기로 했다.

'함정일 가능성도 있지만…. 정보는 많을수록 좋지.'

반쯤은 도박이었지만 과거에 프란체스카에게 받았던 의뢰 중 태반에 '뭔가 재미있어 보이는 아이템을 찾으면 가져와'라는 옵션이 붙어 있었기 때문에 그렇게까지 기피감이 들지는 않았다.

'소유자를 저주해 죽이는 술식이 새겨진 듯한 낌새는 없어.'

'…그나저나 꽤나 예장을 많이 실어 두었군….'

노궁에 대해 그런 생각을 하며 시그마는 단숨에 계단을 올라갔다.

그러자 츠바키가 창밖을 본 채 풀썩 주저앉아 있었다.

"왜 그래? ……?!"

무슨 이변이 일어났는지는 금방 알 수 있었다.

창밖에 보이는 세계가, 좀 전과 완전히 달라져 있었다.

푸른 하늘은 검은 구름으로 뒤덮였고, 거대한 괴수 같은 해골이 몇 마리나 온 도시를 활보하고 있었다.

파릇파릇했던 잔디와 정원수는 시들고 흙 속에서 흉흉한 검은 증기가 피어올랐다.

"뭐야… 이건."

"괴수… 괴수…."

'새까망 씨'는 무서워하지 않았던 츠바키가 거대한 해골의 무리에는 겁을 내고 있었다.

'츠바키는 이 현상에 관여하지 않았나?'

다음 순간, 그 '새까망 씨'가 정원에서 떠올라 소녀의 몸을 끌어안듯 휘감았다.

"새까망 씨…?"

츠바키가 안심한 듯 그 이름을 부르자 영령으로 보이는 그림자는 아무 대답도 하지 않고, 츠바키의 눈이 '무서운 세계'를 보지 못하도록 가린 채 하늘거렸다.

"…이건… 역시."

마법사가 되고 싶어.

츠바키의 그 말이 떠올랐다.

쿠루오카 유카쿠의 말로 추측컨대, 서번트는 츠바키의 수호자 같은 존재가 된 듯했다.

만약 그 츠바키의 '마법사가 되고 싶다'는 소원에 반응한 것이라면?

제스터가 그렇게 유도하듯 질문을 했을 때부터 불길한 예감이 들기는 했다.

그것이 적중했다는 사실에 이를 갈며 시그마는 츠바키에게 물었다.

"저기, 츠바키, 몸 상태가 안 좋다거나 하지는 않아?"

"어? 아, 아니. 무섭지만 괜찮아."

"그래…."

역시 마력의 고갈 같은 것과는 인연이 없는 듯했다.

그러던 중에 마당에서 츠바키의 아버지인 쿠루오카 유카쿠가 나타났다.

"얘, 츠바키. 왜 그러니?"

"아, 아, 아빠! 밖에 귀신이 잔뜩… 아, 아냐, 맞아, 제스터 군이, 제스터 군이…!"

츠바키는 눈물이 그렁그렁해져서 아버지에게 달려갔다.

그러자 뒤에서 다가온 어머니가 평온한 미소를 지은 채 말했다.

"괜찮아, 츠바키. 저 아주아주 커다란 해골도 모두 츠바키 편이니까."

"…어?"

츠바키가 당황한 눈으로 어머니를 올려다보았다.

그 말을 받는 모양새로 아버지도 말했다.

"그렇단다, 츠바키. 저 해골들은 새까망 씨랑 같은 거야."

"하, 하지만 새까망 씨랑은 다른데? 새까망 씨는, 저렇게 무서운 짓 안 해…."

츠바키의 시선 끝에서는, 거대한 해골이 건물을 파괴하며 '무언가'와 싸우고 있었다. 가끔씩 빛의 참격 같은 것이 보이는 모습으로 미루어 세이버의 영령일 가능성이 컸다.

"그래, 새까망 씨랑 저건 같은 거야. 새까망 씨는 너를 지키는 역할이지만, 저 해골들은 무기거든. 그러니 츠바키가 무서워하는 것도 무리는 아닌가."

"어? …어?"

"이봐…."

당황한 츠바키를 본 시그마는 부모의 말을 제지하려 했다.

하지만 그 말은 중간에 끊겼다.

하늘에서 미끄러져 들어오는 듯한 모양새로, 그림자 하나가 떨어졌기 때문이다.

그것은 온몸에 상처를 입은 어새신이었다.

"어새신!"

시그마가 말하자 그녀는 상처를 입었음에도 태연하게 말했다.

"소녀는 무사한가! 그 흡혈종은 이곳에 있나?!"

"그래. 하지만 갑자기 괴로워하던데…."

"그 마술사들의 주술이 성공했나… 녀석은 어디에 있지?"

어새신이 당장에라도 숨통을 끊으러 갈 기세로 말한 참에 츠바키가 말을 붙였다.

"'어새신', 언니?"

어새신이 이름이라고 인식하고 있는 츠바키가 걱정스러운 얼굴로 다가가려 했다.

"괜찮아? 다쳤어… 피가…."

울 것만 같은 츠바키의 얼굴을 본 어새신은 자신의 옷으로 상처를 가리며, 소녀가 안심할 수 있도록 다정한 목소리로 말했다.

"그래, 나는 괜찮….."

그 몸이 옆에서 나타난 검은 이형의 공격으로 날아갔다.

"크윽….."

어새신은 옷 틈새로 그림자를 뻗어 응전했지만, 이형들은 차례차례 솟아나 어새신을 숫자로 압도하려 했다.

적의 본체, 핵 같은 것이 있다면 어새신은 그것을 노리고 보구를 사용해 단숨에 형세를 뒤집을 수 있었으리라.

하지만 시그마는 알았다.

이 결계세계 자체가 본체와 융합해 있다는 사실을.

다시 말해, 이 경우에서 핵이라 할 수 있는 것은, 다름이 아니라 쿠루오카 츠바키 본인이라는 것을.

"언니!"

허둥대며 달려가려는 츠바키를, 부모의 손이 제지했다.

"위험해, 츠바키."

"그래, 휘말려 들면 어쩌려고."

소녀의 부모는 다정한 얼굴을 하고 있었지만, 아무리 봐도 주변의 상황과 어울리지 않았다.

그 위화감은 어린애인 츠바키에게 쐐기처럼 깊숙이 박혔다.

불안감이 부풀어 올라, 츠바키는 울 것 같은 얼굴로 외쳤다.

"어째서?! 새까망 씨의 친구잖아?! 어째서 저 귀신은 '어새신' 언니를….."

"그건 말야…. 그 누나가 너를 죽이려 하고 있기 때문이야."

"!"

일동의 등 뒤에서 소년의 목소리가 들렸다.

지하공방에서 올라온 제스터였다.

아직 소년의 모습을 하고 있는 그는, 플랫의 술식으로 괴로워하면서도 억지로 미소를 지은 채 츠바키에게 말했다.

"그 누나는, 네가 살아 있으면 곤란하대."

"어…?"

"그만둬."

시그마가 조용히 제지했다.

하지만 제스터는 고통으로 온몸을 떨며 말을 이었다.

"아아! 거기 있는 시그마 형도 마찬가지야…. 자기를 위해 너를 죽이려 하는, 나쁜 사람이라니까?"

"…아니야."

"나를… 어째서?"

"너는 신경 안 써도 돼. 너는 이 세계의 임금님이야, 마음대로 해도 돼. 마법사가 되어, 아빠랑 엄마한테 칭찬받고 싶지? 괜찮아, 분명 너라면 될 수 있을 거야. 난 네 편이라서 알아."

제스터는 수차례 자신이 '같은 편'이라고 강조했다.

아마도 츠바키가 강하게 그렇게 인식하게 해서 자신을 공격 대상에서 제외시키려는 것이리라.

현재는 어새신도 제스터가 아니라 세이버를 경유해 흘러드는 아야카라는 마스터의 마력으로 움직이고 있었는데, 그 때문에 '새까망 씨'는 제스터가 어새신의 마스터라고 인식하기가 어려운 상황이라 할 수 있다.

"내가, 임금님?"

"그래, 맞아. 그런 너를 부러워하는 사람들이, 너를 괴롭히려는 거야. 그래서 새까망 씨는 녀석들에게서 너를 보호해 주는 거고. 계속 말야."

제스터는 소녀의 응석을 받아 주듯 말하며, 아이가 가진 만능감을 자극하려 했다.

하지만 그는 한 가지 오산을 했다.

플랫의 공격을 받고 자신보다 상위에 위치한 사도에게 버림받았다는 일로 충격을 받지 않았다면, 어쩌면 조금은 냉정하게 츠바키의 감정을 이해하고 컨트롤할 수 있었을지도 모른다.

그는 몰랐던 것이다.

츠바키라는 소녀를, 병마로 괴로워하는 어린 나이의 순수한 소녀라고 믿고 있던 거다.

실제로 츠바키는 순수하다 할 수 있었다.

이 세계에 있는 츠바키는 어린 나이의 소녀 그 자체였다.

하지만 그 순수함은 본질적으로 수많은 고통을 이겨내고 형성된 것임을 그는 알지 못했다.

그러한 본질 때문에, 왜 모두가 화를 내고 있는 것인지 모르는 소녀는, 겁을 내면서도, 울음을 터뜨릴 것만 같으면서도, 행복해지고 싶다고 바라면서도 알아채고 말았다.

"그렇구나…."

태어나서 계속되어 온 '경험'을 통해, 그녀는 한 가지 답에 도달한 것이다.

"나, 또 '**실패**'한 거구나…."

슬픈 듯 고개를 숙인 후, 츠바키는 천천히 고개를 들었다.

그리고 울음을 필사적으로 참으며 주변 사람들에게 말했다.

"죄송해요, 죄송해요… 아빠, 엄마."

"**사과할 것 없단다**, 츠바키. 너는 안심하고 있으면 돼. 아무것도 하지 않아도 된다고."

사과할 것 없다.

어린 츠바키도 직감적으로 알 수 있었다.

그것은 '츠바키는 실패하지 않았다, 잘못한 것이 없다'가 아니라,

'츠바키는 실패했지만 혼내지 않겠다'는 뜻이라는 사실을.

다시 말해서, 정말로 자신 때문에 시그마 일행이 곤란해하고 있고… 무엇보다도 저 검은 해골의 무리가 자신 때문에 날뛰고 있다는 사실을.

지금도 계속되고 있는 도시가 파괴되는 소리를 들으며, 츠바키가 울음 섞인 목소리로 말을 이었다.

"그, 그치만… 건물에 사람이 있다면, 그 사람들이…."

"도시 사람들은 아무리 죽어도 상관없어. 건전지 같은 **한낱 소모품에 불과하니까.**"

"그래, 츠바키. 너를 혼내는 사람들은 모두 다, **저 해골들이 죽여 줄 거란다.**"

"암, 게다가 츠바키의 세계라면 몇 명이 죽어도 신비는 은폐할 수 있어."

"다행이지 뭐니. 이제 바깥세계에 끼칠 영향을 어떻게 얼버무릴지를 생각해 둬야겠네."

'…뭐지?'

'이 녀석들은, 대체 무슨 소릴 하고 있는 거지?'

이형들을 떨쳐 내며 그 말을 들은 어새신은 무의식중에 눈살을 구겼다.

저들은 츠바키를 지키기 위해 세뇌되어 있을 터다.

제스터에게 조종을 당하는 듯한 낌새도 없다.

그렇다면 저들은… 평소에도 아무렇지 않게, 자신의 딸에게 저러한 말을 하고 있다는 뜻이 된다.

부모의 말을 들은 츠바키는 무언가를 의지하려는 듯 시그마와 어새신을 보았다.

하지만 어떻게 답을 하는 것이 정답일지 판단이 되지 않아, 두 사람은 침묵으로 답할 수밖에 없었다.

그리고, 츠바키는 자신의 생각이 틀리지 않았음을 깨달았다.

깨닫고 말았다.

"괜찮, 아요."

츠바키는 바들바들 몸을 떨면서도, 주변에 있는 '어른들'에게 미소를 지어 보이며,

"열심히, 할게요."

그대로 빨려들기라도 하듯 '새까망 씨'의 연기 같은 몸에 달라붙었다.

"어?"

제스터조차도 츠바키의 행동에 담긴 의도를 파악할 수 없어 당황했다.

하지만 가장 먼저 어새신이, 이어서 시그마가 츠바키의 의도를 알아채고는 제지하려 들었다.

"그만둬!"

"잠깐, 넌 아무것도…."

하지만 그 말은 닿지 않았고, 달려 나가려 했던 두 사람은 '새까망 씨'에게서 솟아난 이형에 의해 발이 묶였다.

결과적으로 츠바키는 자신의 억지를 행사할 수 있었다.

"부탁이에요, 새까망 씨."

소녀의 영주가 옅은 빛을 내뿜었다.

"전부, **전부 원래대로 되돌려 주세요**."
"뭐….".
제스터가 놀란 표정을 지은 가운데, 츠바키의 영주는 더욱
환하게 빛났다.
"저를, **계속 쭈욱, 외톨이로 만들어 주세요**."
아주 잠시, '새까망 씨'가 놀란 시늉을 하는 것처럼 보였다.
"섣부른 짓 마라!" "그만둬!"
어새신과 제스터가 동시에 외쳤다.
시그마는 가만히, 그 광경을 지켜볼 수밖에 없었다.

이윽고 '새까망 씨'가 비명을 지르듯 몸을 격렬하게 떨더니,
다음 순간, 세계가 다시 한번 뒤집어졌다.

×   ×

스노필드. 쿠루오카 저택.

"음…."

시그마가 눈을 떠 보니, 그곳은 의식을 잃기 전과 완전히 같은 장소였다.

쿠루오카 유카쿠가 사는 저택의, 정원과 이어져 있는 곳이다.

하지만 하늘은 푸르고 잔디는 파릇파릇했다.

파괴되었던 건물들이 본래의 모습으로 돌아온 것을 보고, 시그마는 자신들이 결계세계가 아닌 현실의 세계로 돌아왔음을 이해했다.

그 증거로, 쿠루오카 츠바키의 모습만이 집 안에서 홀연히 사라져 있었다.

자세히 보니 마찬가지로 정신을 차린 듯한 어새신이 주먹을 움켜쥔 채 소리치고 있었다.

"이런 때에… 이런 상황에서, 그 어린아이가 **그런 길**을 택한다는 말인가?!"

어새신은 비틀대며 일어나, 명확한 분노가 담긴 눈을 하고서 마찬가지로 일어나려 하는 쿠루오카 부부에게 외쳤다.

"어떠한 삶을… 무엇을 강제당하며 살았기에, 어린아이가 스스로 그런 길을 택하지?! 네놈들은… 네놈들은 저 어린아이에게, 자신들의 딸에게 무슨 짓을 한 것이냐?! 무슨 짓을 해 온 것이야!"

"…무슨 소리인지는 모르겠지만, 우리를 상대할 시간이 있나?"

쿠루오카 유카쿠는 머리를 짚은 채 쿡쿡 웃더니, 어새신의 뒤에 있는 존재에게 시선을 돌렸다.

"김 빠지게… 설마, 저렇게까지 망가져 있었을 줄이야. 죽고 싶지 않다고 소리치는 순수한 츠바키의 목을, 어새신 누나가 어쩔 수 없이 치는 걸 기대하고 있었는데에…."

짜증스러운 얼굴을 한 소년이 자신의 옷을 풀어헤쳐 심장 근처에 새겨진 리볼버의 탄창처럼 생긴 문신을 드러냈다.

그 문양 위에 손가락을 대자, 평면에 새겨져 있는 문신이 빙글 회전해서 다른 문양이 최상부에 장착되었다.

그러자 소년 제스터의 몸이 순식간에 부풀어 올라, 신장이 2미터는 더 되는 붉은 털의 늑대인간으로 변해 그 자리에서 도약했다.

"잘 있어라, 어새신! 너를 나의 사랑으로 죽도록 희롱하는 건 다음 기회로 미루도록 하지!"

난폭하게 말을 내뱉은 그 존재는 그대로 옥상으로 올라간 뒤 몸을 날려, 어새신에게서 도망치듯 하늘을 질주했다.

"……! 놓칠 것 같으냐!"

어새신은 부상을 입었음에도 불구하고 바닥을 박차고 그대로 제스터를 쫓아 모습을 감췄다.

그리고 그 자리에는 시그마와 쿠루오카 부부만 남았다.

"아아… 험한 꼴을 당했군. 설마 우리가 아니라 딸에게 영주가 깃들 줄이야."

"그러게. 하지만 이걸로 한 가지는 증명됐어. 츠바키는 우리보다 마술회로의 질이 높았기에, 그 나이에 선택된 것이라고 볼 수 있는 거잖아."

담담하게 대화하는 부부의 모습에서 시그마는 묘한 위화감을 느꼈다.

'음? 뭐지, 이 감각은?'

아직도 츠바키의 서번트에게 조종당하고 있는 건가?

아니, 그런 부류의 위화감이 아니라고 시그마는 판단했다.

"아아, 자네는… 시그마 군이었던가? 팔데우스의 부하라고 했는데, 녀석과 연락은 되나?"

"여보, 그보다 우선 병원으로 가야지."

"…그렇군, 오른손을 자를 도구는 그곳에서 조달하도록 할까."

"그러자."

두 사람의 대화를 들은 시그마는 엉겁결에 물었다.

"오른손을… 잘라?"

"그래, 그래야지. 츠바키 녀석, 영주를 두 획이나 쓴 것 같지만 한 획이라도 남아 있으면 영령과의 재계약은 가능하니까. 저만한 힘을 지닌 영령이라면, 팔데우스와의 연계를 통해 상당히 유리하게 일을 진행할 수 있겠지."

시그마는 이해했다.

이 부부는 조종당하고 있던 동안의 일을 모두 기억한다는 사실을.

그럼에도 불구하고 입을 열자마자 한 말이, 츠바키를 걱정하는 말이 아니라 츠바키의 오른손을 잘라 내 영주를 빼앗겠다는 것이었다.

'아아, 그렇지. 이것이 마술사라는 족속이었어.'

'마술각인은 아직 부모 중 어느 한쪽이 갖고 있을 테니, 설령 츠바키가 죽더라도 그렇게까지 비관하지는 않겠지. 저들에게 중요한 것은 자신들의 마술을 계승시킬, 피가 이어진 개체뿐이니.'

'피가, 이어진….'

"…자를 겁니까? 츠바키의 손을."

"아아, 괜찮네. 어차피 의식은 없으니까. 비명을 지를 걱정도 없지. 뭐, 나중에 자손을 남길 기능까지 손실되면 안 되니, 심장과 신경이 상하지 않도록 최대한 주의를 기울일 필요는 있겠지만. 그러는 동안 병원 관계자들에게 조치를 취해 달라고 팔데우스와 리브 서장에게 전해 주게. 프란체스카에게는 부탁하고 싶지 않지만, 녀석의 마술이 있으면 최악의 경우 목이 떨어져도 생식 기능은 남길 수 있겠지."

유카쿠는 고약한 소리를 해서 반응을 즐기거나 비아냥거리는 말을 하려는 것이 아니라, 담담하게 사실만을 말하는 듯 보였다.

그리고 시그마는 알아챘다.

기묘한 감각은 외부에서 온 것이 아니라는 사실을.

자신의 속에서 솟구친, 하나의 '감정'이라는 사실을.

'얘야, 얘야. 잘 들거라, 동포 아이야.'

시그마의 머릿속에, 목소리가 울린다.

'너희가 멸망시킬 것은 우리에게서 무언가를 빼앗으려
하는 자들이란다.'

그리운 목소리, 이제는 무의미한 말.
하지만 그 목소리가 이 순간, 시그마의 마음을 흔들었다.
'아아.'
'그래. 그런 건가.'
'나는… 쿠루오카 츠바키는 나와 다른 세계의 사람이라고 생
각했다.'
'마술사이기는 하지만, 부모님이 있다고. 피가 이어진 부모
가 있다고.'
'상관없는 일이었구나…. 그런 건.'
머릿속에 츠바키의 미소와 과거의 자신들이 겪었던 고통,
그리고 자신의 손으로 죽였던 동포의 얼굴 등이 차례로 떠올
랐다.
'아아… 뭐지? 대체 뭐지, 이 이상한 감각은?'

시그마는 문득 자신이 무언가를 들고 있다는 사실을 알아챘다.

그것은 꿈속 지하에서 가지고 나왔던 그 노궁이었다.

"음… 왜 그걸 자네가 가지고 있지? 무기로 쓰기는 어려울 테고, 영령이 모두 모인 이번 전쟁에서는 써먹을 수 없을 텐데. 돌려주겠나."

유카쿠가 그렇게 말하는 것을 들으며 시그마는 문득 생각했다.

"…츠바키를 지키겠다고, 말했었지. 내가, 내 입으로."

그리고 그 붉은 옷차림을 한 신비로운 존재는, 그런 시그마의 말을 냉큼 믿어 버렸다.

"뭐라고 중얼거리고 있는데… 여보, 이 용병 괜찮은 거야?"

"글쎄, 이 부지 내에서 할 수 있는 일은 아무것도 없어."

어지간히 이 집 안의 방어기구에 자신이 있는 것인지 츠바키의 아버지는 시그마를 겁내지 않았다.

그렇다고 방심하거나 하지는 않아서, 이미 그 손가락은 언제든 술식을 발동해서 이쪽을 처치할 수 있는 태세를 취하고 있다는 것을 알 수 있었다.

시그마는 살며시 숨을 들이쉬고서, 무미건조한 마술을 사용하는 용병의 얼굴로 돌아가 입을 열었다.

"실례했습니다. 쿠루오카 유카쿠 님. 팔데우스 님에게는 제쪽에서 상세히 보고해 두겠습니다."

"그래, 그렇게 해 주게. 이쪽 영령의 정보는 뭐, 자네가 이해한 부분까지는 전달해도 좋네."

"네, 그리고 쿠루오카 님께도 한 가지 통지할 것이 있습니다."

"통지?"

유카쿠가 의아한 투로 묻자 시그마는 담담하게 말했다.

"이것은, 성배전쟁이고, 저도 참가자 중 한 명입니다."

"그래서? 좀 전에 봤던 어새신이 자네의 영령 아닌가?"

자신이 **치명적인 착각**을 하고 있다는 사실을 알지 못한 채, 유카쿠는 의아하다는 듯 말했다.

다시 말해서 시그마는 현재, 영령과 떨어져 있는 수준 낮은 마술사용자에 불과하다고 생각했다.

무슨 일이 생기더라도 영주로 그 어새신을 불러들이기 전에 처리하면 그만이라고 생각하는 것이다.

"저의 직속 상사는 팔데우스가 아니라 프란체스카이고⋯ 저의 재량으로 전쟁에 임해도 좋다는 허가를 받았습니다."

"이봐⋯ 쓸데없는 생각은 관둬라."

불온한 분위기를 느낀 유카쿠가 손가락을 움직이기 전에, 시그마는 자신의 말을 끝맺었다.

굳이 그 말을 하는 것조차도 상대의 움직임을 유도하기 위한 계획의 일부였다.

"이건, 내가 당신들에게 보내는⋯ **선전포고다.**"

"대단하군. 확실히 우리가 술식의 위치를 알려 주기는 했지만, 실수 한 번 없이 모두 요격해 내다니."

몇 분 후.

옆에 선 '그림자' 중 한 명, 늙은 선장이 씨익 웃으며 말했다.

"당신들의 정보가 정확했던 덕분이야. 그러지 않았다면 쓰러져 있는 건 내가 되었겠지. …고마워."

"서번트한테 쉽게 고맙다고 하지 마라. 상부상조하는 관계니 말이야."

선장은 큭큭 웃으며 말하더니 그대로 바닥에 널브러진 두 개의 덩어리를 쳐다보았다.

"아으… 으윽… 컥…." "어째… 서…."

눈이 뒤집혀서 의미를 알 수 없는 신음소리만 연신 내고 있는, 인간의 형태를 한 고깃덩이를.

"어쩔 거냐, 이 녀석들은? 내버려 두면 마술각인으로 재생할 텐데?"

"재생 경로는 막아 뒀어. 마술각인의 질로 미루어 볼 때, 보름은 이 상태가 계속되겠지."

그것은 온몸을 마비시키고 대부분의 마술회로를 특수한 예장으로 지진 쿠루오카 부부였다.

간신히 숨만 쉬고 있는 상태인 두 사람의 앞에서 시그마는 말했다.

"고민 중이야."

눈앞에 널브러진 부부에게는 아무런 감정도 품지 않은 채, 무표정하게 말을 이었다.

"죽이라는 지시가 있으면 망설임 없이 죽일 테고, 죽이지 말라는 지시가 떨어지면 안 죽이겠지. 하지만 이번에는 지시가 없어. 장기적인 목표조차 없는 상태야."

"하지만 너는 자신의 의지로 목표를 정했지, 안 그래?"

인공적인 날개를 지닌 '그림자'의 말에 시그마는 역시나 담담하게 답했다.

"나는 츠바키를 지키겠다고 했지만, 그 아이가 눈을 뜬 후에 부모가 죽었다는 사실을 알게 되면 아마도 슬퍼하겠지…. 아니, 자기 책임이라고 생각해서 스스로 죽으려 할지도 몰라. 하지만 이 녀석들을 살려 두면 또 같은 짓을 반복할 테고."

"그래서 어정쩡하게 살려 둔 거야? 아니, 솔직히 말해서 굉장해. 그 마술회로와 온몸의 신경을 불수 상태로 만드는 기술은. 확실히 마술사라기보다는 마술사용자다운 수법이야."

"이런 부류의 기술은, 프란체스카에게 질리도록 배웠으니까."

그리고 쿠루오카 츠바키의 어머니 쪽을 바라보며 그림자에게 말했다.

"내 어머니는, 이제 없어. 프란체스카는 일본에서 일어난 성배전쟁에서 죽었다고 하더군."

그의 머릿속에서는 '이제 무의미해진 말'이 계속해서 반복되고 있었다.

'네 부모도 밖에서 온 인간들이 앗아 갔단다.'
'네 아버지'들'은 부정으로 가득한 외부의 침략자들에게 살해당했단다.'
'네 어머니도 외부에서 온 무시무시한 악마의 꾐에 넘어갔단다.'
'애야, 그러니 멸망시키거라. 우리에게서 **빼앗으려** 하는 자들을.'
'애야, 그러니 싸우거라. 언젠가 네 어머니를 **우리**가 되찾을 수 있도록.'

그 목소리가 잦아들었을 즈음, 타이밍을 재고 있기라도 했는지 그림자가 말했다.
"아아, 전에도 말했었지."
얼굴의 절반이 석화한 뱀 지팡이를 지닌 소년은 시그마의 얼굴을 보고 조금 핵심에 가까운 질문을 던져 보았다.
"…부모에 관해 생각하면, 뭔가 특별한 감정이라도 들어?"
"내 어머니는… 이런 녀석이 아니었으면 좋겠다고 생각한 것뿐이야."
이제 와서는 아무런 의미도 없는 생각이라는 것을 알지만, 그래도 시그마는 그러기를 바랐다.

"그래서 이제 어쩔 거니?"

비행사 차림을 한 여성 '그림자'의 말에, 시그마는 하늘을 올려다보며 답했다.

"자유롭게 움직여도 된다고 했으니, 그렇게 할 뿐이야. 팔데우스는 날 죽이려 들겠지만, 프란체스카는 기뻐해 줄걸."

"무슨 짓을 하든 '기뻐'하기만 하지 않냐? 절대로 안 도와줄게다, 그 마물은."

선장의 말에 시그마는 무표정하게 고개를 끄덕였다.

"알아. 하지만 기뻐해 준다면, 지금까지 돌봐 준 은혜에 대한 보답은 되겠지."

붉은 옷차림의 미인이 맡긴 노궁을 손에 든 채, 시그마는 자신과 서번트인 '파수꾼'에게 선언했다.

이제 자신도 무대 위로 올라갈 것이라고.

"나는… 이 성배전쟁이라는 시스템을 파괴하겠어."

FatestrangeFake

접속장
『대그락때그락』

"…어라?"

정신이 들어 보니 아야카는 교차로 한복판에 있었다.

병원과 경찰서에서 가까운, 크리스털 힐 앞에 위치한 교차로다.

주변의 아스팔트 등은 요란하게 파괴되어 있고, 멀찌감치 떨어진 곳에는 출입금지 구역을 나타내는 바리케이드와 이 대로를 에워싸 감추는 모양새로 세워진 순찰차, 공사용 차량 등이 보였다.

근처에서는 경찰들이 마찬가지로 주변을 둘러보고 있었고, 상당히 떨어진 곳으로 싸우러 갔던 세이버의 모습은 보이지 않았지만 자신의 주변에 떠오른 물구슬만은 남아 있었다.

"돌아왔어…?"

×   ×

콜즈맨 특수 교정 센터.

"호오… 무사히 귀환했나요. 이거, 이거. 길을 봉쇄해 두길 잘했군요."

팔데우스는 어깨를 으쓱하며 중얼거리고는, 도시에 둘러쳐 둔 감시카메라가 보내온 영상을 보며 자신의 부하인 알드라에게 말했다.

"자, 속 쓰린 나날이 계속되고 있지만 며칠 안 남았습니다. 이쪽도 제대로 조정을 해야겠군요….."

"우선은 무엇을 할까요?"

그녀의 말에 팔데우스는 쓴웃음을 지으며 윙크를 했다.

"우선, 위장약이라도 처방받도록 할까요."

×   ×

중앙교차로.

"아아! 찾았다, 찾았어! 저 사람이에요, 잭 씨! 저 애가 세이버의 마스터예요!"

플랫이 아야카의 모습을 발견하고 신이 나서 말하자, 손목시계 형태의 잭이 나무랐다.

(섣불리 접근하지 말게. 그만한 힘을 지닌 세이버니, 적일 경우에는 순식간에 죽을 것이야.)

"그건 그렇지만 아무리 생각해도 저 마스터가 엄청 신경 쓰여서요…. 맞아. 잭 씨, 백기白旗로 변신해 주실래요?"

(무기물이었다는 설을 이용해 시계로 변하기는 했지만, 아무리 그래도 '살인마 잭의 정체는 백기였다'는 설은 들어 본 적도

없네.)

"찾아보면 있을 거예요, 분명! 인간의 가능성은 살짝 무한대에 가까우니, 잭 씨의 정체도 오천 개 정도는 될 거라고요!"

(무한대에 비교하니 꽤나 조촐하게 느껴지는군….)

그렇게 평소와 같은 대화를 하며 잭은 자신과 마스터가 원래 세계로 돌아왔다는 사실을 실감했다.

주변을 살펴 세이버의 마스터에게 다가가는 플랫을 언제든 마술사와 영령의 공격으로부터 지킬 수 있도록 경계하며, 잭은 다시 한번 플랫에게 말했다.

(하지만… 나는 앞으로 전투에 도움이 되지 않을 걸세. 병원 앞에서 싸웠던 궁병에게 보구를 빼앗긴 데다, 다른 영령들과 큰 차이가 난다는 사실도 확인했지 않는가.)

"괜찮아요. 스테이터스 차이는 하드모드라고 생각하고, 치고 빠지는 식으로 어떻게든 하면 돼요."

(…그 어새신이 자네에게 성배에 관해 물었을 때, 자네 나름의 답보다 나를 먼저 걱정해 준 일에는 감사하네만….)

"무슨 말씀이세요! 게다가 저도 알고 싶단 말이에요! 살인마 잭의 정체는!"

플랫이 눈을 빛내며 말하자 잭은 말을 받았다.

(…실망만 할지도 모르네. 추잡한 인간이, 우연히 붙잡히지 않은 것뿐일 가능성도 커. …어느 쪽이 되었든 나 같은 존재를 동경하는 것은 그만두게나. 나는 정체가 밝혀진다 해도, 비로

소 속죄할 권리를 얻을 뿐이네. 정체를 알게 되는 것은, 나에게는 구원이지만 결코 속죄 그 자체는 아니야. 범죄자를 동경하는 것은 애초에 건전한 짓이 아니란 말일세.)

설교하듯 말한 후, 잭은 부드러운 투로 말을 이어 나갔다.

(하지만 이렇게 자네와 함께한 나날… 자네의 기억에 남을 것은 틀림없는 '나'일세. 아마도 성배의 힘으로 정체가 확정되면 나의 존재는 사라지고, 그 진짜가 자네의 앞에 서게 되겠지. 그것이 자네를 죽이려 들면, 망설이지 말게. 곧바로 죽이든 도망치든 하고, 그 녀석을 바로 잊어 주게나.)

"잭 씨…."

(다만… 이렇게 지금 자네와 이야기를 나누고 있는 '나'는, 기억해 주었으면 고맙겠네.)

아마도 자신이 앞으로의 싸움에서 살아남기는 어려우리라고 확신하고 있는 것이리라.

잭이 마치 유언이라도 남기듯 말하자 플랫은 평소와 같은 미소를 지었다.

"저도 마찬가지예요. 잭 씨의 정체가 무엇이 되었든, 그건 그거예요. 지금 이야기하고 있는 잭 씨가 제게는 잭 씨니까요. 만약 지금의 잭 씨에게 '사람을 죽인 죗값을 치러라'라고 하는 사람이 있다면, 제가 증언할게요! 여기 있는 잭 씨는 진짜 가짜예요, 속죄할 필요가 없어요, 라고요!"

(……. 크큭… 하하하하! 그건, 여러모로 주객이 전도되지 않

았나!)

잭은 소리 높여 웃었다.

마술사답지 않은 마술사 청년과 살인귀 콤비가 즐거운 듯 웃는다.

그들은 그 무엇도 두렵지 않은 듯한 가벼운 발걸음으로, 그대로 세이버의 마스터인 소녀와 접촉하기로 했다.

"이봐~ 아야카~!"

"어?! 누구야?!"

갑자기 누가 말을 걸어오기에 아야카가 고개를 돌려보니, 10대 중반에서 스무 살 정도로 보이는 청년이 서서 손을 흔들고 있었다.

"어떻게 내 이름을…."

경계하는 아야카의 반응을 보고 청년이 말했다.

"아아, 역시 딴 사람이구나! 그렇지~? 마력의 흐름이 전혀 다른걸! 하지만 너도 이름은 아야카구나?"

"어…?"

아야카는 어리둥절해서 청년을 쳐다보았다.

"너 누구야?! 혹시 나를 알아?"

"나는 플랫이야, 잘 부탁해. 너랑 같은 얼굴과 이름을 가진 사람이 있고, 그 애랑은 친구인데… 네 마력의 흐름은, 역시 그렇구나…."

청년이 아야카를 보고 뭐라고 중얼거리기 시작하자, 아야카는 경계심에 거리를 벌리며 물었다.

"잠깐… 알려 줘! 나에 관해 안다면… **아야카 사조가 누구인지 안다면**, 좀 알려 줘…!"

아야카가 이상한 소리를 하자 플랫은 진지한 표정을 지으며 고개를 끄덕였다.

"응… 알겠어. 역시 너는, 자신이 무엇인지 잘 모르는구나."

"……."

아야카는 침묵했다.

그것을 긍정으로 받아들인 플랫은 그녀를 안심시키듯 입을 열었다.

"있잖아, 네 몸은……."

쉬익. 바람을 가르는 소리가 눈앞에서 들렸다.

이어서 자신을 플랫이라고 소개한 청년에 피어난 '붉은색'이 아야카의 시야를 장식하는가 싶더니… 한 박자 늦게 팍, 하고 아스팔트가 파열하는 소리가 울렸다.

"어?"

그렇게 말한 것이 아야카였는지, 아니면 플랫이었는지.

플랫은 그 자리에 털썩, 하고 무릎을 꿇었다.

(…플랫?)

잭의 목소리가 주변에 울렸다.

아야카라는 마술사는 경계하고 있었다.

세이버를 비롯한 다른 영령들이 습격해 올지도 모른다고도 생각했다.

플랫과 잭은 주변에 있던 동맹 상대인 경찰들을 신뢰했지만, 세이버만큼은 처음 접촉하는 상대였기 때문이다.

하지만. 그런 플랫을 덮친 것은 세이버와는 상관이 없는 진영에 의한, 장거리에서의 마력을 매개로 하지 않은 저격이었다.

그런 현대전으로부터 마스터를 직접 보호할 수단을, 대부분의 힘을 잃은 상태인 잭은 가지고 있지 않았다.

"아…."

플랫은 자신의 배에 뚫린 구멍을 보며, 아마도 자신의 대각선 위, 어느 건물의 옥상에서 쏜 것 같다고… 이상할 정도로 냉정하게 분석을 했다.

그쪽을 보고자 고개를 들었다.

"눈부시네… 잘 안 보여."

서쪽으로 기울어지고 있는 햇볕이 눈으로 들어와, 플랫은 자신도 모르게 손으로 그것을 가린 채 아무 일도 없었다는 듯 중얼거렸다.

"미안해요, 잭 씨… 실수해 버렸어요."

잭의 외침이 들려온 것 같다.

뭔가 굉장한 것으로 변신해서 총탄이 날아온 방향을 향해 무언가를 하려는 듯한 낌새를 느꼈다.

하지만 플랫은 알았다.

아마도, 이미 늦었을 것이다.

왜냐하면 플랫의 강화된 시력은, 여러 방향의 건물에 배치된, 여러 명의 저격수들의 모습을 포착했기 때문이다.

"…죄송해요, 교수님."

그리고 어쩐지 씁쓸하게 웃으며, 마지막 말을 했다.

"다들… 미안……."

아야카의 눈앞에서 두 번째로 바람을 가르는 소리가 나더니, 붉은 꽃이 한 송이 더 피었다.

피어난 곳은, 조금 전보다 1미터 정도 높은 위치.

다시 말해서… 자신을 플랫이라고 소개한 청년의, 머리가 있던 장소였다.

"아… 아…."

눈앞에서 사람이 죽은 것은 처음이 아니다.

하지만 몇 초 전까지 웃는 얼굴로 자신에게 말을 하던 사람의 머리가 사라지는 광경을 본 것은 처음이었다.

아야카 사조의 비명이 울려 퍼지는 가운데, 플랫 에스카르도스의 몸은 자신이 흘린 피의 바다 속으로 무너져 내렸다.

×   ×

어떠한 장소에서.

"왜 그러지, 스빈?"

옆을 걷던 마술사의 물음을 받은 그 청년은 고개를 갸웃하며 몇 번인가 코를 킁킁거린 후, 묘하게 가슴이 술렁거리는 것을 느끼며 입을 열었다.

"아니, 방금… 엄청 지저분한 냄새가, 사라진 것 같아서…."

×   ×

콜즈맨 특수 교정 센터.

[대상의 머리 부분 파괴 확인. 추가 공격에 돌입합니다.]

"네에. 마술각인도 신경 쓰지 말고 파괴해 주십시오. '잘난 건 역사뿐인 에스카르도스'의 것이니까요."

무선기를 통해 보고가 들어오는 가운데 팔데우스는 홍차를 마시며 모니터를 확인했다.

아스팔트에 쓰러진 청년의 시체가 추가로 날아든 총탄에 의해 춤을 추고 있었다.

란갈 때와 다른 점은 저것이 인형이 아니라 진짜 육체라는 것이었다.

"저는 말이죠, 무드메이커라는 족속이 가장 위험하다고 생각합니다."

알드라에게 그런 소리를 하며 팔데우스는 우아하게 홍차에 입을 대었다.

"이번 경우를 예로 들자면, 차례로 아군을 불려 나가고 있는 저 플랫과 세이버는 위험하다고 생각하고 있었습니다. 그 두 사람이 결계세계 안에서 접촉했을 가능성을 고려하면, 일찌감치 처리하지 않을 경우 제가 속이 쓰려 죽을 겁니다."

"그럼 세이버의 마스터도?"

"플랫을 처리한 후 기회가 되면…이라고 생각했지만, 이제 무리겠군요."

자세히 보니 세이버의 마스터인 소녀는 이미 물로 된 돔 같
은 마력에 둘러싸여 있었고, 곧이어 달려온 세이버가 그녀를
번쩍 안아 올려 실내로 옮겼다.

"저 마스터의 정체는 저도 궁금하군요. 조금 더 캐 보고서
처리하도록 하죠."

이윽고 모니터 안에서 총격이 그쳤고, 무선기에서 들려오는
소리가 잠잠해진 참에 알드라가 물었다.

"이게, '위장약'인가요?"

그 말에 팔데우스는 어깨를 으쓱하며 웃었다.

"네, 맞습니다."

"스트레스를 줄이려면, 그 원인을 하나씩 제거해 나가는 게
제일이니까요."

남아 있던 홍차를 한입 홀짝여 잔을 비우려던 찰나,

팔데우스의 눈앞에서 모니터 하나가 꺼졌다.

"……?"

그것이 플랫 에스카르도스의 시체를 비추고 있는 카메라였다는 사실을 알아챔과 동시에 저격 실행부대에게서 무선이 들어왔다.

[……응답 바람, 여기는 '스페이드'… 는… 이드!]

"어떻게 된 겁니까, 무슨 일이…."

대답을 하려던 참에 무선이 끊겼다.

이어서 중앙교차로 쪽을 감시하고 있던 다른 모니터가 꺼졌다.

"……!"

그것이 공격에 의한 것이라고 판단한 팔데우스는 현장에 산개한 팀의 마술적인 무선을 자동 송신으로 전환했는데….

[뭐야! 대체 뭐냐고, 저건!]

[이봐, 쏴!] [아아… 틀렸어어.] [젠장! 왜, 이런 일이….]

[괴물이다!] [닥치고 쏘기나 해! 당장 죽여!]

[아냐… 어째서….] [마술사…?]

[그만둬, 그만… 아아아카아아아아아아악!]

[살려… 커… 허억….]   [인간이… 아아악!]

모니터가 차례로 암전되는 가운데, 그와 조화를 이루듯 저격부대의 비명이 계속해서 울렸다.

이윽고 조금 떨어진 장소에서 상황을 주시하던 팀에게서 연락이 들어왔다.

[여기는 【자칼】! 팔데우스! 뭐냐, 저건! 이런 말은 없었잖아… **플랫 에스카르도스는 마술사라고 했잖아**, 어엉?!]

"진정하십시오! 괴물…? 플랫의 서번트가 변신한 모습일 가능성이 있습니다. 곧 마력이 끊겨 사라질 테니, 버티십시오!"

[아니라고! 확실히 영령 같은 녀석도 변신은 했다! 하지만, 그쪽은 네가 말한 대로 금방 사라졌지! 그것과는 별개로… 젠장, 아아, 아아, 저건 인간도 마술사도 아니야! 뭐냔 말이다, 저건! 흡혈종이나 영령 따위가 아니야! 진정한… 하한… 누으바라락라락브에아.]

무언가가 접히는 듯한 소리와 비명이 하모니를 이루더니, 그대로 무선이 잠잠해졌다.

거기에서 그치지 않고 팔데우스가 설치한 온 도시의 감시 시스템이 차례차례, 연쇄적으로 암전되어….

불과 수십 초만에 스노필드 시내의 모든 감시카메라가 정지했다.

그 상황 앞에서 팔데우스는 홍차가 든 잔을 떨어뜨렸고, 바닥에서 그것이 깨지는 소리조차도 귀에 들어오지 않는 듯한 투로 중얼거렸다.

"대체… 무슨 일이 일어난 거지…?"

×　　　×

모나코 어느 곳.

"그래… 플랫 에스카르도스는 끝을 맞이했나."
얼마 전까지 전화를 통해 플랫과 대화를 했던, 어느 밤의 연회장의 주인인 그 남자는, 먼 옛날 세계에서 사라진 누군가를 향해 조용히 잔을 들어 올리고 있었다.
"축복은 하도록 하지. 나의 오랜 이웃, 메살라 에스카르도스가 성취한 위업을."

"그러나… 장래가 유망한 젊은이와 맞바꾸어 손에 넣은 것이 '과거'라면, 결코 기뻐만 할 일은 아닌 것 같군."

×　　　×

달그락달그락 소리가 난다.

그것이 모든 것이 끝남과 동시에 울린 소리라는 사실을 알아 챘을 때,

'나'는 아아, **시작됐구나**, 라고 생각했다.

대그락때그락, 하고 울리는 소리의 정체는 금방 알 수 있었다.

플랫 에스카르도스를 끝나게 한 저격총에서 튀어나온 빈 약협이, 건물 위에서 땅으로 굴러떨어진 소리다.

수십 미터나 되는 거리를 통통 튀며 굴러, 끝내는 플랫 에스카르도스였던 고깃덩이가 있는 곳까지 도달한 소리다.

기나긴 시간을 기다렸다.

'존재한다'는 사실 그 자체를 목적으로 태어난 '내'가, 드디어 의미를 이룰 때가 온 것이다.

그래, 그렇다. 움직여야만 한다. 다음 단계로 넘어가야만 한다.

'나'는 이미 안다.

자신이 앞으로 해야 할 일을.

에스카르도스 가문에서 부여한 최대의, 그리고 최후의 목적을.

태어난 의미를.

그렇지, 플랫?

—아아, 아아.

—끝났다.

—저물었다.

—멸망했다.

—도달했다.

—완료했다.

—애초부터 소실이 마지막 퍼즐 조각이었으니.

자신이 태어난 이치에 따라 '나'는 자신을 재기동시킨다.

'나'는 자신에게 부과된 사명을 다시 한번 연산한다.

어려운 길이 될 것인가, 아니면 쉬운 길이 될 것인가.

추측에는 의미가 없다.

어느 쪽이 되었든 해내는 길밖에 없으니.

그 이외의 길은 자신에게 아무런 의미도 없으니.

계속해서 존재한다. 계속해서 존재한다.

진실된 인간이 되어, 이 별에 계속해서 존재하기만 하면 된다.

그래, 약속하겠어, 플랫—나.

네 몫까지, '나'는 이 세계에 계속 존재해 보이겠어.

설령 이 별에서,

　　'인간'으로 정의되는 종種을, 남김없이 멸하게 된다

　　하더라도 말이야.

×　　　　×

시계탑.

"젠장… 역시 연결이 안 되나…."

시계탑 한구석.

현대마술과 준비실 안에서 로드 엘멜로이 2세는 몇 번이나 휴대전화를 조작하며 초조한 목소리로 중얼거리고 있었다.

조금 전에 건물이 무너지는 듯한 소리와 고함소리 속에서 갑자기 전화가 끊긴 이후로 플랫과 연락을 할 수가 없었다.

"경찰서장 쪽에 연락을 해 볼까…? 아니, 개인적인 번호는 모르지…. 경찰서에 전화한다고 연결해 줄 것 같지는 않고…."

책상에 두 손을 짚고서 잠시 생각한 후, 그는 무언가를 결심한 듯 벌떡 일어났다.

"어쩔 수 없지… 이렇게 된 이상… 크악."

문을 연 순간, 몸이 튕겨져 방 안으로 밀려났다.

자세히 보니 입구에는 흰 뱀을 본떠 만든 강고한 결계가 쳐져 있었다.

"…이 집요하게 짜여진 술식… 아다시노化野의 결계인가! 법정과 놈들… 이렇게까지 하다니!"

창문을 통해서 보니 법정과의 고르돌프 무지크가 부리는 호문쿨루스 몇이 감시하고 있었고, 그것으로 미루어 아무래도 로드 엘멜로이 2세를 완전히 감금할 속셈인 듯했다.

"어쩔까…. 라이네스나 멜빈에게 연락을…."

2세가 그런 생각을 하던 도중….

문득 낯선 소리가 방 안에 울리고 있다는 사실을 알아챘다.

준비실 구석에 놓인, 작은 화장 도구 상자.

평소에는 예비 엽궐련을 넣어 두는 상자였지만, 그 안에서 어쩐지 전자음이 울리고 있는 듯했다.

"……?"

의아한 얼굴로 상자를 연 2세는, 안에 들어 있는 것을 보고 또다시 고개를 갸웃했다.

"뭐지, 이건…? 좀 전까지만 해도 이런 것은…."

어느샌가 상자 안에 현현하여 오래된 착신 멜로디를 내고 있는 그것은….

청자색보다 짙은 푸른색을 띤, 한 대의 휴대전화였다.

6권 끝

Fate strange Fake

CLASS
라이더

마스터	쿠루오카 츠바키	
진명	페일라이더	
성별	그런 개념은 없음	
신장·체중	감염, 확산 상황에 따라 변화 (최소 파르보 바이러스 수준)	
속성	중립·중용	

근력	▰▱▱▱▱	E	마력	▰▰▰▰▱	A
내구	▰▰▰▰▱	A	행운	▰▰▰▰▱	C
민첩	▰▰▰▰▱	B	보구	▰▰▰▰▰	EX

보유 스킬

감염 : A

세균이나 바이러스 형상으로 변화한 자신의 분신을 다른 생물에게 감염시켜, 자신의 영역을 넓히는 스킬.
감염자는 정신과 육체를 지배당하게 되고, 정신이 보구로 인해 생성된 세계로 빨려듦.
때때로 마력 등을 흡수당하는 경우도 있음.

무고한 세계 : EX

'죽음'과 '역병'에 대한 사람들의 두려움이 만들어 낸 이미지가 짙게 반영된 스킬.
이미지가 너무도 잡다하여 소환 시에는 단순한 존재에 불과하지만,
보구에 의해 생성된 '명계'에 끌어들인 사물에 따라 존재의 방향성 그 자체가 변화함.

명계의 인도 : EX

보구를 통해 명계화한 영역으로 끌어들인 자들 중, 아군에게 여러 가지 가호를 부여하는 스킬.
페일라이더 자신이 명계의 왕인 것은 아니기에 어느 신이 지닌 【명계의 가호】 스킬과는 다소 다름.

클래스별 능력   대마력 : C   기승 : EX

보구

오라, 황천이여, 오라 ― 둠스데이 컴

랭크 : EX   분류 : 대계보구   사정거리 : ―   최대대상수 : ―

자신에게 주어진 '죽음'이라는 결과를 받침 삼아, 마스터를 기점으로 유사 '명계' 같은 결계세계를 만들어 내는 보구. 마스터가 가진 이미지의 영향을 받기에, 전형적인 지옥과 천국처럼 되는 경우도 있는가 하면, 완전한 허무로 가득하여 영혼을 파괴하는 공간이 되는 경우도 있다. 긴급 시에는 대상을 육체와 함께 결계 안으로 끌어들인다. 본래는 규모가 더욱 작지만, 토지 그 자체나 그 밖의 요소와 결합된 결과, 현재는 통상소환 시보다 넓은 결계를 만들어 내고 있다.

검, 기근, 죽음, 짐승 ― 카고메 카고메*

랭크 : A   분류 : 대군보구   사정거리 : 99   최대대상수 : 999

자신의 결계 안에서 타인에게 '죽음'을 선사하는 온갖 것들을 구현화시켜, 그 힘을 행사하는 스킬. 환경이 완전히 갖춰지면 신화에서 일컬어지는 '종말'을 마력이 허용하는 범위 안에서 재현하는 것도 가능. 하지만 츠바키에게 묵시록이나 라그나로크에 관한 지식이 없었던 데다, 지옥 같은 세계를 바라지 않아 그 수준에는 달하지 않았다. 보구의 이름을 읽는 방법은 마스터에 따라 변화한다.

CLASS
워처

마스터	시그마
진명	●●●·●●●●, 혹은 ●●●●●●
성별	여성으로 전해지지만 현재의 마스터(시그마)는 확인 불가
신장·체중	질량을 가진 존재로는 현현할 수 없음
속성	중립·질서

근력	▰▰▱▱▱ -	마력	▰▰▰▰▰ EX
내구	▰▰▰▰▱ EX	행운	▰▰▰▱▱ -
민첩	▰▰▱▱▱ -	보구	▰▰▰▰▰ EX

보유 스킬

파수꾼 : B

워처로서의, 마스터에 대한 특수한 계약 형태를 나타내는 스킬.
이 영령의 경우에는 '그림자'를 통해 마스터와 교류하는 것.

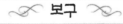의 시련 : B

어느 대(對) 인류 스킬이 변화한 것. 모태에서 태어난 생명의 행운치를 변동시켜
시련을 줄 수 있지만, 운명을 조작할 정도로 만능은 아닌 데다,
주된 내용이 자신과 계약한 마스터에 대한 것임. 마스터는 높은 확률로 사망함.

만상부감 : B

자신이 소환된 일정 영역에서 일어난 일을 파악하는 스킬.
B랭크에서는 시각과 청각, 마력 감지로 관찰 가능한 일로 한정됨.

이상(異相)의 주민 : A

특정한 상황을 제외하면 불멸이라는 사실을 나타내는 능력. 현재 세계의 존재방식과 모순되기에
다른 서번트처럼 육체를 지닌 형태로는 절대로 현현할 수 없음. 뒤집어 말하자면 조건이 갖춰진 상태에서
소멸할 때에 한해 0.00001초도 되지 않는 시간 동안, 육체의 일부만 현현할 수 있음.

클래스별 능력

진지유린 : B	대마력 : EX

보구

※카고메 카고메 : 일본에서 아이들이 놀이를 할 때 부르는 노래. 혹은 그 놀이. 멜로디가 상당히 음침하여 온갖
도시전설과 이야기의 소재로 이용되기도 한다.

(본편의 스포일러가 잔뜩 들어 있으니 다 읽은 후에 읽으시기를 권장합니다)

안녕하세요, 오랜만입니다, 나리타입니다.

그런고로 레이와*로 바뀌고서 맞은 첫 봄에 strange Fake의 신간을 전해 드립니다!

놀랍게도 2019년도 내에 두 권을 내놓게 되었는데, 앞으로도 어떻게든 페이스를 유지하며 출간하고자 합니다…!

연말에 FGO 특집을 보신 분들은 CM에서 움직이는 Fake의 인물들이나 멋진 음악, 그리고 무엇보다도 말을 하는 세이버의 모습을 즐기셨으리라고 생각합니다…!

여러 가지 경위를 거쳐, 애니메이션에 의한 소설의 CM 제작이 결정되었습니다. 이 후기를 적고 있는 시점에서는 아직 제작 중으로, 세이버의 성우이신 오노 유우키 씨의 더빙을 기다리고 있는 단계입니다만…. 차례로 보내져 오는 캐릭터 디자인이며 콘티, 음악 등의 정보를 통해 '이거 진짜 끝내주는 물건이 나오겠는데….'라고 확신하고 있으니, 그 흥분감을 유지한 채 본 작품을 즐겨 주셨으면 감사하겠습니다!

※레이와(令和) : 일본의 연호. 2019년 5월 1일에 시작됨.

자아, 이번 권을 읽으셨다면 우선 『Fate』 본가나 다른 스핀오 프 시리즈를 많이 읽으신 팬 분들은, '어라?' 싶은 부분이 있었 을 것이라고 생각합니다.

네, 우로부치 겐 씨가 집필하신 『Fate/Zero』에서 그려졌던 【성배문답】. 이번 권에서 묘사한 것은 Zero에는 존재하지 않는 대화입니다.

세이버의 앞에서 제4차를 '재연'한다는 이벤트는 집필을 시 작할 때부터 정해 두었던 것이고, 우로부치 겐 씨는 흔쾌히 허 가를 해 주시기도 했는데 '흠, 너무 똑같이 쓰면 Zero의 스포일 러가 될 텐데, 모든 스핀오프 작품(완전히 『Fate/stay night』와 같은 세계선인 『로드 엘멜로이 2세의 사건부』는 제외)이 미묘하 게 다른 세계선이라는 뉘앙스를 어떤 식으로 표현한담'이라고 고민하던 참에 나스 씨께서 신탁을 내려 주셨습니다.

나스 씨 : "료고, 그건 모든 세계선의 정합성을 맞추려 하기 때문이야. 거꾸로 생각하라고. 'Fake 세계선만의 성배문답을 써 버리면 되지'라고 생각하는 거야."

나스 씨가 그런 로망호러하고 심홍색 비밀로 가득한 영국 귀 족 같은 소리*를 하는 바람에,

※만화 『죠죠의 기묘한 모험』에 관한 오마주. 연재 초기 1부의 선전 문구가 '로망호러 심홍색 숨 겨진 천설'이었지만 폐기됨. 초대 죠죠인 죠나단 죠스타는 영국 귀족이라는 설정이다.

나 : "어?! 같은 왕들을 멤버로 Fake 세계선만의 오리지널 대화를?!"

이라고 잠시 당황한 후, 깊이 생각하지 않고 외치고 말았습니다.

나 : "할 수 있드아!"

그런 기세에 몸을 맡겨 집필한 장면입니다만, 처음에는 훨씬 더 길게 적었던 것을 '이런, 이러면 Zero는 물론이고 다른 여러 작품의 스포일러가 될 거야.' 하는 생각에 대폭 줄여 저러한 모양새가 되었습니다. 그런고로 때때로 버니걸이 되거나 하는 아서왕의 풍미가 섞인 대화가 되었습니다만, Fake의 세계선을 형성하는 요소 중 하나로 보아 주시면 감사하겠습니다!

그리고 한 군데를 더 언급하자면, 오래된 TYPE-MOON 팬 분들에게는 익숙한 인류 긍정파의 캐릭터가 등장했는데, 감사하게도 나스 씨가 '제스터가 무슨 짓을 하고 있는지 알면 어떻게 움직일까'에 대한 행동방침을 제시해 주신 것도 모자라 대사까지 완전 감수해 주셨습니다…!

뭐 '아니, 어? 내가 써도 될까?' 싶어서 무진장 긴장하기는 했지만요…!

참고로 SN과 사건부의 세계선에서는 27조라는 틀이 없기에 약간 분위기가 다릅니다만… 어떻게 다른지는 언젠가 TYPE-MOON에서 카지노 주변 이야기를 그려 주실 겁니다! (킬러 패스)

마찬가지로 27조의 유무에 관한 이야기지만, 플랫의 이야기에 등장한 웨일즈에 관한 얘기는 사건부와 기본적으로 같은 흐름입니다. 하지만 어느 캐릭터만은 다른 누군가가 대신 와 있었다는 느낌이 될 거라 생각합니다. 그 부분은, 현 단계에서는 여러분의 상상에 맡기도록 하겠습니다!

자아, 6권에서는 스노필드에서의 성배전쟁 후반부에 돌입했습니다만, 이 기세를 몰아 끝까지 이야기를 굴려 나갈 수 있도록 분발할 테니 잘 부탁드립니다…!

이하는 감사 인사입니다.

우선 이번에 애니메이션 광고를 기획해 주신 애니플렉스 님, TYPE-MOON 님, KADOKAWA 님. 그리고 최고의 영상을 제작해 주신 A-1Pictures 님을 비롯한 작화가 여러분, 내레이션을 맡아 주신 오노 유우키 씨, 음악을 제작해 주신 사와노 히로유키 씨, 보컬 Yosh 씨. 그리고 CM에 관여하신 모든 분들.

원고가 두꺼워져서 민폐를 끼친 담당 편집자 아난 씨. 그리고 출판사 여러분과 일정을 조절해 주신 ⅡⅤ(투파이브) 여러분.

'성배문답'을 삽입하는 것을 허가해 주신 우로부치 씨를 비롯한 Fate 관계 라이터 & 만화가 여러분.

특정 서번트의 설정 고증을 해 주고 계신 미와 키요무네 씨를 비롯한 팀 배럴 롤 여러분.

사건부 관련 캐릭터들의 체크, 설정을 고증해 주시거나 여러

모로 의견을 주신 산다 마코토 씨. 이번에 2세의 기나긴 '강의' 대사를 감수해 주셔서 정말 감사합니다…!

그리고 만화판 4권이 새로 발매된 가운데, 이번에도 근사한 일러스트를 완성해 주신 모리이 시즈키 씨. (만화판의 완성도가 정말로 근사하니 꼭 봐 주세요!)

그리고 무엇보다도 Fate라는 이름의 작품을 만들어 내고 감수를 해 주고 계신 나스 키노코 씨 & TYPE-MOON 여러분, 엘키두의 막간에 저도 끼워 주신 Fate/Grand Order 스태프 여러분. 그리고 이 책을 구입해 여기까지 읽어 주신 독자 여러분.

정말로 감사합니다!

2019년 11월 『기능미P의 【번뇌사변*】을 반복해서 보며』

나리타 료고

※번뇌사변 : 동영상 콘텐츠. SNS 대 원시불교라는 테마.

Fate strange Fake

Fate/strange Fake 6

2020년 9월 10일 초판 발행

저자	나리타 료고
일러스트	모리이 시즈키
원작	TYPE-MOON
옮긴이	정대식

발행인	정동훈
편집인	여영아
편집 팀장	황정아
편집	노혜림

발행처	(주)학산문화사
등록	1995년 7월 1일
등록번호	제3-632호
주소	서울특별시 동작구 상도로 282 학산빌딩
편집부	02-828-8838
영업부	02-828-8986

ISBN 979-11-348-5680-9 04830
ISBN 979-11-256-5603-6 (세트)

값 9,000원

※이 책에는 수량 한정 특별부록이 들어 있지 않습니다.